Die **Type:Writer**-Bibliothek, Band 2

# DIE SCHLAFENDE STADT

Sascha Andre Michael

# DIE SCHLAFENDE STADT

Roman

Die **Type:Writer**-Bibliothek, Band 2

Bibliografische Information der Deutschen Nationalbibliothek:
Die Deutsche Nationalbibliothek verzeichnet diese Publikation in der
Deutschen Nationalbibliografie; detaillierte bibliografische Daten sind
im Internet über http://dnb.dnb.de abrufbar.

**www.Facebook.com/SaschaAndreMichael**
**www.Facebook.com/TypeWriterBucharest**

Herstellung und Verlag:
BoD – Books on Demand,
Norderstedt

**ISBN:** 978-3-7357-7066-0

Für das Quadrati,
Fan und allround-gute-Seele vom Dienst.

Vielleicht könnte man sich
eine noch bessere Freundin, Kollegin,
Testleserin und Unterstützerin *wünschen*.

Aber nie eine *bekommen*.

# ACHTUNG! OBSZÖN! GRAUSAM! SEX! GEWALT!

*(eine Art von Vorwort)*

Da ich nun Ihre Aufmerksamkeit habe, folgt eine kleine Anmerkung zu diesem Buch und der Serie, in der es präsentiert wird.

DIE SCHLAFENDE STADT ist tatsächlich eine »alte Neuheit«; dieser bislang unveröffentlichte Thriller entstand schon zwischen 1991 und 2003 .

Im Laufe der letzten Jahre wurde ich von Freunden, Bekannten, Schülern und Lesern immer wieder gefragt, warum keine meiner »frühen« Arbeiten mehr lieferbar ist. Leider ist es das Schicksal vieler Bücher, die in Kleinserien bei Kleinverlagen erscheinen und beizeiten keinen Sprung auf eine nicht-Nischen-Plattform schaffen, irgendwann einfach vom Markt zu verschwinden. Da ich aber jemand bin, der sich kompatiblen Wünschen und Anregungen nur zu gerne beugt (Ironie!), habe ich mich nun in Absprache mit meinen damaligen Verlegern an eine Wiederauflage meiner bisherigen Arbeiten gewagt. Das Projekt bekam den Namen **Type:Writer-Bibliothek** (*in Anlehnung an die Facebookseite meiner Kurse für kreatives Schreiben*) und wird nicht nur bislang vergriffenen Titel einen neuen, schmucken Rahmen bieten, sondern es wird auch unbekannten Arbeiten wie DIE SCHLAFENDE STADT ermöglichen, sich erstmals der Öffentlichkeit zu präsentieren.

DIE SCHLAFENDE STADT war stets einer meiner Lieblinge unter den Schubladen-Romanen, vielleicht weil er tatsächlich eine interessante Vorstudie zu meinem späteren Roman DIE FREQUENZ DER ANGST ist. In beiden Arbeiten geht es um die Unterdrückung und Korruption der Massen durch Medien und eine außer Kontrolle geratene Technik. Und in beiden Büchern sind es einsame Antihelden, die über sich hinauswachsen und ungeahnte Leistungen vollbringen müssen, um zu überleben *und* die Situation zu retten.

In der Vorbereitung habe ich mich auf einige zeitgemäße Korrekturen beschränkt und zugleich bemüht, die Ursprünglichkeit des Romans zu bewahren, obschon ich heute ... muss ich es sagen? ... »einige Dinge anders gemacht hätte«. Wäre auch schlimm, wenn nicht. Darum nennt man es ja »Fortschritt« und nicht »ach Schiet, stagnieren wir ein wenig.«

Sascha Andre Michael
Bukarest, Juli 2017

# XAVIER

Durch Gottes Hauch entsteht das Eis,
liegt starr des Wassers Fläche.

*Ijob 37,10*

# 1

Xavier, der verheerendste Blizzard seit Jahren, fegte ohne Vorwarnung Mitte März über das Land hinweg, als die meisten Menschen schon auf ein Ende des Winters hofften. Das Tiefdruckgebiet, dem ein comicverrückter Meteorologe den Namen des Mentors der X-Men verpasst hatte, schlich heran wie eine Raubkatze, die sich geduckt und mit geschmeidiger Lautlosigkeit ihrem Beutetier am Wasserloch nähert. Dann schlug es zu und erwischte die nördlichen Gebiete von Minnesota, Montana und North Dakota im wahrsten Sinne des Wortes eiskalt.

Insgesamt verloren während der sieben Tage andauernden Krise mehr als einhundert Menschen ihr Leben. Viele jener Unglücklichen blieben in abgelegenen ländlichen Gebieten in ihren Autos auf der Straße stecken und konnten nur noch erfroren geborgen werden; diejenigen Reisenden, die mehr Glück hatten, fanden irgendwo sicheren Unterschlupf, ehe Xavier richtig zu wüten begann und eine meterdicke Schneeschicht Straßen unpassierbar machte, Dächer zum Einsturz brachte und das Land in einen Irrgarten mit gleißend weißen Wänden verwandelte. Zahlreiche Betroffene mussten tagelang in ihren Häusern ohne Strom ausharren, bis man sie in Notunterkünfte evakuierte oder das Netz repariert war. In all der Zeit kämpften die Rettungskräfte (darunter sogar die rasch mobilisierte Nationalgarde) tapfer, wenn auch erfolglos gegen die lautlos fallende Invasion, bis sich die Lage schließlich normalisierte.

Inmitten des Chaos der ersten Stunden nach dem jähen Wintereinbruch kämpfte sich der Schnellzug von Fargo nach Minneapolis mit letzter Kraft über vereiste Schienen und durch unberechenbare Schneeverwehungen hindurch. Einige Zeit zuvor hatte er Wadena hinter sich gelassen; die nächsten planmäßigen Stopps würden Midnight Rapids und Little Cloud sein, beide Städte waren noch einige hundert Meilen vom Zielort Minneapolis entfernt. Aber die Meldungen, die der Lokführer per Zugfunk bekam, machten eines immer deutlicher: die Chancen, dass der Zug seinen Endbahnhof erreichen würde, schrumpften mit jedem Zentimeter Schnee, den Xavier über das einsame Land schleuderte. Die Eisenbahngesellschaft arbeitete bereits an Notfallplänen.

Davon ahnten die Passagiere, die sich in ihre beheizten Zugabteile eingekuschelt hatten und nur so rasch wie möglich nach Hause kommen wollten, nichts. Die meisten von ihnen konnten jedoch ein mulmiges Gefühl im Magen nicht mehr verdrängen, sobald sie nach draußen schauten und dort nichts als Schneemassen erblickten. Obschon sie zweifellos auf das Beste hofften, ahnten sie schon tief im Inneren, dass ihre Reise möglicherweise unterbrochen werden würde. Und sie sollten Recht behalten.

## 2

Der Mann auf Sitz 67 des dritten Großraumwaggons war nicht nur ein Orts-, sondern sogar ein *Landes*fremder. Er hieß Frederick Wendt, aber seine Bekannten und Kollegen nannten ihn einfach nur Fred; für seine guten Freunde (zumeist Bowlingkumpels) war er Freddie. Er wohnte in Zirndorf, einer kleinen Stadt im Fürther Land, mehr als neuntausend Kilometer und buchstäblich zahllose Welten entfernt von der Einöde in Minnesota, die der Zug gerade durchpflügte.

Wie alle anderen Reisenden hatte auch Fred seit der Abfahrt in Fargo nur die typischen Geräusche einer langen Zugfahrt im Ohr gehabt. Ohne Pause und Ablenkung hörte er nichts außer dem einlullend rhythmischen, beinahe hypnotischen Klicken der Räder des Wagens, unterlegt vom gleichmäßigen Summen der Achsen.

Irgendwann trieb ihn die Monotonie in ein Gähnen. Es ging viel zu schnell, als dass er seine rechte Hand (die so pummelig, rund und weich war wie der Rest seines Körpers) hätte hochreißen und damit den Mund verdecken können; statt dessen verzog er einfach sein rosiges, freundliches Mondgesicht und sperrte die Kiefer weit auf, ohne etwas dagegen tun zu können. Mit beschämtem Gesichtsausdruck blickte er sich hinterher um, stellte jedoch erleichtert fest, dass sich keiner der Handvoll anderer Zugpassagiere in diesem Waggon auch nur einen Deut um ihn kümmerte oder gar sein kleines Missgeschick bemerkt hatte.

Alle waren im Moment einfach nur mit sich selbst beschäftigt, zum Beispiel der Geschäftsmann zwei Sitzreihen vor ihm, der pausenlos über seinem Laptop brütete und dabei hin und wieder schimpfte, dass er keine Internet-Verbindung mehr hatte. Oder die alte Dame mit dem altmodisch hochtoupierten Haar, die seit Stunden in ihr Barbara-Cartland-Taschenbuch versunken war. Nicht zu vergessen die hübsche junge Frau in der gegenüberliegenden Sitzreihe, die in einem dicken Buch blätterte, wobei sie sich ab und zu Notizen machte. Und dann war da auch noch das junge Pärchen vier leere Bänke weiter, das sich eng aneinander geschmiegt hatte; das Mädchen schlief, ihr vielleicht zwei, drei Jahre älterer Freund versuchte, in der milchigen Dunkelheit hinter dem Zugfenster *irgend etwas* zu erkennen.

Doch genau so gut hätte er ein leeres Blatt Papier betrachten können, denn da draußen war nichts als *weiß, weiß, weiß*. Das heftige Schneetreiben, in das der Schnellzug mitten hinein zu fahren schien, hatte nochmals an Stärke zugelegt. Als Franke hatte sich Fred bislang zur

Gruppe der Realisten gezählt; für ihn kam es meistens darauf an, was sich im Glas befand, und nicht ob es nun halb*leer* oder halb*voll* war. Aber nun konnte auch er der Frage nicht mehr ausweichen, wie lange sie wohl noch vorankommen würden, bis die Schneemassen aus den urplötzlich weit geöffneten Himmelsschleusen die Trasse blockierten. Nicht, dass er sich darüber den Kopf zerbrechen *wollte;* nein, die Situation ließ es einfach nicht mehr anders zu. Dabei wagte er es eigentlich kaum, sich auszumalen, was passierte, wenn der Zug hier, wo die nächste Ortschaft wohl mindestens vierzig Meilen entfernt lag, zu einem Stopp gezwungen wurde. Immerhin durchquerten sie im Moment eine annähernd gottverlassene Gegend in den Tiefen von Minnesota, also wahrlich nicht der Platz, um stecken zu bleiben.

Es war sein eigenes, zutiefst sorgenvolles und fast wie eine Bitte um sicheres Geleit nach Hause klingendes Seufzen, welches ihm klarmachte, dass er sich *dringend* ablenken und zur Abwechslung an etwas schönes denken musste. Also strich er vorsichtig, fast zärtlich, mit der rechten Hand über die Kuckucksuhr, die einer kleinen Mumie gleich in dicke Lagen von Packpapier eingewickelt auf dem Sitz neben ihm lag. Und das war tatsächlich ein ungemein beruhigendes Gefühl, tröstlich und angenehm (ganz im Gegensatz zu der feindseligen nächtlichen Schneelandschaft voller tückischer *Gaawindn* auf der anderen Seite des Sicherheitsglases).

Fred konnte das stolze Besitzergrinsen eines fanatischen Sammlers, der nach langer Jagd ein neues Prunkstück für seine Kollektion ergattert hatte, nicht verbergen. Und dies war tatsächlich ein Prunkstück, eine authentische Bahnhäusleuhr von *Kreuzer, Glatz und co a*us dem Jahr 1852. Von diesem Modell waren weltweit nur noch vier Exemplare bekannt gewesen; eines davon war im Besitz von Akira Hideshi, einem bekannten und berüchtigten Sammler aus Tokio, eines hing im Uhrenmuseum in Furtwagen ... und ein weiteres krönte nun, nach jener Reihe schier unglaublicher Zufälle, die ihn in die Einöde von Montana geführt hatten, die Privatsammlung von Frederick Wendt am Achterplätzchen in Zirndorf.

Der Grundstein dieser Sammlung war vor mehr als zehn Jahren gelegt worden. Damals hatte die Versicherungsgesellschaft, für die Fred als Buchhalter und Kontoführer arbeitete, als Bonus und Ansporn unter allen besonders fleißigen Mitarbeitern eine jener Rundreisen verlost, die in Fachkreisen zynisch als 'Es-ist-Mittwoch-Nachmittag-also-sind-wir-in-Neuschwanstein'-Trips bekannt waren. Und Fred war nicht zuletzt dank seines unermüdlichen Fleißes und seiner nicht minder unermüdlichen Redlichkeit einer der fünfzig mehr oder weniger Glücklichen gewesen, die auf Kosten der altehrwürdigen Fürther Versicherungsgruppe (inzwischen übernommen von der US-amerikanischen Talisman-Gruppe und in ‚Securia' umbenannt) an der Städtereise namens »Europas Perlen« teilnehmen durften.

Die Reise begann in Rom, der ewigen Stadt *(die Fred jedoch eher wie die Stadt mit dem ewigen Verkehrsproblem vorgekommen war)* und folgte dann einem minutiös gestrickten Zeitplan, der sie über Venedig, Bozen, Wien, Salzburg, die Alpen, München (natürlich mit unvermeidlichem Zwischenstopp im Hofbräuhaus), Ulm und Donaueschingen in den Schwarzwald führte, von wo aus es schließlich zurück in heimatliche, fränkische Gefilde ging.

Zu diesem Zeitpunkt hatte die für Fred schicksalhafte Begegnung schon stattgefunden gehabt, und zwar im Schwarzwald, genauer gesagt in einem kitschigen Souvenirladen im Höllental. Ironischerweise war es sein Kollege Erwin Kleinlein aus der Verwaltung (ein hervorragender Kegler und notorischer Streichespieler) gewesen, der alles auslöste, als er Fred eine Paar Markstücke in die Pfote drückte und ihn bat, Ansichts-Postkarten für die ganze Gruppe zu organisieren. Fred hatte sich sowieso ein Eis am Stiel oder etwas Kaltes zu trinken holen wollen, also willigte er ein ... Nur um ein paar Atemzüge später zu vergessen, wieso er den Bretterverschlag voller Andenken eigentlich betreten hatte.

Denn da hing *sie*. Es war wie ein Zeichen des Himmels für ihn gewesen, als er *sie* sah: Ihr kunstvoll geschnitztes Gehäuse, der kleine Holzvogel, der immer wieder pünktlich aus seinem Türchen herauslugte und seinen unverwechselbaren Ruf ausstieß. Die Uhr transportierte ihn mit einem sanften Ruck dreißig Jahre in die Vergangenheit, wo er sich jählings im Gartenhäuschen seines Onkels Gustav wieder fand. In Freds Kindheit war kaum ein Wochenende zwischen Mai und September vergangen, in dem die Wendts nicht Sack und Pack in ihren Ford Taunus gestopft hätten, um dann nach Caldolzburg zu fahren, wo Onkel Gustav seinen geliebten, gehegten und gepflegten Garten hatte. Und dort, in der behaglichen Hütte, hing die erste Kuckucksuhr, die der kleine Freddie Wendt je gesehen und gehört hatte. Alleine der Anblick der Uhr in dem Souvenirladen brachte die angenehme, freudige Ferienstimmung zurück, die Fred damals immer so genossen hatte. Er konnte sogar den würzigen Geruch des Waldes und des nahen Badweihers wieder wahrnehmen und erinnerte sich schlagartig an laue Abende auf der Veranda, die er schon lange vergessen hatte.

Bei Gott, er *musste* diese Uhr haben.

Obwohl Kleinlein und die anderen auf ihn einredeten, sein Geld doch lieber in etwas Sinnvolles zu investieren, hatte er einen Großteil seiner Reisekasse in die völlig übeteuerte, wahrscheinlich nicht einmal authentische Kuckucksuhr gesteckt. Und er war einfach restlos glücklich damit gewesen. Tatsächlich war er *so* happy gewesen, dass er in einem Anfall von jäh erwachtem Sammlerwahn in der nächsten Zeit nichts mehr anderes zu tun hatte, als weitere Uhren zu ergattern, wo auch immer er nur eine fand. Und so wurde seine Kollektion im Laufe der Zeit, nicht unähnlich seiner Taille, immer umfangreicher. Aber im Gegensatz zu seinem Bauchumfang wuchs seine Sammlung nicht nur in Quantität, sondern auch in Qualität. Je tiefgehender seine Kenntnisse über die Materie wurden, desto exquisiter und erlesener wurden auch die Uhren, die er suchte und kaufte.

Seine neuste und spektakulärste Errungenschaft verdankte er, wie auch den Beginn seiner Sammelleidenschaft, einem Ereignis in der Vergangenheit und einem Wink des Schicksals:

Im Jahre 1958 lernte Gerda, die jüngere Schwester seiner zukünftigen Mutter (seine Geburt lag zu diesem Zeitpunkt noch einige Jahre in der Zukunft), einen jungen G.I. namens Roy Granger kennen. Die beiden verliebten sich und heirateten, vielleicht ein wenig überstürzt, aber dennoch voller Zuversicht. Nachdem Grangers Dienstzeit in *Good Ol' Germany* zu Ende gegangen war, folgte Gerda ihrem Mann in dessen Heimat, einer Stadt namens Fargo im amerikanischen Bundesstaat Minnesota. Dort lebten sie auf der Farm der Familie Granger, bis vor zehn Jahren »Onkel« Roy und zwei Jahre später auch Tante Gerda starb.

Anfang März hatte Fred nun die Nachricht bekommen, dass auch Gerdas einzige Tochter Lynette einem Krebsleiden erlegen war. Er hatte seine Tante Gerda und Cousine Lynette vielleicht zwei oder drei Mal in seinem Leben gesehen, dennoch schwang in der Nachricht seiner Nichte Georgia so viel Hoffnung mit, dass er an der Beerdigung teilnahm, dass er gar nicht anders konnte. Er nahm eine Woche bezahlten Urlaub (tatsächlich war sein Abteilungsleiter heilfroh gewesen, dass Fred sein fettes Urlaubskonto ein wenig ausdünnte) und bestieg in Nürnberg eine Maschine von Delta Airlines, die ihn nach Paris brachte, wo sein Transatlantikflug nach Minneapolis startete. Nach sieben Stunden Wartezeit in Minneapolis ging es dann weiter nach Fargo, wo er buchstäblich mit offenen Armen vom amerikanischen Teil der Familie in Empfang genommen wurde. Als Zirndorfer mit einem typisch bodenständigen Gemüt überwältigte ihn die Herzlichkeit der Amerikaner zunächst ein wenig, sie erschien ihm übertrieben und beinahe verdächtig. Aber er gewöhnte sich ebenso schnell daran, nachdem er erkannt hatte, dass diese Freude und Zugewandtheit ungekünstelt war.

Während Cousine Lynette's Beerdigung war das Wetter noch vorzüglich gewesen: frisch, aber trocken und schneefrei. Doch das Tiefdruckgebiet, das später Blizzard Xavier genannt werden sollte, warf bereits seinen Schatten voraus. Einen Tag vor Freds geplanter Rückreise blockierte die erste Ladung Schnee (kaum mehr als eine Vorhut des Kommenden, aber das wusste zu diesem Zeitpunkt noch niemand) abrupt den Regionalflughafen von Fargo und sorgte für eine hektische Neuorganisation von Freds Rückreise nach Minneapolis. Als nicht nur beste, sondern auch *einzige* Möglichkeit der Fortbewegung erwies sich nun die Eisenbahn, was für Fred eine Zugfahrt von mehr als sechs Stunden durch extrem abgelegene und einsame Gegenden bedeutete, buchstäbliche weiße Flecken auf der Landkarte. Dennoch nahm er die Strapaze auf sich.

Kurz vor der Abfahrt erspähte er unverhofft einen vertraute Umriss in einer der Kisten mit Dingen, die Nichte Georgia aus der Wohnung von ihrer Mutter geholt hatte – es war eindeutig eine Kuckucksuhr. Das erschien nicht ungewöhnlich, da in Minnesota mehr als ein Drittel der Bevölkerung deutsche Wurzeln hatte und viele der Familien sich an Souvenirs ihrer früheren Heimat geklammert hatten. Aber dann erkannte Fred an der Form des Gehäuses und Details der Verzierungen, dass er es hier nicht mit einem einfachen Teil oder gar einer billigen Imitation aus dem Versandhauskatalog zu tun hatte.

Sein Herz schlug schneller. Zuerst wollte er es nicht wahr haben, aber dann gab es keinen Zweifel mehr, mit was er es hier zu tun hatte – eben jener Bahnhäusleuhr von *Kreuzer, Glatz und co* aus dem Jahr 1852, die nun dick und sicher eingepackt auf dem Sitz neben ihm ruhte. Mühsam hatte er sich im Laufe vieler Jahre ein grammatikalisch perfektes, wenn auch von einem stark teutonischen Akzent geprägtes Englisch antrainiert ... aber in diesem Augenblick, als seine Finger zum ersten Mal zitternd über die *Kreuzer, Glatz und co* strichen, bahnte sich der Franke unaufhaltsam einen Weg aus ihm heraus.

Fred stöhnte: »Allmädchdna, allmädchdna, ALL-MÄDCHD-NA! I glaab's net! ALLMÄDCHD!«

Sofort kam seine Nichte zu ihm und frage, was passiert sei, ob er sich verletzt habe. Er schüttelte nur den Kopf, die Bahnhäusleuhr von *Kreuzer, Glatz und co* wie den heiligen Gral in Brusthöhe an sich gepresst, auf den Lippen ein seliges Grinsen, und flüsterte: »Mir ging's *nie* besser.«

»Gefällt dir dieses Ding?«, fragte Georgia mit Blick auf die Uhr. »Wenn ja, dann kannst du es gerne haben. Ich finde dieses Ungetüm schrecklich kitschig.«

»Ungetüm? *Schrecklich*?«, echote Fred fassungslos, ehe ihm bewusst wurde, dass auch er im Alter von 25 wenig Freude an einer Kuckucksuhr gehabt hätte. Er räusperte sich. »Aber ich kann doch nicht ... das ist ... Georgie, das ist ein sehr wertvolles Teil. *Sehr*. Wie viel willst du dafür haben?«

Sie wölbte die Augenbrauen und wirkte fast ein wenig beleidigt. »Geld? Vergiss' es. Ich bin dir so unendlich dankbar, dass du hier warst ... wenn dich die Uhr freut, dann gehört sie dir, und ich bin happy für dich. Mama hätte das sicher auch gewollt.«

Abrupt ging in diesem Moment ein scharfer Ruck durch den Zug. Bremsen quietschten.

Aus der schönen Erinnerung wurde Fred abrupt in die eisig kalte Realität zurückgerissen.

Das hübsche Mädchen vier Reihen weiter in Fahrtrichtung blickte sich verschlafen blinzelnd um und fragte verwirrt, was los war, aber ihr Freund konnte nur mit den Schultern zucken, er hatte keine Ahnung.

Frederick Wendt aus Zirndorf jedoch *hatte* eine Ahnung. Es war das eingetreten, was er die ganze Zeit schon befürchtet hatte. *Greitzkiesldunnerwedder!,* dachte er, als der Zug ein paar Momente später merkbar verlangsamte. Jetzt war es soweit: *Sie steckten im Schnee fest!*

## 3

Das helle, statische Knacken, als die Sprechanlage des Zuges eingeschaltet wurde, war für die Reisenden eine Art Startschuss, dass es nun gerechtfertigt schien, Sorgen, Angst, sogar Panik und Wut zu verspüren und auch offen zu zeigen. Noch bevor der Zugbegleiter nur ein Wort gesagt hatte, füllte das beunruhigte Tuscheln der Passagiere die wärmegefüllte Röhre des Schnellzugs.

Dann verkündete die höfliche, aber ernste Stimme eines Schaffners: »Sehr geehrte Fahrgäste, leider müssen wir Ihnen mitteilen, dass die Strecke sowohl in als auch entgegen der Fahrtrichtung in unerwartet kurzer Zeit vollkommen zugeschneit worden ist.«

Das Tuscheln der Reisenden mündete an dieser Stelle in ein halb geschocktes, halb ärgerliches Raunen.

»Deshalb sind wir leider gezwungen«, fuhr der Zugbegleiter fort, »in der nächsten Ortschaft einen Notstopp einzulegen. Dort, in Nightfall Rapids, werden Sie in ein Hotel gebracht, in dem Sie bis zur Weiterfahrt verbleiben.

Die Kosten dafür werden selbstverständlich von der Eisenbahngesellschaft übernommen und Ihnen nicht angerechnet. Sobald sich die Wettersituation bessert, werden wir die Fahrt fortsetzen. Wir bitten um Ruhe und hoffen auf Ihr Verständnis.«

*Du liebe Güte, das kann doch nicht* uns *passieren,* dachte Fred stöhnend, während der Zug seine Geschwindigkeit weiter reduzierte, bis er schließlich nur noch im Schritt-Tempo vor sich hin rollte.

Schnee wirbelte um die Wagen herum und wurde vom Wind gegen die Scheiben gepeitscht. Es sah aus wie ein seltsamer, lebendiger Nebel aus einer anderen Dimension, wie in einem Buch von diesem Horror-Schreiber Stephen Dingsda. Er las solche harten Sachen sowieso nicht. Für ihn waren die meisten Tatort-Krimis bereits der Gipfel an Nervenkitzel, den er noch ertragen konnte, ohne Alpträume zu bekommen.

Die Aussicht, die mollige Wärme des Zuges verlassen und durch den Schneesturm stapfen zu müssen, verursachte ihm ein schmerzhaftes Ziehen im Magen, als er seine Reisetasche von der Gepäckablage hievte und in seinen daunengefütterten Wintermantel schlüpfte. Danach wickelte er sich einen ellenlangen Wollschal um den Hals und warf einen weiteren Blick nach draußen. Am Zugfenster zogen jetzt die ersten verschwommenen Lichter von Häusern und Straßenlaternen vorbei.

Nun, *das* war ein schöner Anblick: eine Ortschaft.

Menschen. Gebäude. Wärme. Relative Sicherheit.

Erleichtert wollte Fred gerade durch den Mittelgang zum nächsten Ausgang schnaufen, als neben ihm etwas mit einem dumpfen Schlag auf dem Boden landete. Dinge kullerten geräuschvoll durch die Gegend. Etwas zischte wie ein Torpedo direkt an seinem Fuß vorbei, und er hörte eine wütende Frauenstimme: »O Gott, verflucht, das kann doch nicht *wahr* sein!«

Fred wandte sich um und sah die junge Frau, die sich vorhin so eifrig Notizen aus einem dicken Buch gemacht hatte, neben ihrem aufgeplatzten Koffer auf den Boden knien.

Erst jetzt kam Fred dazu, sie näher zu betrachten: Sie war schlank und groß (wenn sie stand, überragte sie Fred um einige Zentimeter) und hatte ein apartes Gesicht mit hohen Wangenknochen, perfekt geschwungenen Brauen und großen Augen, deren äußere Winkel sich ein wenig nach oben zogen, was ihr ein geheimnisvolles, katzenhaftes Aussehen gab. Dennoch wirkte sie in ihren schlichten, unauffälligen Sachen und mit dem einfachen Pferdeschwanz, zu dem sie ihr langes, rotbraunes Haar zusammengebunden hatte, auf eine seltsam unprätentiöse, zurückhaltende Art hübsch (obwohl sie fraglos auch als hinreißende und aufwendig hergerichtete Königin der Nacht im sündhaft teuren Designerkleid nicht fehl am Platze gewesen wäre.)

Für ein paar Momente stand er wie eine schwitzende Salzsäule vor seinem Sitzplatz, während er beobachtete, wie die junge Frau so emsig wie ein Bagger ihre Sachen wieder in den Koffer schaufelte. Dann endlich schaffte er es, seine angeborene Lähmung in der Umgebung gutaussehender (streng genommen fast *aller*) Frauen zu überwinden. Er hockte sich hin und reichte ihr eine braune Kosmetiktasche, die bis unter seinen Sitz gekullert war.

»Das, ähm, das gehört, äh, Ihnen«, sagte er.

Die attraktive junge Frau sah überrascht auf.

»He, danke für Ihre Hilfe«, meinte sie mit einem dankbaren Lächeln. Ihre Augen schimmerten in einem unwahrscheinlichen Smaragdgrün, das Fred fast um den Verstand brachte. »Das ist so nett von Ihnen. Dieser dämliche Koffer ist einfach aufgesprungen. Mist. Aber typisch, nicht wahr?«

Fred überlegte kurz und krampfhaft nach einer möglichst witzigen und geistreichen Erwiderung, fand aber keine. Humor und Schlagfertigkeit waren nicht gerade seine Stärken, und ganz besonders nicht, wenn er sich mit Individuen des anderen Geschlechts unterhielt. Dafür sammelte er Kuckucksuhren und stellte Bilanzen auf, und das war wohl auch irgendetwas wert.

»Ja, äh, das kenn' ich - so was passiert immer, wenn man es nicht brauchen kann«, sagte er nach einer halben Ewigkeit und hängte sich den Trageriemen seiner Reisetasche um den Hals. So weit, so gut. Er klang wenigstens nicht, als würde sein Hirn noch im Gepäcknetz liegen. Das war schon mal ein *Teil*erfolg.

»Da drüben, ich meine ... hmmm, warten Sie, dort ist noch ... äh, etwas von Ihren Sachen.«

Er langte unter die Sitzbank, erfühlte etwas Weiches, Seidiges und erkannte zu spät, dass es sich um irgendwelche Unterwäsche oder so was handeln musste. Mit hochrotem Kopf räusperte er sich, gab er ihr dann verschämt das Höschen und wandte sich sofort wieder ab, um - *Gott sei dank!* - diesmal nur ein Buch der jungen Frau zu finden.

Nachdem die beiden den Koffer wieder gefüllt hatten (Fred war extra ein paar Meter hin und her auf Händen und Füßen durch den Mittelgang gekrochen, um sicherzugehen, dass sie alles fanden; zum Dank war ihm der Mann mit dem Laptop auf die linke Hand getreten), stellten sie sich hinter den anderen Reisenden vor dem Ausgang auf.

»Vielen Dank, dass Sie mir geholfen haben«, sagte die junge Frau und lächelte ihm zu, für Fred ein heller Sonnenstrahl in einer finsteren und immer finsterer werdenden Nacht. »Ich bin Andra ... Andra Merrick.«

»Wendt ... erfreut ... Frederick«, sagte er und schüttelte dabei ihre Hand. Ihre Haut war so warm, weich und zart, dass Fred das kribbelnde Gefühl hatte, durch seine Finger würde Strom fließen.

Erst, als ihn das Mädchen etwas ratlos anstarrte, fiel ihm auf, dass er sich ziemlich dämlich angehört haben musste.

»Ja ... das ist mein Name«, sagte er. »Ich bin Frederick Wendt. Und ich freu' mich, Sie, äh, kennen zu lernen, weil ... ich meine ... äh ... tja ... äh?!«

An dieser Stelle entschied er sich, lieber den Mund zu halten, bevor er noch mehr stammelte. Stattdessen langte er in einem unerwarteten Anfall von Kavalierhaftigkeit nach dem Griff von Andra Merricks Koffer.

»O Gott nein, das müssen Sie doch nicht«, sagte sie und legte ihre schlanke und wohlgeformte Hand auf seine im Vergleich dazu ungeschlachte Pranke.

»Ach, ist schon gut«, meinte er. »Das tu' ich, äh, gerne. Ehrlich. Und nennen Sie mich doch einfach Fred oder Freddie, so wie alle.« Dann stöhnte er ein lang gezogenes: »Unnngh!«, während er den Koffer durch den engen Gang zwischen den Sitzreihen schleifte. Fred war vielleicht einssiebzig groß und gelinde gesagt stämmig, aber von Kraft war bei ihm nicht allzu viel die Rede.

»Ist der Koffer zu schwer?«, fragte Andra.

*Natürlich* war der Koffer zu schwer, aber nun gab es kein Zurück mehr. Wenn ein Mann, selbst ein unkonventionelles Exemplar wie Fred, einer hübschen Frau einen Gefallen tat, war *nichts* zu schwer, selbst wenn einem Zunge und Gedärme vor Anstrengung meilenweit aus dem Körper quollen.

Fred schüttelte den Kopf. »Geht schon. Aber was in Gottes Namen haben Sie denn da drin?«

»Meine Gewichtheberausrüstung«, sagte Andra, die im Gegenzug Freds Kuckucksuhr und leichte Reisetasche trug. Als sie seinen verblüfften Blick sah, lachte sie: »Hey, das war nur Spaß. Das sind meine Bücher. Wissen Sie, Ich mache Abendkurse in Informatik und Betriebswirtschaft. Weiterbildung eben.«

»Ah ja«, sagte Fred, während er sich hinter der alten Dame, die das Cartland-Buch gelesen hatte, in die Traube der wartenden Zugpassagiere einreihte und nervös abwartete, was als nächstes geschehen würde.

## 4

Im letzten Passagierwagen des nur noch dahinrollenden Schnellzuges holte in diesem Moment ein großgewachsener, durchtrainierter Mann seine lederne Aktentasche aus dem Gepäcknetz.

Anthony Carpenter war zweiundfünfzig Jahre alt und hatte in seiner bisherigen Lebensspanne mehr erlebt als ganze Gruppen anderer Menschen: er absolvierte anderthalb Diensttouren in Vietnam, denen zwei Monate Gefangenschaft in einem Lager des Vietkong ein qualvolles Ende bereiteten; acht Jahre Malochen als Police Officer in New York City (in dieser Zeit zwei gescheiterte Ehen und einige weitere erfolglose Anläufe, um dauerhafte Beziehungen zu starten); und schließlich weitere acht Jahre als Special Agent beim FBI.

Inzwischen arbeitete er schon seit einiger Zeit nicht mehr für die Regierung. Sein neuer Arbeitgeber war eine weitaus besser bezahlende private Firma mit ähnlichen Aufgabenbereichen wie sein früherer Dienstherr. Daher konnte man immer noch an seiner rechten Hüfte, ein wenig hinter dem Hüftknochen, eine längliche Ausbeulung sehen, die ein Profi sofort als Gürtelholster mit Waffe darin identifiziert hätte.

Als er sich kurz darauf zu dem kleinen, gedrungenen Mann umwandte, der mit unwirschem, grimmigem Gesichtsausdruck auf einem der Abteilsitze kauerte, waren seine Bewegungen so gewandt und geschmeidig wie früher. Auch sein neuer Job zwang ihn dazu, sich in Form zu halten.

»Komm schon, Seppi«, sagte Carpenter. Sein schwarzes Haar glänzte im fahlen Licht der Leuchtstoffröhren am Waggondach.

»He, du kannst mich mal, du Wichser«, nölte der Mann, der die Hände hinter dem Rücken hielt. »Mir tut alles weh. Mach' endlich die Fesseln los. Sonst gehe ich keinen Schritt.«

»Du willst also wirklich bei diesem Blizzard hier im Zug übernachten?«, fragte Carpenter. »Könnte ungemütlich werden, nur so im T-Shirt, denkst du nicht?«

Wie ein Bauer, der sein Maultier mit einer Karotte voranzutreiben versucht, ließ der Ex-FBI-Agent ein warmes Kleidungsstück vor den Augen seines glatzköpfigen Begleiters hin- und herbaumeln.

Der tätowierte, stiernackige Mann funkelte Carpenter wütend an. »Du Bastard, ich will sofort meine Sachen wieder, hörst du?«

Mit einer leicht zynischen Geste, die als Antwort genügen musste, packte Carpenter den Mann, den er mit 'Seppi' angesprochen hatte, und schleifte ihn mit sich.

»Reine Vorsichtsmaßnahme«, sagte er. »Immerhin hab' ich die Verantwortung dafür, dich sicher nach L.A. zu bringen, damit du in acht Tagen brav vor Gericht gegen deinen Ex-Boss aussagen kannst. Und schon deshalb will ich nicht, dass du irgendwas Dummes versuchst ... was ich dir übrigens wirklich nicht rate. Selbst wenn du es schaffen solltest, mich zu überlisten und zu türmen - da draußen würdest du nicht einmal eine Stunde überleben. Und außerdem sind wir in dieser Stadt völlig eingeschneit, wie du gehört hast. Also würdest du sowieso nicht besonders weit kommen. Witzig, hm?«

»Fick dich ins Knie«, sagte Giuseppe Di Maria. »Und dann schaff' mich dahin, wo's warm ist.«

»Ersteres ist mir anatomisch unmöglich, aber letzteres wird sofort erledigt«, sagte Carpenter mit einem vordergründigen Grinsen, das Di Maria, wenn er belesener gewesen wäre, an den Gesichtsausdruck der Cheshire-Katze erinnert hätte. Barsch schubste er den gefesselten Mann in Richtung Waggontüre vor sich her.

Vor dem Ausgang verharrte bereits eine kleine Gruppe Reisender, die eingemummelt in ihre dicken Wintersachen wie gesichtslose Eskimos aussahen. Weniger als eine Minute später konnten Carpenter und seine Schutzperson den Zug verlassen.

Das erste, was der Ex-FBI-Mann in der schneidenden Kälte draußen sah, war der Vorhang der Schneeflocken, welcher durch die gleißende Helligkeit der Notbeleuchtung auf dem Bahnsteig schwärmte. Dann hörte er energische Anweisungen:

*»Hier entlang ... hier entlang!«*

Die Stimme gehörte einem Schaffner, der mit einer beleuchteten Kelle zur Seite winkte und die Reisenden in Richtung des Bahnhofsgebäudes dirigierte. Auf dem Weg kamen Carpenter und Di Maria an einem großen, breitschultrigen Bahnangestellten vorbei, der gerade die Koffer eines seltsamen Paares entgegennahm - sie war eine großgewachsene, reizvolle Schönheit, ihr Begleiter hatte ein feistes, aber freundliches John-Candy-Gesicht, sowie mehr als nur fünfzehn Kilo zuviel am Bauch und auf den Rippen. Zudem war er mehr als einen halben Kopf kleiner als sie.

Auch wenn sich später keiner an diese zufällige Begegnung auf dem kleinen Bahnhof erinnern sollte, war es dennoch das erste Mal, dass sich Tony Carpenter und Frederick Wendt während ihres Aufenthaltes in Nightfall Rapids über den Weg liefen.

»*Beeilen Sie sich! Geben Sie mir Ihren Koffer!*«, rief ein vermummter Bahnangestellter. »*Seien Sie vorsichtig beim Aussteigen! Halten Sie sich fest!*«

Frederick Wendt tat, wie ihm befohlen wurde. Der Blizzard, der durch die geöffneten Waggontüren fauchte, schnitt in seine Haut wie Rasierklingen. Reflexartig hielt er die Luft an und zupfte seinen Schal noch etwas höher. Danach klammerte er sich an die vereiste Haltestange und kletterte vorsichtig auf den verschneiten Bahnsteig hinab. Andra Merrick war direkt hinter ihm. Es schien, als suchte sie hinter ihm Deckung vor dem frostigen Orkan, der gnadenlos auf die Passagiere einpeitschte, während sie von Schaffnern und Männern mit Leuchtfackeln in Richtung eines großen, lang gezogenen Gebäudes vis-a-vis des Bahnhofes gelotst wurden. Auf der Vorderfont des Hauses waren in roten Buchstaben ein paar wahrhaft tröstliche, Wärme und Geborgenheit versprechende Worte zu lesen: *Rapids Inn Hotel*

Nachdem sich die etwa sechzig bis siebzig schlotternden Reisenden in der Eingangshalle des Hotels (*sofern es nicht übertrieben war, den lang gezogenen Raum mit einer Theke und einem Schlüsselbrett dahinter so zu nennen*) versammelt hatten, fragte sich Fred angesichts der doch imposanten Menschenmenge, ob alle Zugpassagiere hier Platz finden würden. Nochmals in diese Kälte hinaus zu müssen, um ein anderes Quartier zu suchen, war wirklich das *letzte* was er wollte; außerdem w-

Jemand hatte etwas gesagt. Fred sah auf.

»Meine Damen und Herren, kann ich kurz Ihre Aufmerksamkeit haben? Hallo?!«, sagte einer der Männer, die sie hergeführt hatte. Als er seinen dicken, grauen Parka öffnete, kam darunter eine Polizeiuniform zum Vorschein. »Ich bin Sheriff Ward Douglas und möchte Sie alle hier in Nightfall Rapids willkommen heißen. So, wie es aussieht, werden sie wahrscheinlich morgen oder spätestens übermorgen Ihre Reise fortsetzen können, bis dahin machen Sie es sich hier gemütlich, alles klar? Sie werden hier alle ein Bett bekommen. Wir haben fünfzig Hotelzimmer, der Rest wird in den Stuben des Personals und anderen leerstehenden Räumen Unterkunft finden, wo wir bequeme Feldbetten aufgestellt haben.« Polizeichef Douglas sah sich um. »Okay, ich gebe zu, das hier ist nicht das Waldorf Astoria. Aber das hier ist auch keine Ferienfahrt, denn die Situation ist ernst - das ist Ihnen hoffentlich klar. Ich schätze, irgendwie werden wir das Beste aus der Geschichte machen. Okay? Okay!«

Fred nickte schniefend und sehnte sich nach einem Taschentuch und Hautcreme. Sein Gesicht stach und brannte und prickelte fast unerträglich.

Der bullige Sheriff schüttelte missmutig den Kopf, bevor er fortfuhr: »Leider hat der Sturm sämtliche Telefonleitungen aus der Stadt heraus lahm gelegt. Und wie Ihnen ein Blick auf Ihre Handys sagen wird, liegen wir hier in einem aussichtslosen Funkloch.«

Tatsächlich sprachen die enttäuschten Gesichter sämtlicher Mobiltelefon-Besitzer Bände. Kein Herumrütteln, kein Netzsuchlauf und auch kein Umhertigern von Zimmerecke zu Zimmerecke entlockte den wertlos gewordenen Hitech-Apparillos nur einen Hauch von Empfang.

»Aber ich kann Sie dennoch beruhigen«, fuhr der Sheriff fort. »Die Eisenbahngesellschaft hat mir versichert, dass man an Ihrem Zielbahnhof ein Informationstelefon einrichten wird, wo sich Ihre Angehörigen oder Freunde erkundigen können, dass es Ihnen hier gut geht und sie in wenigen Tagen sicher eintreffen werden. Bis dahin wünsche ich Ihnen einen notgedrungenen, aber schönen Aufenthalt in Nightfall Rapids. Wir haben genug zu essen und trinken und warme Betten und Liegen für alle, glauben Sie mir.«

»Aber was ist mit Strom?«, fragte einer der Passagiere. »Was passiert, wenn hier der Strom ausfällt? Woher kriegen Sie hier Ihren Strom?«

Fred hatte sich schon dieselbe Frage gestellt, sie aber nicht aussprechen wollen, als ob er damit böse Geister fernhalten konnte.

»Sir, machen Sie sich keine Sorgen«, meinte Douglas. Seine Stimme war tief und etwas rau, aber freundlich. Er hatte viel von Freds Onkels Gustav. »Normalerweise bekommen wir einen Teil des Stroms per Hochspannungsleitung, den Rest erzeugen wir mit unserem kleinen Heizkraftwerk selbst«, sagte der Polizeichef. »Im Moment sind wir zu hundert Prozent auf unser Kraftwerk angewiesen, weil die Fernleitungen schon seit zwei Monaten außer Betrieb sind; aber das passiert jeden Winter, und auf unser Kraftwerk sind wir sehr stolz. Es hat noch nie damit Probleme gegeben. Alles klar? Noch Fragen? Nein? Gut. Na gut.«

Also bekamen die Passagiere ihre Zimmerschlüssel. Hinter dem Hoteltresen stand ein kleiner, weißhaariger Mann mit stechenden, fast schon schwarzen Augen. Er musterte die einzelnen Fahrgäste zuerst mit einer Mischung aus Misstrauen, Argwohn und seltsamem Interesse, bevor er ihnen wortlos die Schlüssel in die Hände drückte.

Als Fred und Andra an der Reihe waren, zögerte der kleine Mann sogar noch in wenig länger als zuvor. Mit einem unergründlichen Glimmen in den Augen stierte er die junge Frau an, so dass sie sich mehr als nur ein wenig unbehaglich zu fühlen begann. Sie war so hübsch, dass sie es gewöhnt sein musste, angesehen und vielleicht sogar unverhohlen ange*starrt* zu werden ... Aber nicht auf diese *beklemmende* Art und Weise. Darum drängte sich Fred instinktiv zwischen die beiden und unterbrach den Blickkontakt.

»Ähm, die Schlüssel«, sagte er und zeigte auf den Schlüsselbund mit der Nummer zwei-null-vier, den der Mann in seiner faltigen Hand hin- und herwiegte. »Wir wollen in unsere Zimmer …«

Immer noch schweigend und in seinem *Gluutz* gefangen drückte der Fremde Andra den ersten, Fred einen zweiten Schlüssel in die Hand. Danach verschwand er durch einen dunkelroten Vorhang in das Nebenzimmer der Empfangshalle.

»Was für *aan Gläufl*«, sagte Fred kopfschüttelnd, während er über eine schmale, u-förmige Treppe mit hohen Stufen die erste Etage erklomm.

Oben angekommen hievte er mit letzter Kraft ihren schweren Koffer in ihr Zimmer, nahm dann seine Kuckucksuhr und die leichte Reisetasche entgegen und verschwand schließlich in seinem eigenen Raum, der direkt neben dem von Andra lag. Es gab sogar eine abgeriegelte Verbindungstür zwischen den beiden Stuben.

Zuerst hängte Fred seine klamme Überkleidung - Mantel, Schal und Handschuhe - zum Trocknen an die Heizung. Dann sah er sich in dem kleinen, nicht ungemütlichen Zimmer um. An der linken Seitenwand der vielleicht drei mal fünf Meter messenden Kammer stand ein großes, mit rotbraun karierten Laken bezogenes Bett, in dessen Nachttisch ein Radio eingebaut war. Auf der anderen Seite befanden sich ein schmaler Kleiderschrank sowie der Eingang zu einem nur mit Toilette und Waschbecken bestückten Alkoven, der ähnlich wie die Nasszellen in Wohnmobilen oder Wohnwagen anmutete.

Kritisch musterte Fred anschließend die Zimmerecken und sämtliche Spalten, die sich zwischen Möbelstücken auftaten. Fred *hasste* Spinnweben und Spinnen. Sie widerten ihn an. Tief unten im Keller des Mittelklassehauses, wo Fred aufgewachsen war, hatten ganze Kolonien von Spinnen ihr Zuhause gehabt. Sie kauerten in den Ecken der fast drei Meter hohen, immer düsteren und kalten Vorratskammer in ihren Netzen und warteten geduldig auf Beute. Fred hatte sich mit der faszinierend dunklen Phantasie mancher Kinder immer wieder vorgestellt - fast schon vorstellen *müssen* -, wie die Spinnen dort lauerten, bis er endlich nach unten kam, um für seinen Vater ein Bier oder was auch immer zu holen, und sie über ihn herfallen konnten. So albern es war, er erschauderte jetzt noch, nur bei dem Gedanken.

Seine Sorgen waren jedoch unbegründet. Der Raum war sauber und proper, wie er es mochte.

Gähnend ließ er sich also auf das Bett plumpsen und stellte erleichtert fest, dass die Matratze nicht zu weich war. Wegen seines Übergewichtes quälte ihn ein gewisses Bandscheibenleiden, und sein Arzt hatte ihm geraten, weniger zu essen und abzunehmen (was er jedoch geflissentlich überhört hatte) oder wenigstens zum Wohle seines Rückens auf weiche Betten zu verzichten.

Mit einer erschöpften Handbewegung schaltete er das Radio im Nachttisch ein. Sofort knisterte statisches Rauschen aus dem Lautsprecher, gefolgt von ein paar Stimmfetzen, die noch im Äther hängen geblieben waren. Der Empfänger mochte nur wenige Jahre alt gewesen sein und wirkte, von der dünnen Staubschicht auf der Senderskala abgesehen, fast neuwertig, wie auch der Rest des Mobiliars. Alles wirkte ungebraucht und klinisch, wie eine Theaterkulisse.

In einer gemütlichen Pension am Stadtrand von Bremen, wo Fred einst einen Kurzurlaub verbracht hatte, war auch ein Radio im Nachttisch eingebaut gewesen. Doch im Gegensatz zu diesem modernen Empfänger hier war dies ein uraltes Gerät gewesen, durch das sich der Ton seltsam dumpf und gequetscht anhörte, als würde er aus einer vergangenen Zeit kommen. Jedes Mal, wenn Fred das betagte Radio eingeschaltet hatte, um sich vor dem Einschlafen mit Musik zu entspannen, hatte er erwartet, einen Ansager zu hören, der begeistert *die ZDF-*

*Hitparade mit Dieter-Thomas Heck, live aus West-Berlin!* oder etwas ähnlich nostalgisch-vergangenes ankündigte. Es war dasselbe Gefühl, als würde man eine alte, vergilbte Fotografie betrachten - eine Mischung aus Erinnerungen und Wehmut, meistens verbunden mit einem Hauch Verklärung und Melancholie.

Dieses neue Radio hier in seiner sterilen Möbelhaus-Umgebung löste jedoch keine dieser Emotionen aus. Es war funktionell und modern und ließ einen völlig kalt.

Fred drehte an der Sendereinstellung und hörte das Pfeifen sich überlagernder Sendebänder, dann abgehackte Stimmen, keine davon verständlich. Es dauerte einige Zeit, bis er endlich auf Langwelle einen Sender gefunden hatte, der Informationen brachte. Die Stimme des Nachrichtensprechers war tief und unbewegt, als er seine Tirade schlechter Neuigkeiten begann:

»... der Norden des Landes und Kanada werden momentan von den heftigsten Schneefällen seit mehreren Jahren heimgesucht. Besonders betroffen sind die Staaten British Columbia, Alberta und Saskatchewan in Kanada, Washington, Montana, North und South Dakota, Minnesota und Wisconsin in den Vereinigten Staaten. Minnesota, Montana und North Dakota wurden zu nationalen Notstandsgebieten erklärt; viele Dörfer und Ortschaften sind von der Außenwelt abgeschnitten, ohne Telefonverbindungen und Strom ...«

*Allmächd, wenigstens haben wir hier noch Strom, is' des garschtig!* dachte Fred. Er spürte ein dumpfes Würgen in der wie zugeschnürten Kehle.

»... viele Straßen und Eisenbahnlinien sind zugeschneit, vor Reisen in die betroffenen Gebiete wird gewarnt«, fuhr der Sprecher eindringlich fort. »Die Flughäfen aller großen Städte in diesen Gebieten sind geschlossen, sämtliche Flüge in die Notstandsgebiete gestrichen worden. Die Nationalgarde ist bereits mobilisiert, erste Evakuierungszentren für die Menschen in den Notstandsgebieten sind im Aufbau. Nach Angaben führender Wissenschaftler sind die überraschend aufgetretenen und unerwartet heftigen Schneefälle wohl auf das alle sieben Jahre auftretende Wetterphänomen 'El Nino' zurückzuführen, und es könnte noch mindestens drei Tage anhalten, bevor eine Besserung in Sicht ist. Wir werden Sie laufend weiter informieren. Und nun zu weiteren Neuigkeiten aus aller Welt: In Helsinki trafen israelische und palästinensische Unterhändler zusammen, um über deine Waffenr-«

Fred knipste das Radio aus. Diese subtile, grummelnde Angst in seinem Magen wich nun offener Furcht. *Was, wenn der Schnee noch höher stieg? Was, wenn sie hier ohne Strom sitzen bleiben würden, ohne Heizung und Wärme? Dann waren sie, davon war er überzeugt,* »*etz echd verrazzd*«.

»He, Fred, sind Sie wach?«, rief Andra in diesem Moment und klopfte gegen die andere Seite der Verbindungstür.

Alleine die junge Frau zu hören, wie sie etwas sagte, das nur *ihm* galt, stimmte ihn wieder etwas positiver, zumal auch ihr Vorschlag sehr vernünftig klang.

»Ich gehe ins Restaurant ... also, wenn es hier so etwas gibt«, meinte sie. »Ich hab' einen Bärenhunger. Hoffentlich gibt es etwas zu futtern. Kommen Sie auch mit?«

Fred zögerte keine Sekunde.


# 6

Der Speisesaal grenzte direkt an die Empfangshalle des Hotels und wurde offensichtlich so selten benutzt wie der Rest des Hotels. Es war, als würden die Leute vom Hotel das Restaurant und die Küche nur dann öffnen, wenn Gäste hier abgestiegen waren; ansonsten blieben alle Möbel säuberlich mit Tüchern abgedeckt. Schließlich war es auch hier, wie im Zimmer, nicht *schmutzig* oder *staubig*, sondern wirkte einfach nur unbenutzt. Fred fühlte sich, als habe er einfach nur die Abteilung in dieser seltsamen Möbelpräsentation gewechselt, von *anonymes, einfaches Hotelzimmer* zu *Speisesaal in einem Kleinstadthotel*.

Als sich Fred und Andra schließlich an einem der Tische ausruhten, beide gestärkt von einer dünnen, aber wenigstens warmen Gemüsesuppe mit Nudeln, bemerkte die beiden eines: Vielleicht mochte es ein Klischee sein, aber mit etwas zu Essen im Magen sah die Welt tatsächlich gleich ganz anders aus. Und nicht nur ihm und Andra, auch den anderen Reisenden schien es so zu gehen, denn die Anspannung nach der Ankunft hier war inzwischen weitgehend verflogen.

Wenige Tische von den beiden entfernt saßen der Junge und das Mädchen aus dem Großraumwagen, hielten Händchen und himmelten sich (wie eigentlich immer) verliebt an. Weiter hinten erkannte Fred den Zugbegleiter und auch den Mann, der während der ganzen Fahrt nicht von seinem Notebook aufgesehen hatte. Natürlich war der Workaholic auch jetzt ganz in seiner Arbeit aufgegangen, winzige Buchstaben und Tabellen spiegelten sich in den Gläsern seiner runden Nickelbrille.

Fred freute sich irgendwie, diese zumindest annähernd vertrauten Gesichter zu sehen; alle anderen Reisenden hatten sich bereits in ihre Zimmer verzogen und warteten dort darauf, dass sich etwas tat oder wenigstens die Zeit verging.

Zwei Leute, über deren Abwesenheit Fred hingegen alles andere als unglücklich war, stellten jene suspekten Typen dar, die bis vor ein paar Minuten hier gesessen und ihre Suppe verspeist hatten. Der eine Kerl - cool und hellhörig wie ein Wachhund -, überragte seinen nur mit einem viel zu leichten Hemd, hellen Hosen, sowie teuren, aber zu dünnen Halbschuhen bekleideten Begleiter um fast einen Kopf. Die beiden hatten sich während des ganzen Abends ständig angegiftet; immer wieder hatte der kleinere, glatzköpfige Mann verlangt, etwas Wärmeres zum anziehen zu bekommen, weil er ganz erbärmlich *fror*, was der andere seltsamerweise jedoch ablehnte. Fred war unendlich erleichtert, als die seltsamen Vögel endlich wieder verschwanden.

»Was machen Sie eigentlich beruflich, Fred?«, fragte Andra, um die Stille zu überwinden und ein in dieser Situation beruhigend belangloses Gespräch anzukurbeln. Dabei ließ sie eine Süßstoff-Tablette in ihren Tee fallen.

»Ich?«

Das war nun wirklich ziemlich dusselig, sogar für seine Begriffe. *Natürlich, du Doldi, wie viele Hoschbers heißen hier noch 'Fred'?* Er begann seine Erklärung mit dem unsterblichsten und wohl meistgebrauchten Wort der Umgangssprache: »Äh ...« Anschließend, nach einer kurzen mentalen Konsolidierungsphase, räusperte er sich umständlich und wagte einen erneuten Startversuch: »Also ich bin Buchhalter und Kontoführer bei einem ... bei einem Versicherungskonzern in Nürnberg in Deutschland, da, wo ich ja auch ... lebe. Wir gehören zur Talisman Gruppe, sie wissen ja: *was wir nicht versichern, muss noch erfunden werden.*«

»Klingt interessant«, sagte Andra.

»Also nee, wirklich nicht. Ich bin zufrieden damit, ich meine, man kann davon leben ... aber es ist sicherlich nichts Aufregendes. Zum Glück. Das würde ich gar nicht wollen. Ich hab' lieber meine Ruhe, meinen kleinen Schreibtisch in meinem kleinen Büro und meine Ordner. Ich arbeite gerne da ... na ja, und viel. Das einzige, auf das ich aufpassen muss, ist, mir nicht beim Abheften der Rechnungen in den Finger zu tackern.«

Andra grinste höflich über den kleinen Scherz, den Fred einst von seinem Bowlingkumpan Erwin Kleinlein aufgeschnappt hatte. (Die restlichen Witze in Kleinleins Spaßreservoir waren übrigens nicht viel geistreicher.)

»Was sagt denn Ihre Frau dazu, dass Sie so viel arbeiten, hm, Fred?«, fragte Andra und schaute ihn dabei geheimnisvoll lächelnd und mit schräggelegtem Kopf an.

Sofort färbte sich Freds pummeliges Gesicht puterrot, und er stammelte: »Ich ... ich habe niemanden ... äh, ich meine, keine Frau ... na ja, also, was ich sagen will, ich bin nicht verheiratet. Und Sie?« Er stutzte und korrigierte sich hastig: »O Gott, nicht, ob Sie verheiratet sind ... ich, äh, also ich wollte nur wissen, na ja, äh, was machen Sie denn so, Andra? Beruflich.«

»He, ich hab' Sie auch gefragt, oder?« Sie nahm ihre schönen Hände hoch und spreizte die langen, schlanken Finger. »Kein Ring, sehen Sie? Und auch kein Freund. Der letzte Typ, von dem ich dachte, er wäre anders ... na ja, er war es nicht. Das übliche.« Sie zuckte mit den Schultern. »Ich arbeite halbtags als Sekretärin in einer Immobilienfirma.«

*Dessen Chef seine Hände gelegentlich nicht unter Kontrolle hat,* wollte sie noch giftig hinzufügen, entschied sich aber dann doch dagegen. Besagter Chef, der nicht ohne Grund von seinen weiblichen Mitarbeitern nur 'Zachary, die Zunge' genannt wurde, hörte es nicht, und Fred konnte nun wirklich nichts dafür.

»Was meinen Sie, Fred, wie lange werden wir hier festsitzen? Der Sheriff sagte etwas von zwei Tagen«, sagte sie.

Fred zuckte mit den Schultern. »Im Radio hat man gesagt, die Wetterlage würde noch bis zu drei Tagen andauern, das hat irgendwas mit dem 'El Nino'-Ding zu tun. Also ... ich fürchte, wir sitzen hier einige Zeit hier fest. Montana und North Dakota sind nationale Notstandsgebiete wegen des ganzen Schnees.«

Andra seufzte erneut aus tiefstem Herzen und wirkte, als wolle sie sich selbst ohrfeigen. »Warum bin ich nicht geflogen? Ich hätte einen Platz im letzten Flug haben können, wissen Sie? Dann hätte ich es vielleicht noch vor dem gottverfluchten Schneesturm geschafft. Aber nein, ich mach' mir ja schon bei dem Gedanken an ein Flugzeug ins Hemd, also dachte ich: Vergiss es, nimm den Zug, Pauline wird schon ein bisschen länger warten können ...« Sie sah Freds verständnislosen Blick und fügte hinzu: »Wie können Sie das wissen? Pauline ist die Freundin, zu der ich unterwegs war. Ihr Mann hat sie für die siebzehnjährige Freundin ihrer Tochter verlassen, nach zwanzig Jahren Ehe. Was sagen Sie *dazu*? Krass, oder? Ich wollte mich ein wenig um sie kümmern. O warum hab' ich dumme Kuh nicht nur einmal die Zähne zusammengebissen, nur ein verdammtes Mal?«

Frustriert nippte sie an ihrem Tee.

»Ich vertrage das Fliegen auch nicht«, meinte Fred mit einem bemühten solidarisch-aufmunternden Lächeln. »Diese Schaukelei, das leise Vibrieren, die ewigen Luftlöcher und Turbulenzen, das Brummen ... *Bäh!* Da ist mir Zug fahren schon viel lieber. Es ist so, äh, geruhsam und beruhigend.«

»Und romantischer.« Andra fand irgendwie ihr wunderbares Lächeln wieder.

Fred schluckte.

»Ja.« Er räusperte sich. »Und romantischer.« Verlegen folgte er mit dem Zeigefinger dem Muster der Tischdecke.


# 7


»Ich glaub', ich gehe nach oben«, sagte Andra ein paar Minuten später und gähnte. »Das hat mich alles irgendwie geschlaucht. Ich bin ganz schön müde.«

Fred nickte. »Ich bleib' auch nicht viel länger hier unten. Ich könnte eine ganze Woche schlafen.«

Zusammen gingen die beiden durch den Speisesaal, dann an der Rezeption vorbei. Hier unterhielt sich der große, wachsame Mann, der knapp eine Stunde zuvor noch bei dem nörgelnden Glatzkopf im Speisesaal gesessen hatte, mit Sheriff Douglas.

» ... keine Sorgen, Mister Carpenter«, sagte der Polizeichef. »Wir werden morgen alles nur Menschenmögliche versuchen, um die Telefonleitung zu reparieren, aber heute Nacht ist das unmöglich. Und unsere Funkgeräte haben nicht so eine große Reichweite, zumindest nicht, bis unsere Hauptsendeanlage wieder repariert ist, aber das kann leider noch dauern.«

»Kein Problem, Sheriff«, meinte der rätselhafte Gesprächspartner. »Ich mache Ihnen ja auch persönlich keinen Vorwurf, aber ich muss meine Agentur in Los Angeles dringend informieren, dass ich und mein Begleiter hier für ein paar Tage feststecken. Meine Partner warten auf mich, und die ganze Angelegenheit ist ziemlich heikel.«

*Agentur?* dachte Fred. *Partner? Heikle Angelegenheit? Kodzgreitz, was für Dudderer trieben sich eigentlich in diesem Zug herum?*

Aus einem inneren Impuls heraus, den er noch nie gefühlt hatte, riet er Andra, als sie schließlich vor dem Zimmer der jungen Frau standen: »Hören Sie, wenn ... na ja, wenn irgendetwas ist, klopfen Sie an die Verbindungstür, okay? Und schließen Sie die Tür' ab.«

»Hätte ich sowieso getan, Fred. Sie sind sehr lieb. Gute Nacht.« Sie zwinkerte zum Abschied.

Das war fast zuviel für ihn. *Sie zwinkerte ihm zu!* Freds Herz setzte so lange aus, dass er sich eigentlich darüber hätte Sorgen machen müssen, stattdessen jedoch überschlug er sich fast vor Freude über diese simple Geste. Treu wartete er, bis Andra ihre Tür fest abgeschlossen hatte, dann erst verließ er seinen Posten.

Eine tonlose, aber fröhliche Melodie vor sich hinsummend nahm er seinen Pyjama und seine Nachtlektüre aus der Reisetasche, zog sich schnell um und kroch unter die Bettdecke. Mit den Fingern suchte er nach dem Lesezeichen, schlug dann `Uhrenmechanik für Anfänger` auf und begann, im Kapitel über Zahnradtechnik zu lesen. Er beschäftigte sich schon einige Zeit mit diesem Thema; immerhin wollte er kleinere Reparaturen selbst durchführen können, sollte es mit einem seiner Lieblinge irgendwann einmal Probleme geben. Davon abgesehen beruhigte ihn dieses Buch stets wie purer Seelenbalsam.

Zwanzig Minuten später war Frederick Wendt auch schon eingenickt.

Die weiße, unter der jungfräulichen Schneedecke schlafende Stadt hielt ihre Geheimnisse fest und sicher in ihrem Innersten verborgen.

## 8

Der Mann, dessen Name laut Ausweis und Führerschein Jim Harden lautet (*nennen wir ihn der Einfachheit halber auch so, obwohl der Name falsch ist wie ein dreißig-Dollar-Schein*), hat hingegen im Moment nicht vor, sich wie fast alle anderen der gestrandeten Zugpassagiere auszuruhen oder gar zu schlafen. Nein, er hockt in seinem Zimmer im dunklen Keller des Hotels und folgt mit den Augen interessiert dem systematischen Gewirr von Rohren und Wasserleitungen, das sich an der Decke entlangschlängelt.

Der erste Raum, in dem man ihn einquartiert hatte, war für ihn denkbar ungünstig gewesen: ein großer Lagersaal im Erdgeschoß, den er sich mit drei anderen Reisenden hätte teilen müssen. Also hatte er sich, selbst auf die Gefahr hin, undankbar oder gar arrogant zu wirken, beim Sheriff erkundigt, ob es noch eine andere Stube gab, die er vielleicht für sich alleine haben könnte. Nicht ohne eine gewisse Genervtheit in der Stimme (*es war die typische Art von 'Oh-diese-Städter'-Genervtheit, mit der große Teile der Landbevölkerung ihren neurotischen Mitmenschen aus den großen Metropolen begegneten*) erwiderte Douglas, dass es noch einige Räume im Keller gäbe, aber gegen diese Kammern wäre selbst dieses spärliche Lager noch luxuriös. Umso größer war Douglas' Verwunderung, als Harden ohne zu murren eines der feuchten, unterirdischen Löcher bezog.

Was der Sheriff natürlich nicht wissen konnte, war, dass der als Harden bekannte Mann hier in diesem kargen Kellerraum fernab der anderen Reisenden, erhellt bloß von einer unverkleideten Deckenlampe, ungestört der Vorbereitung seiner Aufgabe nachgehen kann.

Und diese Aufgabe ist ein Doppelmord.

Denn der Mann, dessen Ausweispapiere auf Harden lauten, ist ein hochbezahlter professioneller Killer, ein Cleaner von eisiger Präzision und Konsequenz.

Als schließlich die Geräusche, die vom Erdgeschoss nach unten drangen, verstummen und das Hotel letztendlich zur Ruhe kommt, will der Mann einen ersten Erkundungsgang wagen. Er darf nichts überstürzen, aber ganz sicher auch nicht trödeln – eine Naturkatastrophe hielt sich an keinerlei Zeitpläne. Das macht seine Situation so schwierig, unberechenbar.

Zuerst muss in jedem Fall die Ausrüstung geprüft werden. Deswegen nimmt der Mann seinen unauffälligen Lederkoffer an sich und öffnet ein Geheimfach im Seitenpanel. Zum Vorschein kommt eine kleine, aber leistungsfähige Pistole von Beretta, Kaliber .308, mit extra kurzem Abzugsweg und speziell angefertigtem Mikrometer-Visier. Der Killer zerlegt die Waffe mit wenigen automatisierten, tausendfach geübten Handgriffen und setzt sie dann wieder zusammen; er zieht den Abzug durch, spannte den Hahn und entspannt ihn wieder, wobei er auf jedes Geräusch achtet, das eine drohende Fehlfunktion ankündigen konnte.

Nach dem Materialcheck schraubt Harden einen Schalldämpfer aus hochmoderner Polygon-Kevlar-Legierung auf seine Waffe. Frühere Schalldämpfer waren oftmals klobig gewesen und hatten dreißig, vierzig Zentimeter Länge erreichen müssen, um die gewünschte Eliminierung des Mündungsknalles von Selbstladepistolen zu ermöglichen. Diese israelische Neuentwicklung hingegen ist nur noch fünfzehn Zentimeter lang und wiegt dreihundert Gramm, ist aber dennoch leistungsfähiger und um einiges haltbarer als die früheren Exemplare, die man schon nach wenigen Schüssen hatte auswechseln müssen.

Ein Hoch auf den Fortschritt, denkt Harden, während er das Magazin mit von ihm selbst gefertigten Unterschall-Bleidumdumgeschossen füllt; kunstvoll angefeilten Projektilen, welche sofort nach dem Eindringen in das Hard Target – den Zielkörper – ihre tödlich explosive Wirkung entfalten würden. Zufrieden sieht der Killer den Munitionsstreifen danach in den Griff seiner Beretta, wo das Magazin mit einem satten Klicken einrastet.

Lautlos und katzenhaft geschmeidig steht Harden also auf, von drahtiger Gestalt, etwa einsachtzig groß, bekleidet mit einem unauffälligen kariertem Hemd, Jeans und Turnschuhen, die Augen grau, das Haar dunkelblond. Bedachtsam lädt er die Waffe durch, schiebt sie in ein ledernes Gürtelholster am Steißbein und breitet sein gemütliches Hemd darüber aus. Dann öffnet er umsichtig die Zimmertüre und gleitet nach draußen. Im Erdgeschoss kommt ihm eine ältere Frau mit altmodisch hochtoupierten Haaren und einem Glas Wasser in den knochigen Händen entgegen. Harden passiert sie in aller Seelenruhe. Er nickt ihr zu, wobei er ihr nicht in die Augen sah, und geht dann leise, aber ohne zu schleichen, über die Hintertreppe nach oben.

Seine Schritte sind der nächtlichen Stille im Hotel angepasst, als er im ersten Stock ankommt und sich die Umgebung sorgfältig einprägt. Er streicht von Türe zu Türe, lauscht kurz, bewegt sich dann weiter, vorsichtig, aber zügig, bis er bei Zimmer zwei-eins-zwei landet: seinem Zielort.

»He, Carpenter, ich hab' noch Durst«, nölt eine Stimme im Inneren des Raumes. Es war Giuseppe Di Maria, genannt »Seppi«, früher erster Kassierer des Luca-Syndikats, jetzt Hardens primärer Todeskandidat und der Grund für Don Lucas neustes Magengeschwür.

»Dann trink' ein Glas Wasser.«

»Ich will kein beschissenes Leitungswasser. Bäh! *Fuck!* Ich will ein Bier oder sowas, kapiert? Etwas vernünf-«

»Seppi, halt' bloß deine Klappe, ja?«, sagt die zweite Person im Zimmer: Tony Carpenter, der Aufpasser und Hardens sekundäres (wenn auch nicht weniger wichtiges) Ziel. »Das hier ist keine Urlaubsreise, ja? Es ist mein Job, dich zum Prozess nach L.A. zu bringen und dafür zu sorgen, dass du nicht noch mal türmst. Also werde ich das auch tun, kapiert? Zuerst versäumen wir wegen deiner verdammten Flugpanik den letzten Flug, der noch gegangen wäre, bevor sie den Flughafen geschlossen haben. Dann rufst du bei dir Zuhause an und sagst in deiner grenzenlosen Blödheit, wo du im Moment bist, weswegen wir auch noch die Fahrroute wechseln mussten.«

»Hey, ich wollte nur nicht, dass sich meine Schnecke Sorgen macht. Immerhin heiraten ich und die Schlampe nächstes Jahr.«

»*Sorgen?* Sie sollte deinen Cousin Vinnie alarmieren, damit er uns in Sacramento abfangen kann. Verkauf' mich nicht für blöd, okay, Seppi? Mit Vinnie wäre ich spielend fertig geworden; was mir Sorgen macht, ist, dass dein früherer Chef jetzt vielleicht weiß, dass wir per Zug unterwegs sind. Vielleicht hat er schon ein paar Leute hinter uns hergeschickt.«

»Na und? Die würden genauso hier in diesem Scheißschnee festsitzen wie wir.«

»Sei dir da nicht so sicher, Mann. Aber wenn ich nur noch einen Ton von dir höre, dann brauchen die uns nicht mehr einzuholen. Denn dann werde ich selbst deinem Kumpel Ray Luca anrufen und ihm verklickern, wo sein abtrünniger Eintreiber abgeblieben ist, sobald die Telefone wieder funktionieren.«

*Oh,* denkt Harden. *Das wird nicht nötig sein.*

»Hey, das würden Sie doch nicht tun, oder?«, fragt Seppi, nun mit deutlicher Besorgnis in der Stimme. »Sie brauchen mich, um Luca festzunageln. Ich bin Ihre einzige Verbindung zum Syndikat ... vergessen Sie das nicht!«

Der andere Mann antwortet nichts.

Harden zieht sich an dieser Stelle zurück, verschwindet wieder in seinem kargen Zimmer.

Ihm ist klar, dass er den beiden nur etwa zwei Stunden geben müsste, bis sie tief und fest schlafen. Aber er würde heute Nacht noch nicht zuschlagen, so verlockend der Gedanke auch ist, den Job sofort zu erledigen. Aber immerhin sind nicht nur seine Zielpersonen hier gefangen, abgeschnitten von jeder Fluchtmöglichkeit, sondern auch er selbst. Das ist der große Nachteil an diesem eigentlich perfekten Szenario für einen Hinterhalt.

Nein, er wird den Job erst später durchziehen, möglicherweise im Trubel des allgemeinen Aufbruches, sobald der Schneesturm abgeklungen ist. Und wenn alles vorbei ist, wird Harden wie unzählige Male zuvor eine neue Identität annehmen, untertauchen und verschwinden. Und bis dahin muss er abwarten. Aber auch dafür ist er bestens trainiert und konditioniert.

# DIE STADT ERWACHEND

All the weather outside is frightful,
but the fire's so delightful,
and since we've no place to go ...
let it snow, let it snow, let it snow!

*Sammy Cahn, Jule Styne, »Let it snow«*

# 1

Als Fred die Augen aufschlug, war es noch stockfinster. Er verspürte einen nicht zu verachtenden Druck auf der Blase, deshalb schlug er murrend die Decke zurück, schwang seine Füße seitlich aus dem kuschelig warmen Bett und schlurfte dann durch die kühle Stille des Hotelzimmers hinüber zur winzigen Nasszelle.

Nachdem er sich erleichtert hatte, bewegte er sich zurück zum Bett, wobei er zu müde war, um die Füße höher als zwei, drei Zentimeter vom Boden zu heben,

Ein kurzes, neugieriges Spähen aus dem beschlagenen Fenster zeigte ihm zu seiner Überraschung, dass der Himmel absolut klar war. Er hatte mit noch mehr dicken, grauen Schneewolken gerechnet, stattdessen aber sah er über Nightfall Rapids fantastisch zahlreiche Sterne von erstaunlicher Fülle und Intensität.

Doch von der einfachen Schönheit abgesehen bedeutete dies auch noch, dass die Räumkommandos die Schienen sicher schon bearbeiteten, und der Zug vielleicht noch eher, als er gedacht hätte, wieder aus dieser Stadt wegkommen würde!

*Das* waren endlich gute Neuigkeiten, die ersten seit viel zu langer Zeit. Von einem plötzlichen Schub aus purem Optimismus erfüllt, legte er sich nochmals hin und döste bis zu den ersten Vorboten der Dämmerung. Dann wurde er Zeuge eines erbarmungslos schönen Wintersonnenaufganges.

Nachdem die ersten orangefarbenen Lichtstrahlen zaghaft die Fassade des Hotels abtasteten, schlüpfte Fred spontan in seine Thermohosen, zwei Pullover und schließlich die dicke Daunenjacke. Schlagartig sehnte er sich nach frischer Luft.

Für Andra kritzelte er eine kurze Nachricht, dass er spazieren gegangen sei und bald zurückkommen würde, dann riss er das Blatt aus dem Notizbuch und schob es unter der Zwischentüre durch. Schließlich sperrte er die Stube auf, folgte dem kargen Flur davor bis zu den Treppen und stapfte hinunter ins Erdgeschoss des verlassen wirkenden Hotels.

Als er versuchte, mit dem zweiten Schlüssel am Bund (Aufschrift: HAUPTTÜREN) den Eingang zu öffnen, wurde er zunächst enttäuscht. Der Schlüssel passte in keines der Schlösser. Erst eine Hintertür stand offen, und Fred konnte nach draußen gelangen.

Die frostklare Luft weckte ihn jäh – und gründlich.

Einige Schritte südwärts passierte Fred den kleinen Bahnhof, auf dessen Nebengleis der Schnellzug abgestellt war und nun einer riesigen, glitzernden Düne aus frischem Schnee glich. Dann stiefelte er weiter die einsame Hauptstraße der schlafenden Kleinstadt entlang.

Erst nach ein paar Minuten fiel ihm auf, wie einsam er war. Nicht in seinem Leben - das war eine Erkenntnis, vor der er immer Reißaus nahm, sobald sie in seine Richtung trudelte - sondern *hier und jetzt.*

Auf einmal überkam ihn das beunruhigende, geradezu irrationale (aber nicht zu leugnende) Gefühl, als wäre er das einzige Lebewesen in dieser weißen Stadt. Wenn nicht wenigstens aus einigen Schornsteinen Rauch gequollen wäre, hätte man den Ort an diesem Vormittag tatsächlich für eine Geisterstadt halten können.

Jeder Schritt, den Fred machte, schien ein paar Kilometer weit zu hören sein. Nicht ein Schuhabdruck war vor ihm in den Schnee getreten worden. Fred war froh, dass er wenigstens *seine* Fußspuren hatte, denn er wusste, ohne sie würde er kaum zum Rapids Inn zurückfinden.

Völlig verrückt. Obwohl es schon nach acht Uhr war, schippte niemand Schnee. Keiner wollte sich überzeugen, welche Schäden der Schneesturm gestern Nacht an seinem Haus angerichtet hatte. Kein Hund bellte, kein Radio lief, kein Motorengeräusch weit und breit. Selbst das kleine Polizeirevier der Stadt wirkte völlig desertiert, als Fred daran vorüber stapfte.

Und das war nicht das einzige rätselhafte, mit dem sich Fred konfrontiert fand. Denn auch keine Reifen mit Schneeketten hatten Furchen in das feine Pulver gerissen. Die wenigen Spuren, die Fred schließlich tatsächlich fand, schienen von großen, schweren Maschinen hinterlassen worden zu sein, die durch die Straßen der Stadt gerollt waren, ohne jedoch eine Schneeschaufel oder einen Salzstreuer bei sich gehabt zu haben.

*Warum hatte niemand mit einem großen, starken Truck die Haupt- und Nebenstraßen wenigstens ansatzweise geräumt, so wie in Zirndorf? Gab es hier denn keine Stadtwerke? Niemand, der nach dem rechten sah?*

Kopfschüttelnd mühte sich Fred weiter. Er hatte die Hauptstraße noch nicht wieder erreicht, als mit einem Schlag, fast wie auf Knopfdruck, Leben in das bislang ausgestorbene Städtchen kam.

Jetzt endlich, um kurz nach zehn, wurden Rollläden aufgezogen. Fenster und Türen wurden geöffnet, durch welche dann blasse Gesichter nach draußen spähten. Wenig später sah Fred, wie auch das erste Geschäft des Ortes - ein kleiner Gemischtwarenladen - öffnete.

Nach und nach kamen nun immer mehr Bewohner aus den seltsam gleichförmigen, kaum unterscheidbaren Häusern. Ein Räumpflug rumpelte mit gesenkter Schaufel vorbei und hinterließ eine fette Schneewalze am Straßenrand. Schließlich begann irgendwo ein Hund zu bellen, ein anderer stimmte ein, und Unterhaltungen wurden hörbar. Menschen sprachen miteinander. Fred fühlte eine seltsame Erleichterung, als sich so etwas wie Alltag vor ihm ausbreitete. Alltag war etwas Gutes, etwas Berechenbares in diesem Chaos aus Kälte, Schnee und Ungewissheit.

Aber die Erleichterung hielt nicht lange vor. Denn als er das Hotel schließlich wieder erreichte, türmte sich schon die nächste, schiefergraue Wolkenbank am Horizont in die Höhe. Mit erschreckender Geschwindigkeit rollte sie über Nightfall Rapids hinweg, und keine Stunde später schneite es erneut. Die weiße Apokalypse setzte sich unvermindert fort.

## 2

Am nächsten Morgen, als Fred von seltsamen Geräuschen abrupt aus einem unruhigen Schlaf gerissen wurde, türmten sich neue Schneeverwehungen um das Hotel herum auf.

Zwar war der Niederschlag in der Nacht wieder versiegt, doch hatten die Wolken seit gestern Nachmittag mindestens noch einmal siebzig Zentimeter Neuschnee abgeladen und somit viele der bis dahin noch passierbaren Straßen und Wege endgültig versperrt, von den Schienentrassen ganz zu schweigen.

Noch im Pyjama und nur halb wach, schüttelte Fred fassungslos den Kopf, als er die weiße Einöde dort draußen betrachtete. *Nicht noch mehr Schnee,* dachte er frustriert stöhnend. Das Glas beschlug von seinem Atem.

Gähnend wandte er sich wieder von dem tristen Anblick der begrabenen Stadt ab und fuhr sich mit der Hand über die zerzausten Haare sowie das oberste seiner zahlreichen, stoppeligen Kinne, was ein leises, kratzendes Geräusch erzeugte.

Einen Moment später klopfte es an seiner Türe.

»Hmm?«, brachte er hervor. »Ja?«

»Fred, ich bin's, Andra«, sagte die junge Frau durch die geschlossene Türe. Sie klang aufgeregt. *Sehr* aufgeregt. Was war los? »He, Fred, haben Sie vielleicht ...?«

»Moment, Andra, Moment mal«, unterbrach er sie und schlüpfte rasch in einen Hotelbademantel. Dann schloss er die Türe auf. Die junge Frau war ebenfalls in einen Morgenmantel gehüllt und sah süß, aber verschlafen aus, als wäre sie ebenfalls erst vor kurzem aufgestanden.

»Habe ich *was?*«, fragte er und vermied es, Andra direkt anzusprechen. Er hatte sich noch nicht die Zähne geputzt oder gegurgelt und wusste aus eigener Erfahrung, dass sein Morgenatem nicht gerade Rosenduft war.

»Dieses Mädchen, das ein paar Reihen vor uns im Zug saß, erinnern Sie sich?«, fragte Andra. »Ihr Name ist Robin Gardner. Ihr Freund sucht sie. Als er heute Morgen aufgewacht ist, war sie verschwunden, sagt er. Haben Sie sie vielleicht etwas gesehen oder gehört?«

»Nee, tut mir leid«, meinte Fred. »Ich hab' bis vor zwei Minuten geschlafen.«

»Ich auch«, sagte Andra. »Was können wir tun?«

»Ich weiß nicht. Warten Sie, ich mach' mich fertig.«

Mit einem aufgewühlten Grummeln im Magen schloss er die Zimmertüre wieder und zog sich an.


3


Bislang war das Warten einfach enervierend langweilig gewesen. Man hatte nichts zu tun als zu lesen (sofern man das Glück hatte, etwas Lesbares zu ergattern), Musik zu hören oder die Zeit sonst irgendwie totzuschlagen.

Jetzt war auf einmal eine dumpfe, seltsame Spannung unter den Zugpassagieren ausgebrochen, gefolgt von Nervosität und Unruhe, sogar Angst, als das Mädchen nach zwei, schließlich sogar *drei* Stunden immer noch nicht zurückgekehrt war. Obwohl man unter der Leitung eines FBI-Bundesbeamten oder Privatdetektivs oder Staatsmarshalls (*je nachdem, wen man fragte, wechselte die*

*Tätigkeit des Mannes laufend)* das Hotel und seine nähere Umgebung mehrmals abgesucht hatte, gab es noch keine Spur von ihr.

Zum ersten Mal wurde nun auch für Fred das Gefühl der Gefangenheit und Isolation stärker als jene Hoffnung, an die er sich immer geklammert hatte: dass das Schneetreiben bald besiegt und die Schienen wieder freigeräumt sein würden.

Ziellos tappte er durch die Hotelflure, wünschte sich Andras Gegenwart herbei, doch sie hatte sich in ihre Stube zurückgezogen. Wahrscheinlich schlief sie oder wollte einfach für sich sein. Fred wollte sie jedenfalls nicht stören.

Als er die menschlichen Stimmen hörte, blieb er stehen und sah sich blinzelnd um. Auf seinem Spaziergang durch die sterile Pension war in einem Seitenkorridor im ersten Stock gelandet, wo er noch nie zuvor gewesen war. Die Stimmen kamen eindeutig aus einem der Zimmer, dessen Türe nur angelehnt war. Fred spähte rasch hinein: da saß ein zitternder junger Bursche von etwa zwanzig Jahren auf einem der einfachen Holzstühle, die Arme auf der Lehne verschränkt, eine Zigarette im Mundwinkel. Und ihm Gegenüber stand jener suspekte Kerl, der Fred vor zwei Tagen im Speisesaal so unangenehm aufgefallen war. *Was ging hier vor?*

Nervös fuhr er sich mit der Zunge über die spröden Lippen, während er zuhörte, was im Inneren des Zimmers gesprochen wurde.

»Also noch mal«, sagte der Fremde mit den schwarzen Haaren, seine Stimme ruhig und eindringlich. »Als Sie heute Morgen aufgewacht sind, da war Ihre Freundin bereits verschwunden?!«

Der Junge wirkte verzweifelt, wie er eine Tasse Kaffee nach der anderen herunterschüttete und Kippe um Kippe in Asche verwandelte. Sein modisch geschnittenes Haar - oben verwuschelt, im Nacken und an den Seiten extrem kurz - war etwas *zu* verwuschelt, um cool zu wirken, und die Ringe um seine Augen waren so dunkel, dass sie wie zu dick aufgetragene Theaterschminke wirkten.

»Ja ... Robin war weg«, sagte er und räusperte sich.

»Sie haben Sie weder gehen hören, noch bemerkt, dass sie das Zimmer verlassen hat?«

»Nein, verdammt!«, rief der junge Mann. »Ich hab` ansonsten einen sehr leichten Schlaf, aber heute Nacht hab` ich gepennt wie ein Toter. Und als ich heut` Morgen, so um zehn Uhr, aufgewacht bin, war Robin weg ... einfach so! Scheiße, sie wäre nie weggegangen, ohne mir Bescheid zu sagen. Wenn Sie spazieren gegangen wäre oder so was, hätte sie es mir auf jeden Fall gesagt. Wohin sollte sie da draußen denn auch gehen, *Shit?!*«

Verdrossen starrte er wieder den Boden an.

Fred kombinierte messerscharf: *Der junge Mann – das war der Freund des verschwundenen Mädchens! Und der große Fremde mit der ruhigen Stimme musste der mysteriöse FBI-Bundesbeamte oder Privatdetektiv oder Staatsmarshall sein, von dem man sich im Hotel die wildesten Geschichten erzählte.*

Ruckartig machte er einen Schritt zur Seite, zog sich hinter den Türrahmen zurück. Vermutlich hätte er an dieser Stelle das Weite suchen sollen, aber er konnte nicht. Etwas – vermutlich Neugierde – hielt ihn hier, um beobachten zu können, was sich in dem Raum tat.

»Scott, auf welcher Seite und in welcher Haltung sind Sie in ihrem Bett aufgewacht?«, fragte der Ermittler.

»Äh ... was ist?« Der junge Mann – Scott – sah wieder auf und machte ein Gesicht, als hätte er sein Gegenüber nicht richtig verstanden.

»Ich weiß, das ist schwer für Sie, aber wir müssen rekonstruieren, was heute Morgen passiert ist. Also, wo haben Sie gelegen, wo Ihre Freundin?«

»Sie war auf ... auf der linken Seite, beim Fenster ... Und ich bin ...« Scott überlegte kurz. » ... hier auf dem Rücken gelegen. Wie man halt so schläft.«

»Haben Sie, nachdem sie aufgewacht sind, das Bett nochmals angefasst, etwas dort verändert?«

Der junge Mann schüttelte verwirrt den Kopf.

»Nee ... Ich ... ich hab` gesehen, dass Robin nicht da war, mir gedacht, dass sie schon beim Frühstück wäre, und mir etwas angezogen. Dann bin ich sofort gegangen, um sie zu suchen. Aber sie war weg. *Einfach weg.* Was zum Teufel ist nur passiert? *Was?*«

Der rätselhafte Ermittler winkte ab. »Das kann ich im Moment noch nicht einmal vermuten. Ich werde mich auf jeden Fall noch mal hier im Zimmer umsehen. Vielleicht finde ich Hinweis. Danke für Ihre Mithilfe, Scott. Wir werden nicht aufhören, nach Robin zu suchen. Es wird sich alles aufklären – da bin ich sicher.«

Scott nickte stumm, schwang sich seitlich von dem Holzstuhl und verließ dann hastig die Stube. Fast stieß er dabei mit Fred zusammen, was der junge Mann jedoch kaum zu bemerken schien – mit leerem Blick eilte er weiter, ohne zurück zu sehen. Unter seiner fränkischen Ruhe war Fred ein Gemütsmensch, ihn prägten Schüchternheit, Gutmütigkeit, ehrliches Mitgefühl und Anteilnahme am Leid anderer (tatsächlich machte ihn diese unvoreingenommene Empathie zu einem leichten Ziel derjenigen, die andere Menschen gerne ausnutzten). Es tat ihm fast körperlich weh, einen anderen Menschen dermaßen am Boden zerstört zu sehen wie den Freund des verschwundenen Mädchens.

Fred wandte er sich dem Ermittler zu. Er fand, dass der hagere Fremde genau das war, was man wohl *unergründlich* nannte. In seinen graublauen Augen war, wie auch in seinem knochigen Gesicht voller Pockennarben, nur sehr selten eine Emotion zu sehen. Der Eindruck, den er immer wieder bei Fred hinterließ, war der von Härte,

Unnahbarkeit und Unnachgiebigkeit. Professionalität. Und Kompetenz. Mit all diesen Eigenschaften war er zweifellos die Art von Mann, die auch für Frauen wie Andra die Luft zum prickeln brachte.

Gerade kniete sich der vor der Verbindungstüre zum Nachbarraum und strich mit seinen Händen über den Boden, bevor er kritisch seine Fingerspitzen betrachtete. Anschließend erhob er sich, ging hinüber zum Bett und betrachtete es, als würde er darauf warten, dass es etwas zu ihm sagte. Fred fühlte sich, als würde er dem Hauptdarsteller einer TV-Polizeiserie leibhaftig bei der Arbeit zuschauen. Es war faszinierend, aber auch erschreckend, als der Ermittler auf der linken Seite eine Delle in die Matratze drückte und den Abdruck in der Füllung grüblerisch betrachtete. Als nächstes nahm er ein Taschentuch in die Hand und untersuchte den Nachtisch. Er begutachtete Ohrringe und eine Halskette, aus ihrem Versteck unter einem Buch hervorlugten und öffnete die schlichte, braune Reisetasche, in der sich Toiletten- und Kosmetikartikel der jungen Frau befanden.

Als Fred diese höchst privaten Dinge sah, fühlte er sich abrupt, als würde er grundlos in die Intimsphäre der jungen Frau eindringen, getrieben nur von verachtenswertem Voyeurismus. Der Ermittler oder FBI-Mann oder Bundesagent *hatte* einen Grund, er suchte nach Spuren, was dem Mädchen passiert sein könnte. Fred hingegen hatte keinerlei Ausrede, hier zu sein, wie ihm nun klar wurde. Er war nur beim *Schnouchdln*. Beschämt wandte er sich ab und ging so leise und so schnell wie nur möglich den Korridor entlang zur Treppe in die Lobby.

# 4

»Haben Sie gesehen, was Sie sehen wollten?«, hörte er kurz darauf jemand hinter sich sagen. Fast hätte Fred vor Schreck den Pappbecher mit dünnem Tee fallen gelassen, an dem er sich gedankenverloren die Finger gewärmt hatte, ohne wirklich davon zu trinken.

Er kannte die Stimme und wusste augenblicklich, was ihm blühte. Es war der Ermittler (oder FBI-Mann oder Bundesagent), der Freds Anwesenheit vor dem Raum natürlich bemerkt hatte, so sehr sich Fred auch Mühe gegeben hatte, nicht aufzufallen. Aber er besaß nun wirklich nicht die Fähigkeiten eines Ninja. Nun würde er, völlig zu Recht, wegen seiner taktlosen Gafferei zur Rede gestellt werden.

Zerknirscht wandte er sich um und sagte: »Ich weiß, dass ich kein Recht hatte, dort zu sein, äh, Sir. Ich hätte nicht so lange dort bleiben sollen ... ach was, ich hätte *sofort* weiter gehen sollen. Es tut mir leid. Wirklich. Das war einfach ... einfach rücksichtslos. Ich wollte nicht herumschnüffeln oder Sie bei der Arbeit stören.«

Fred wirkte so ehrlich reuig und klang dermaßen kleinlaut, dass der Ermittler (oder FBI-Mann oder Bundesagent) vom Rest seines (zweifellos gerechtfertigten) Tadels abzusehen schien. Er nickte langsam. Seine Körpersprache änderte sich, wurde weniger gebieterisch und mahnend, was Fred dankbar und erleichtert zur Kenntnis nahm. In Gegenwart von Autoritätspersonen setzte bei ihm ein Art von ultragehorsamer, fast schon duckmäuserischer Lähmung ein, als wäre er ein Welpe, den seine Mutter mit den Zähnen im Genick packte, um ihn herumtragen zu können.

»Ich bitte Sie nochmals *wirklich* um Entschuldigung«, sagte er. »Ich bin Frederick Wendt, ich ... ich komme aus Deutschland. Ich war auch in dem Zug, wissen Sie? Ich war in Fargo zur Beerdigung einer Verwandten.«

»Anthony Carpenter«, antwortete der Ermittler (oder FBI-Mann oder Bundesagent). Allerdings fügte er keinen Dienstgrad oder eine Berufsbezeichnung hinzu, was Fred etwas verdrießlich stimmte. »Machen Sie sich keinen Kopf, Mister Wendt, ich glaube, wir alle sind im Moment ein wenig durch den Wind.«

Fred nickte. »Stimmt. Ich hab' noch nie gesehen, wie so was in Wirklichkeit gemacht wird, so eine Spurensicherung. Von einem echten Fachmann.«

»Ich *war* einige Jahre Special Agent beim FBI, falls Sie das meinen.«

Fred stockte der Atem. »FBI?! Ich hab noch nie jemanden vom FBI getroffen.« Dann wurde ihm die Formulierung klar, die Carpenter benutzt hatte: Er *war* einige Jahre beim FBI. Eindeutig war Carpenter also kein Bundesagent mehr. Trotzdem war er noch ein Profi vom Scheitel bis zur Sohle, wie Fred fand.

»Mister, äh, Carpenter ... werden Sie den Sheriff benachrichtigen?«, fragte Fred.

»Wenn das Mädchen in zwei Stunden noch immer nicht wieder aufgetaucht ist, muss ich das tun, ja«, sagte Carpenter. »Das ist die Zeit, die ich ihr noch gebe.«

Fred nahm sein Herz in beide Hände.

»Tja. also, ich weiß, es geht mich nichts an – und vermutlich mache ich mich gerade extrem verdächtig«, sagte er. »Aber ich möchte ... na ja, wieder gut machen, dass ich mich vorhin wie ein mieser Schaulustiger verhalten habe. Vielleicht kann ich Ihnen helfen. Die Telefone gehen immer noch nicht, habe ich gehört, also werden Sie wohl zu Fuß zur Polizeistation gehen müssen. Es ist so: gestern Morgen war ich ein wenig in der Stadt spazieren, bevor es wieder zu schneien begonnen hat. Ich weiß, wie wir zur Sheriffstation kommen. Wir würden eine Menge Zeit sparen, oder nicht? Wir brauchen keinen ... na ja, keinen Führer von hier. Und vielleicht ... ich meine, vielleicht könnten wir dem Mädchen damit helfen.«

Fred wusste selbst nicht, wo diese Worte her gekommen waren, ob er nun helfen wollte, sich in der Gegenwart des Ermittlers sicherer fühlte oder eher wollte, dass Andra irgendwie unter die schützenden Flügel des Ex-Bundesagenten kam. Vielleicht hätte er auch einfach nur die Klappe halten sollen. Aber nun war es zu spät.

Carpenter erwog Freds Vorschlag einige Atemzüge lang mit gerunzelter Stirn.

»Nun ja«, sagte er schließlich. »Das *würde* Zeit sparen, Sie haben Recht. Aber Sie müssen sich darauf einrichten, dass das kein gemütlicher Spaziergang wird. Das ist Ihnen hoffentlich klar, Mr. Wendt?«

Noch mehr Worte, deren Herkunft Fred sich nicht erklären konnte: »He, ich bin nicht so ein Weichei, wie ich aussehe«, versicherte er, wusste aber tief in sich schon, dass er diese Worte in kurzer Zeit wohl schon bitter bereuen würde.

### 5

*Robin Garner war fest davon überzeugt, zu träumen.*

*Ja, selbst nachdem die Bilder und Töne in ihrem Bewusstsein langsam verblassten wie Nachleuchten auf der Netzhaut, glaubte sie immer noch, zu schlafen.*

*Dies* musste *ein Traum sein, keine Frage.*

*Schließlich wusste sie, dass sie sicher neben ihrem Freund Gary in ihrem warmen Hotelbett lag und unmöglich auf diese seltsame Lederliege in einem spärlich eingerichteten, vielleicht fünf mal fünf Meter großen Raum voller technischer Geräte gefesselt sein konnte.*

*Und dennoch ... Vielleicht waren einige der Eindrücke - der strenge, antiseptische Geruch nach Desinfektionsmitteln, dieses undefinierbare Piepsen und Blitzen im Hintergrund und das typische Gefühl einer anderen Person in ihrer Nähe - zu reell für einen Traum.*

*Und dies beunruhigte sie. Ebenso wie die Tatsache, dass sie Medikamente aus einem Tropf bekam. Und dass sie ihren Kopf nicht bewegen konnte wahrscheinlich, weil er ebenso fixiert war wie ihre Arme und Beine. Dass links von ihr, knapp am Ende ihres Sichtfeldes, etwas stand, das wie ein großer Computer auf Rädern aussah. Sowie dass von diesem Ding Sensoren ausgingen, die an verschiedenen Stellen ihres Körpers befestigt worden waren.*

Sensoren? Ein Tropf?

*Hatte sie einen Unfall gehabt, und war dies ein Krankenhaus? Vielleicht, aber wenn dies ein Krankenhaus war, wieso war sie dann nicht in einem großen Behandlungszimmer, sondern in einer Kammer, die eher wie ein karg eingerichtetes Wohnquartier aussah? Wieso hatte man sie gefesselt? Und wieso schien nichts von dem, was sie gesehen hatte, seit sie wieder bei Bewusstsein war, auch nur den geringsten Sinn zu machen?*

*All diese Punkte trieben sie dazu, endlich zu versuchen, etwas zu sagen. Eine Frage zu formulieren. Sich zu erkundigen, was passiert war und wo sie sich befand. Nur für den unwahrscheinlichen, aber mit jeder Minute Furcht einflößenderen Fall, dass dies tatsächlich kein Traum war.*

*Doch noch bevor genug Kraft gefunden hatte, um etwas zu sagen, tauchte jemand in ihrem Blickfeld auf.*

*Es war ein Mann, groß, mit einem weichen, glatten Babygesicht und kurzen, dunklen Haaren. Er trug einen blendend weißen Overall aus einem elastischen, der Fliegerseide ähnlichen Material, auf dessen Brust und Schulterteil sich ein mysteriöses, dreieckiges Emblem befand.*

*Die Bewegungen des Fremden wirkten tranig, ein wenig wie in schlechter, ruckartiger Zeitlupe aufgenommen. Als er sie ansah, begann er zu lächeln, was aus ihrer seltsamen Perspektive, wie durch das Froschaugenobjektiv einer TV-Kamera abgebildet wirkte, verzerrt und irr.*

*Ihr Herz schlug schneller, und sie versuchte immer wieder, aus diesem Traum aufzuwachen, doch was sie auch tat, diese bizarre Version verschwand nicht.*

*Schließlich öffnete der Fremde den Mund, sprach sie an.*

*» ... bist aufgewacht?«, sagte er mit einer ruhigen, dumpfen Stimme, die abwechselnd AN- und dann wieder abzuschwellen schien. » ... du bist ... wunderschön ... bin so froh ... dass ich dich gefunden habe ...«*

*Er beugte sich jetzt über sie. Seine Nase schien immer größer zu werden, wie bei der Holzpuppe Pinocchio, wenn diese log.*

*» ... müsstest mich eigentlich ... hören können«, sagte er und fummelte an den Nadeln in ihrem Handrücken herum. »Ich habe ... die Dosis langsam ... herabgesetzt ... du müsstest eigentlich langsam wieder zu dir kommen ... oder nicht? Wenn du mich hörst, dann zwinker' mir zu, ja?«*

*Gehorsam zwinkerte sie. Der Mann schien zufrieden. Er hatte warme, braune Augen.*

*»Wunderbar«, sagte er. »Du fragst dich sicher, wo du hier bist. Oh, und wer ich bin. Mein Name ist Gamper ... Rusty Gamper. Das hier ist mein Zimmer.« Er machte eine um sich deutende Kopfbewegung. »Du brauchst seine Angst zu haben, ich werde dir nicht wehtun. Wirklich nicht.«*

*Vorsichtig zog Gamper ihr rechtes Augenlid nach oben und leuchtete ihr mit einer Taschenlampe ins Auge, vermutlich wollte er damit die Reaktion ihrer Pupille testen. Das Licht blendete sie, aber sie konnte sich weder abwenden noch protestieren, obschon das taube Gefühl in ihren Gliedern langsam, sehr langsam abzuflachen begann und einem dumpfen Kribbeln wich. Der Schmerz und eine plötzliche pulsierende Übelkeit in ihrem Magen ließen sie leise stöhnen.*

*»Ich weiß, dass du dich mies fühlst«, sagte Gamper. »Aber das wird bald aufhören, keine Sorge. Es dauert nicht mehr lange, dann hast du es überstanden ... nein, dann haben wir beide es überstanden. Das ist nämlich auch für mich nicht leicht. Ich habe mir verdammt viel Mühe gemacht, um dich zu mir zu holen, vergiss das bitte nicht. Jetzt musst du ein wenig*

*mit mir zusammenarbeiten, ja? Beweg' deine Füße für mich, Süße, machst du das?«*

*Gott, warum hörte er nicht endlich auf zu labern? Nur, damit er endlich den Mund hielt, tat sie, was er wollte.*

*»Sehr gut«, fuhr er fort. »Und jetzt deine Hände - ball' sie zu Fäusten. Nur einmal, das schaffst du ...«*

*Unter Aufbringung aller Körperkräfte folgte sie seiner Anweisung. Danach war sie fast am Boden zerstört vor Erschöpfung. Angst spürte sie in ihrem momentanen Zustand nicht, oder noch nicht, sie hatte keine Ahnung.*

*»Ah, du bist ein starkes Mädchen«, meine Gamper zufrieden und richtete sich auf. »Ich glaube, ich kann sogar noch eine Stufe höher gehen, das verträgst du sicher. In ein paar Stunden ist alles vorbei, das schwöre ich. Bis dahin müssen wir dich noch ein wenig bearbeiten, mein Engelchen, ja? Entspann' dich.«*

*Lächelnd öffnete er die Infusionen.*

*Als sie wieder wegzudriften begann, verspürte sie Panik in sich - sie wollte nicht wieder schlafen, sondern wach bleiben. Aber gegen das Medikament, das langsam in ihre Venen sickerte, hatte sie keine Chance.*

*Nachdem sie eingeschlafen war, nahm Gamper etwas in die Hand, das wie ein mit dem Computer verbundener Fahrradhelm aussah. Die seltsame Konstruktion, die Augen und Ohren des Trägers hermetisch abschirmte, setzte er dem Mädchen auf den Kopf und zurrte ihn mit einem gepolsterten Riemen unter ihrem Kinn fest.*

*Wie alles, was um sie herum passierte, bekam Robin Garner auch dies irgendwo im Unterbewusstsein mit, aber sie war nicht fähig, es wirklich zu realisieren oder zu verarbeiten.*

*Ihr Körper schien nicht mehr zu ihr zu gehören, war von ihrem Verstand losgelöst, während sie wieder von den Formen und Bildern, den diffusen Farben und den surrenden Klängen umspült wurde, die sie vor unbestimmbarer Zeit schon einmal wahrgenommen hatte.*

## 5

Vier Menschen - drei Männer und eine Frau - bahnten sich mühsam einen Weg über die grellweiße, glitzernde Decke, welche die Stadt förmlich unter sich gefangen hielt. Der frische Pulverschnee lag so hoch, dass ein Vorankommen extrem schwierig war. Jeder Meter war mühsam wie ein Schwimmen gegen den Strom. Die Wanderer strauchelten mehr, als dass sie liefen, aber sie ließen sich nicht aufhalten, obschon neue Wolken bereits dunkel und schwer oberhalb der Stadt lauerten. Aber es hatte (Gott sei dank!) noch nicht wieder zu schneien begonnen. Sie wussten jedoch, dass es sicher nicht mehr lange dauern würde, bis es soweit war.

»Ich dachte ehrlich, wir wären auf dem richtigen Weg hier«, sagte Fred verlegen. »Aber bevor es wieder geschneit hat ... da sah alles so ... so *anders* aus. Ich meine, da war so ein Schuppen, an dem hätten wir abbiegen müssen. Ich hab' ihn aber bislang noch nicht gesehen. Tut mir leid.«

»Schon gut«, meinte Carpenter. »*Hier* hätte sich jeder verirrt, glauben Sie mir.«

Und das stimmte. Noch nie hatte Fred (er vermutete, dass es Andra, dem Ermittler und sogar seinem unsympathischen Begleiter nicht anders ging) eine derartig unpersönliche Ansiedlung gesehen. Die ganze Stadt war schockierend künstlich und geordnet, auf keinen Fall natürlich gewachsen wie so viele andere kleine Ortschaften. Nein, die Häuser der etwa tausend bis tausendfünfhundert Einwohner standen einfach weiß und still in Reihe und Glied und sahen fast völlig gleich aus – wie in einem Musterdorf für Fertighäuser, wo das Leben nur für zahlungskräftige Besucher vorgetäuscht und nicht *geführt* wurde. Verrückt. Auf gut Fränkisch: *Völlig verzwerdld!*

Aber es passte irgendwie perfekt zu dem, was Fred während seiner ersten Exkursion aufgefallen war und ihn jetzt wieder irritierte:

Die Einwohner versammelten sich, palaverten, arbeiteten, schippten Schnee, kauften ein, schienen einfach nur das Beste aus der schwierigen Situation zu machen. Und dennoch fühlte sich Fred immer mehr, als befände er sich als Zuschauer in einem sorgfältig einstudierten Theaterstück - einem Stück, das nur für die Fremden aufgeführt wurde. Die Menschen hier bewegten sich wie die Autos auf Spielzeug-Rennbahnen: limitiert, immer dieselben Wege benutzend, starrsinnig.

Obwohl er sich mit aller Kraft einzureden versuchte, dass er sich alles Mysteriöse nur einbildete und sein Geist beeinflusst war von zu vielen Stunden schlechter Science Fiction, die er als Kind im Fernsehen verschlungen hatte, so war die Gänsehaut auf seinen molligen, weichen Armen doch verdammt echt.

Denn irgendetwas unleugbar Obskures lag über dieser Kleinstadt ... oder vielleicht *unter*, oder was auch immer. Fred war bislang wirklich niemand gewesen, der ein Gespür für so etwas besaß. Aber hier war es so überdeutlich, dass Fred es kaum erwarten konnte, Nightfall Rapids wieder zu verlassen. *So bald wie nur möglich!*

«Vielleicht bekommen wir ja aus diesem Mann dort vorne mehr heraus», sagte Andra und deutete auf einen Fremden, der mit einer großen Schaufel Schnee aus seinem Vorgarten schippte (eine wahre Sysiphosarbeit, wenn Fred je eine gesehen hatte.)

Als er ihre Stimme hörte, fühlte Fred wieder eine Woge von Erleichterung und Dankbarkeit in sich, dass sie sich der Exkursion zur Polizeistation angeschlossen hatte. Nie und nimmer hätte er sie alleine im Hotel zurücklassen wollen, nicht nach dem Verschwinden dieses Mädchens. Zu sehr wäre er um ihre Sicherheit besorgt gewesen, es hätte ihn fast verrückt gemacht. Daher war Fred von

Herzen froh, dass sie nicht nur bereit gewesen war, den Marsch mitzumachen (tatsächlich hatte sie die Quasi-Gefangenschaft im Hotel nur allzu gerne hinter sich gelassen), sondern dass auch Carpenter ohne Murren zugestimmt hatte, als Fred vorschlug, sie dass sie sich ihnen anschloss.

»Versuchen wir es«, sagte der frühere Bundesagent und trat an den Lattenzaun heran. Dann fragte er: «Entschuldigung, Sir, wo ist das Sheriffbüro der Stadt?«

Aber der Mann wandte sich nicht um. Mit sturem Blick rammte er seine Schaufel in den allgegenwärtigen blütenweißen Überzug und kippte die Schneeladung dann roboterhaft irgendwohin, wo noch Platz schien.

»*Entschuldigen Sie bitte, Sir!*«, wiederholte Carpenter mit Nachdruck. Der Mann starrte immer noch ins Leere.

»Zweitausend Idioten gibt es in dieser Scheißstadt, und wir geraten an den Obertrottel«, bemerkte der Mann, der den Ermittler begleitete, und stieß ein zynisches Grunzen aus. Er sah grob und *kompakt* aus, mit seinen tätowierten Oberarmen, die er im Hotel stolz präsentiert hatte, und seinem breiten Gesicht mit der Boxernase, die schon mehrmals gebrochen gewesen sein musste. Fred fand den *Schlabbmbeiddl* und seine Art äußerst unsympathisch ... und ebenso Furcht einflößend.

»Hallo, können Sie uns helfen?« Das war jetzt Andra, die versuchte, den Fremden zum Reden zu bringen. Es schien, als würden *ihre* Worte Wirkung zeigen.

Endlich legte der Mann seine Schippe beiseite und wandte sich mit einer langsamen, programmiert wirkenden Bewegung zu den Reisenden um. Sein *Gluutz* war erschreckend leer, wie bei dem Kerl aus der Rezeption.

»Ja? Bitte?«, sagte der Fremde. Er musterte zuerst Carpenter, dann Fred, und schließlich Andra. Sein Blick hakte sich an dem Mädchen fest. Sie schluckte.

»Sir, wo geht es zum Sheriffbüro?«, fragte Carpenter.

Der Mann antwortete nicht. Immer noch blickte er Andra an, und zum ersten Mal kam etwas Leben in sein Gesicht. Ein seltsamer, trauriger Ausdruck lag plötzlich um seine Mundwinkel.

»Mir reicht's! Ich will jetzt wissen, wo es zu dieser *Scheiß Polizeistation* geht!«, döberte Carpenters Begleiter, dieser *Dollagg*, und langte über den Zaun hinweg. Energisch versuchte er, die Jacke des Mannes im Garten zu packen. »Spuck's aus, du Sack, mir ist schweinekal-«

Ein kurzer Seitenblick von Carpenter brachte ihn zum Schweigen. Fred wünschte sich, er könnte das auch.

Der Fremde im Garten seufzte hörbar. Sein Blick war unverwandt auf Andra fest geschweißt.

Das Mädchen fühlte sich unwohl, auch wenn Sie auf seltsame Weise spürte, dass keine böse Absicht in dem Verhalten des Mannes lag. Denn sie sah all den Schmerz und diese undefinierbare Angst im Blick des Mannes mit der Schneeschippe, der sich jetzt, wenn auch nur langsam, aus seiner Starre zu lösen begann.

»Sie wollen ... zum Sheriff?«, sagte er. »Die Straße entlang, dann links, in die Colorado Road. Folgen Sie ihr bis zum Ende, dort müssten Sie die Polizeistation dann sehen. Einen schönen Tag noch.«

Ohne ein weiteres Wort wandte er sich um und fuhr fort, den Weg von der Straße bis zu seiner Haustüre freizuschaufeln. Mehr als nur ein wenig verwirrt ließen die vier Reisenden den Mann in seinem Garten zurück.

*Warum nur hatte er Andra so angestarrt? Hatte er noch nie eine Frau gesehen?* Fred zerbrach sich eine Weile über diese Fragen den Kopf, bis es ihm plötzlich wie die oft beschriebenen Schuppen von den Augen fiel: Noch etwas fehlte in dieser Stadt. Noch etwas fehlte tatsächlich völlig: *Und dies waren Frauen in Andras Alter.*

Fred sah kleine Buben und ältere *Bärschla*, Männer und *Dadderer* sowie Mädchen bis dreizehn, vierzehn und Frauen von vierzig Jahren aufwärts. Aber alle jungen

Frauen zwischen fünfzehn und fünfunddreißig schienen wie vom Erdboden verschluckt zu sein. Und er konnte sich auch nicht erinnern, hier je welche gesehen zu haben. Das konnte nicht sein, oder? Doch der Gedanke war so absurd wie in dieser Umgebung absurd realistisch:

*Hatte der Fremde Andra so angegafft, weil er wirklich schon lange keine Frau wie sie mehr gesehen hatte?*

Fred schüttelte den Kopf. Das alles waren langsam mehr Fragen, mehr finstere Rätsel, als er verkraften konnte. Oder wollte.

## 6

Sheriff Ward Douglas wohnte vis-a-vis der Polizeistation von Nightfall Rapids, weswegen er in ein paar Augenblicken dort antreten konnte, wenn es nötig war. Heute hatte der Weg auf, über und *durch* den Schnee fast zwei Minuten gedauert, und er fühlte sich wie nach einem Marathonlauf. Er wusste, dass die Schneeräumer der Stadtverwaltung (riesige Kettenfahrzeuge von fast archaischer Kraft) heute noch mindestens ein oder zweimal hier durchrumpeln würden, aber selbst dies mutete sinnlos an. Es war einfach zu viel Schnee, und es wurde immer noch mehr und mehr. Selbst die Schneeraupen, die Douglas und seine Deputies im tiefsten Winter benutzten, würden bald an ihre Grenzen stoßen.

Mühsam erklomm Douglas die Treppenstufen vor dem Bungalow, über dessen Eingang in hellen Blockbuchstaben MONTANA STATE POLICE geschrieben stand. Dann trat er ein, oder besser: er stapfte von einer Schneeverwehung *herunter* und ins Innere der Station. Dort klopfte er sich eine weitere Ladung Schnee von der dick gefütterten Kleidung, die ihn noch massiger und beeindruckender wirken ließ, als der wie ein Bär gebaute Mann ohnehin schon war.

»Guten Morgen, Sheriff«, sagte Gwen Martinson.

»Hi, Gwen«, grüßte er.

Obwohl sie formell diesen Posten innehatte, war Gwen nicht nur eine einfache Telefonistin und Hilfskraft. Vielmehr war sie, und daraus machte Douglas keinen Hehl, die Seele des Reviers. Sie hatte hier schon Jahre gearbeitet, bevor er nur von der Existenz dieser kleinen Stadt erfahren hatte, und sie würde wohl auch noch zehn Jahre hier am Werk sein, nachdem er schon längst unter der Erde lag. Sie kannte jedes sprichwörtliche Mauseloch im Revier, wusste sich blind durch die meterhohen Aktenberge zu wühlen und war auch noch eine vorzügliche Spürnase.

Wann immer er die gute Gwen bei der Arbeit beobachtete, wurde ihm schnell klar, wie sehr ihn alle Kollegen auf den Großstadtrevieren, wo Douglas vor dem Tod seiner Frau Donna Dienst getan hatte, um eine so fleißige, gewissenhafte und methodische Schreibkraft beneiden würden. Seit seiner Ankunft hier im Nightfall County vor drei Jahren konnte man Gwen tatsächlich mit gutem Gewissen als die einzige Frau in seinem Leben bezeichnen.

Ein wenig betrübt wegen des Gedankens an Donna hängte er seine dick gefütterte Überjacke an einen Haken und beugte sich zu Gwen herunter. Er drückte ihr einen dicken Schmatz auf die Wange.

»Wie sieht es draußen aus?«, fragte sie.

»Ach, ein wenig Schnee«, antwortete der Polizeichef gallig. »In der Stadt geht es noch einigermaßen, aber die Landstraßen sind alle zu. Man bräuchte ein verdammtes Schneemobil, um da durchzukommen. Ich hasse es, das einzugestehen, aber langsam wird es mir mulmig. In einer halben Stunde, sobald ich mich ein wenig aufgewärmt habe, gehe ich wieder 'raus.«

Gwen nickte.

»Aber das Glück im Unglück ist«, fuhr Douglas fort, »dass wir wirklich gute Einwohner haben – ich glaube, keine andere Stadt auf der Welt würde mit so einer Situation so gut fertig werden wie wir. Und noch sieht alles einigermaßen okay aus: bislang hat noch kein Dach unter der Schneelast nachgegeben, das Kraftwerk funktioniert, wir haben gut gefüllte Spritreserven für die Autos und Generatoren ... Jetzt müssen wir nur darauf achten, dass niemand daheim erfriert. Dave und Jerry sind noch unterwegs und gehen von Haus zu Haus, immerhin ist unser Telefonnetz tot.«

Er öffnete die Innentür aus Panzerglas und ging mit großen Schritten in sein Büro. Trotz seiner gewaltigen Masse und seiner Körpergröße von fast einsfünfundneunzig bewegte er sich mit einer erstaunlichen Leichtigkeit und Gewandtheit. Seufzend ließ er sich in den großen, ledernen Schreibtischsessel fallen und wartete, bis Gwen das Büro betrat und ihm eine Tasse Kaffee mit einem winzigen Schuss Whiskey brachte. Das war wie ein Ritual, dass sich in den Jahren ihrer Zusammenarbeit entwickelt hatte, und bei der Kälte draußen erfüllte das heiße Getränk sogar einen tieferen medizinischen ... nun ja, zumindest *semi-medizinischen* Sinn.

Der Sheriff trank einen Schluck und wandte sich dann um zu Gwen um, wollte gerade noch etwas sagen, als ...

*Kling!* In der Sekunde, in der das Telefon sein ungeduldiges Schrillen ausstieß, zuckte Douglas erschrocken zusammen und stieß fast seine Lieblingstasse um.

»Heiliger bimbam, seit wann funktioniert das Telefon wieder?«, sagte er. »Ich dachte, die Leitungen wären im Eimer.«

»Nehmen Sie ab«, sagte Gwen. »Es könnte wichtig sein.«

Das Telefon rasselte wie ein wütender Bienenschwarm.

»*Nehmen Sie ab, Sheriff!*«, wiederholte Gwen mit Nachdruck. »Vielleicht sind es ja die Deputies.«

»Stimmt«, sagte Douglas. »Ja, das ... das könnte sein.«

Er nahm den Hörer des alten Büroapparates und drückte ihn an sein Ohr.

»Sheriff Douglas?!«, meldete er sich.

Erst drei, vier Minuten später legte er den Hörer wieder auf und wandte sich an die Reviersekretärin.

»Gwen, hat sich Ivan gemeldet?«, fragte er.

»Vor vielleicht zwanzig Minuten«, sagte sie und nahm die leere Kaffeetasse an sich. »Er meinte, er wollte noch auf der Beck-Farm nach dem rechten sehen. Sie wissen ja, während des Schneesturmes im letzten Jahr gab es dort ein paar Probleme mit dem Strom. Noch etwas Kaffee pur oder lieber mit der Medizin?«

»Mit der Medizin«, sagte er ohne viel nachzudenken und meinte dann mit geübtem Zynismus: »Ich schätze, das wird heute ein ruhiger Tag. Perfekt, um die Füße hochzulegen und Zeitung zu lesen.«

## 7

»Seht doch – da drüben ist die Colorado Road«, rief Andra plötzlich und deutete auf ein Straßenschild, das vielleicht einen halben Meter aus einer Schneeverwehung herauslugte. Es war die erste gute, nein, sogar die *beste* Nachricht seit knapp zwanzig Minuten, während denen sich die vier Suchenden schon wieder auf dem falschen Weg gewähnt hatten.

Die vier folgten der Straße bis zum Ende, und tatsächlich war das Sheriffbüro schon von hier aus zu sehen. *Endlich.* Fred freute sich, dass er sich nicht völlig getäuscht und Carpenter und die anderen zumindest in die richtige Gegend geführt hatte.

Das Polizeirevier war ein Bungalow mit breiten Fenstern und einer Montana-Landesflagge, die steifgefroren auf einem vereisten Fahnenmast dem schneidenden Wind trotzte. Im Hintergrund nahmen die gestrandeten Reisenden ein dumpfes Brummen wahr. (Carpenter hielt es für das Arbeitsgeräusch eines Notstromaggregats.)

Der frühere FBI-Agent stieg die fünf Stufen zur Eingangstüre als erster hinauf. Ein wenig überrascht stellte er fest, dass die Haupttüre geöffnet war. Die gnadenlose Kälte der metallenen Türklinke spürte er sogar noch durch seinen Handschuh hindurch.

Im Inneren des warmen Gebäudes blickte er sich um. Hinter einer Scheibe aus kugelsicherem Glas saß eine grauhaarige, schlanke Frau, hinter deren vordergründiger Mütterlichkeit und Zugewandtheit sich etwas verbarg, das Carpenter argwöhnisch machte. Gelassen hackte sie auf ihr Computerkeyboard ein. Als sie die vier Reisenden hereinkommen sah, lösten sich ihre Finger von der Tastatur, und sie drehte sich auf ihrem Bürosessel um. Mit einem *Klick!* öffnete sich ein schmaler Sprechschlitz in der Scheibe.

Fred staunte nicht schlecht. Das war entweder völlig *hosawüld* oder ein Beispiel von fast preußischer Pflichterfüllung: Das Land zitterte unter einer der größten Schneekatastrophen der Geschichte, und diese Frau saß an Ihrem Computer und tippte irgendwelche Akten ab, als wäre dies ein X-beliebiger lauer Arbeitstag im Mai.

»Kann ich Ihnen helfen?«, wollte die Frau wissen.

»Mein Name ist Tony Carpenter«, sagte der Ex-FBI-Mann. »Sheriff Douglas kennt mich. Ich muss dringend mit dem Sheriff sprechen.«

Die Frau nickte. »Einen Moment bitte, er arbeitet gerade draußen am Notstromaggregat. Er ist gleich zurück.«

*Klick!* - der Sprechschlitz war wieder zu.

Carpenter versuchte zu erkennen, was da auf dem antiken Monochrom-Monitor des nicht minder betagten

Computers erschien, aber der Bildschirm war zu weit weg und der dargestellte Schriftgrad winzig.

Es dauerte nicht lange, dann öffnete sich eine Seitentüre am anderen Ende des T-förmigen Hauptkorridors und Sheriff Douglas erschien. Er trug seine sandbraune Uniform und Schneestiefel. Seine dunkelblonden Haare waren feucht von Schnee und Schweiß, und sein markantes Gesicht war von der Arbeit an der frischen Luft gerötet.

»Ja ...? Ach, hallo, sie sind's«, sagte Douglas. »Was ist, Mr. Carpenter? Gibt es Probleme?«

»Ja. Ein Mädchen aus dem Zug ist verschwunden!«

Carpenter schilderte dem Sheriff, was vorgefallen war; er wählte seine Worte sorgfältig und geübt. Fred hätte für dieselbe Erzählung erheblich länger gebraucht.

Douglas war mit jedem Wort des Ex-Bundesbeamten bleicher geworden, dann rief er: »O Scheiße!« Er wirkte, als hätte man ihm ein Brett quer über den Schädel gezogen. Die Verwirrung und Wut darüber, dass dies ausgerechnet in seiner kleinen Stadt geschah, wirkte völlig aufrichtig.

»Verflucht noch mal - kommen Sie, wir fahren sofort«, sagte Douglas. »Wir nehmen meinen Jeep. Zuerst schauen wir beim Hotel vorbei, ob die Kleine nicht inzwischen doch wieder aufgetaucht ist, danach informieren wir den Bürgermeister und holen meine Deputies ab.«


## 8

*Diesmal dauerte es länger, bis sie aus dem schwebenden Dämmerzustand in jene Ebene zurückgekehrt war, in der sie auf ihre Außenwelt reagieren und annähernd denken konnte.*

*Die Veränderung fiel ihr nicht sofort auf, aber auf einmal war da das Gefühl in ihr, dass sie etwas vergessen hatte; etwas wichtiges, das ihr viel bedeutet hatte. Aber so sehr sie mit ih-*

rem umnebelten Verstand auch nachgrübelte, sie kam nicht dahinter, was das sein könnte.

Erst, als sie Gamper wieder sah, beruhigte sie sich. Sie freute sich, ihn zu sehen. Und sie versuchte, ihm das mit einem sanften Lächeln zu zeigen.

» ... hallo, Schönheit«, flüsterte er. Wieder leuchtete er ihr mit einer Mighty-Light-Taschenlampe in die Augen, und wieder schien er zufrieden. » ... du scheinst ... auch das gut überstanden zu ... haben ... das nächste Mal ... können wir sogar auf Stufe acht gehen. Damit können wir ... das ganze ... richtig abkürzen. Verstehst du, was ich sage? Wenn ja, dann zwinker' einmal.«

Sie blinzelte. Es kostete sie einiges an Überwindung, doch da es für Gamper war, bemühte sie sich nach Kräften.

»Kannst du dich bewegen?«, fragte er.

Stöhnend ballte sie erneut die Hände zu Fäusten und zog die Zehen für ein paar Sekunden an, so lange sie eben konnte. Danach stieß sie ein leises Ächzen aus und leckte sich über die spröden Lippen, was jedoch nicht half, da das Innere ihres Mundes ebenso trocken war.

Zärtlich tauchte Gamper zwei Finger seiner rechten Hand in einen Becher mit Wasser und strich ihr dann über die Lippen. Gierig saugte sie die Tropfen in sich hinein.

»Du willst mehr, hm? Tut mir leid, der Durst ist eine Nebenwirkung. Aber es geht leider noch nicht. Erst einmal schauen wir, wie weit wir im Programm sind«, sagte er mit einem Schulterzucken. »Kannst du dich an deinen Namen erinnern? Wir bleiben dabei, einmal blinzeln ist 'ja', zweimal ist 'nein'.«

Sie bejahte. Irgendwo in ihrem Hinterkopf war da tatsächlich noch ihr Name gespeichert, auch wenn er, wie alle anderen Informationen, seltsam geschmolzen und durchgekaut wirkte.

»Du wurdest in San Diego geboren.«

Diesmal verneinte sie. Das stimmte nicht. Sie war in San Bernadino geboren worden, nicht in San Diego.

Gamper wirkte zufrieden. »Ein Mann namens Gary Scott ist dein Freund. Der Mann, den du liebst.«

*Mysteriöse Zweifel ließen sie ein paar Sekunden lang zögern, dann blinzelte sie zweimal entschieden und lange: Nein!*

*»Also bin* ich *dein Freund?«, wollte Gamper wissen.*

*Diese Frage bejahte sie.*

*Gamper lächelte selig. »Schön, dass du es weißt. Ich wusste nämlich sofort, als ich dich aus dem Zug steigen sah, dass du die Richtige für mich bist. Du oder keine. Ich musste dich einfach bei mir haben. Wenn ... o, wenn mein Vorgesetzter davon wüsste, dass ich dich bei mir habe ... er würde mich töten, ja, das würde er ... aber du bist mein Geheimnis, weißt du, mein süßes, kleines Geheimnis. Und das wirst du auch bleiben, denn ich will dich nie wieder loslassen.«*

*Er wandte sich ab, nahm wieder den »Fahrradhelm« zur Hand.*

*»So«, sagte er. »Eine Programmierung noch, das müsste genügen. Ich werde diesmal auf Stufe acht gehen, dann haben wir beide es demnächst überstanden.«*

*Instinktiv versuchte sie, sich abzuwenden, als er ihr das bizarre Gerät aufzusetzen wollte. Sie seufzte.*

*»Na, sag mal«, meinte Gamper irritiert. »Wie ich sehe, ist diese letzte Konditionierung dringend nötig. Irgendwo da drinnen ...« Er tippte an ihre Stirn. » ... da ist immer noch der alte Dickschädel, den wir beide nie wieder sehen wollen. Also müssen wir ihn ausradieren, nicht wahr? Deshalb bist du jetzt ein braves Mädchen und tust, was man dir sagt. Dann ist alles ganz schnell überstanden.«*

*Schon hatte er die Infusion wieder geöffnet. Danach stülpte er ihr den Helm auf den Kopf, und das langsame Materialisieren der Farben, Formen und Stimmen in ihrem Gehirn war das letzte, was sie wahrnahm.*

## 9

Wenig später betrachtete der Mann, der sich dem Mädchen als Rusty Gamper vorgestellt hatte (ein Name, den er zuvor mehr als zwei Jahre lang nicht mehr benutzt hatte), versonnen die wunderschöne Gestalt, die da lag und die Konditionierungsprogramme in sich hineinfraß.

Er konnte es kaum erwarten, bis sie endlich *ganz ihm* gehören würde, willig und ohne Erinnerung an ihr früheres Leben, ihren Freund oder wo sie herkam. Und so warf er gerade einen ungeduldigen Blick auf den Monitor der Zentraleinheit, um zu sehen, wie weit die Programmierung fortgeschritten war, als plötzlich ein ruckartiges Schaudern durch den Körper der jungen Frau ging.

Gamper runzelte die Stirn. Er streckte die Hand zum Keyboard aus, überlegte für ein paar Momenten, was er tun konnte und ob er *überhaupt* etwas unternehmen sollte. Mit einer solchen Reaktion hatte er immerhin nicht gerechnet. Nur im Augenwinkel sah er, dass weitere Schmerzwellen Robin auf der Behandlungsliege zusammenfahren ließ, diesmal verbunden mit einem gequälten, kehligen Aufächzen.

*Das war ernst!* Gamper fluchte. In der ersten Panik wollte er den Verbindungsstecker des Konjungators aus der Buchse ziehen, doch er wusste, dass es katastrophale Folgen für das Mädchen haben könnte, wenn die cerebrale Stimulation ohne fade-out einfach abgeschaltet wurde. Also fing er an, mit zitternden Fingern Kommandos über die klickende Tastatur der älteren Zentraleinheit zu geben. Er leitete ein vorzeitiges Ausblenden der Konditionierung ein.

Doch dann beruhigte sie sich wieder, so plötzlich, wie die Schmerzanfälle gekommen waren.

Gamper überlegte für ein paar Momente, ob es wert war, die Konditionierung fortzusetzen, entschied sich aber dagegen. Immerhin hatte er noch genug Zeit, und er wollte nichts überstürzen oder falsch machen.


## 10


Bevor es dunkel wurde, begann es tatsächlich wieder zu schneien und schneien und schneien. Diesmal, so schien es, würde der Schneefall nie wieder nachlassen.

Von dem verschwundenen Mädchen gab es nach wie vor keine Spur, weder im Hotel, noch im Zug oder sonst irgendwo in der weißen Stadt. Sie war wie vom Erdboden verschluckt, obwohl die Deputies intensiv gesucht hatten und dabei von vielen Reisenden unterstützt worden waren.

Eine morbide, düstere Stimmung hatte sich in dem zum Notquartier umfunktionierten Hotel ausgebreitet. Keiner sprach viel. Es hatten sich ein paar Grüppchen gebildet, die fest zusammenhielten, ansonsten ging man einander seltsam argwöhnisch aus dem Weg, taxierte sich, als würde jeder plötzlich im Gegenüber den Auslöser für das Verschwinden des Mädchens vermuten.

Am späten Abend, es mochte vielleicht zweiundzwanzig oder dreiundzwanzig Uhr gewesen sein, stand Fred an einem Fenster im Speisesaal und stierte geistesabwesend nach draußen. Er wärmte seine Hände an einem Heizkörper und versuchte vergeblich, in der formlosen, weißen Einöde vor dem Fenster etwas zu erkennen. Als er plötzlich eine Hand auf seinem Rücken spürte, wirbelte er ruckartig herum und stieß ein erschrockenes »Huh?!« aus.

»Hi, Fred«, sagte Andra. »Ich hoffe, ich hab` sie nicht erschreckt.«

»Nee ... na ja, ich meine, doch, aber nicht schlimm.«

»Na, was tun Sie noch hier, Freddie?«

»Keine Ahnung.« Er zuckte mit den Schultern und versuchte den wohligen Schauer zu ignorieren, der über seinen Rücken gekrochen war, als das Mädchen 'Freddie' gesagt hatte. »Warten und nachdenken, vielleicht«, meinte er. »Ich meine, was bleibt einem hier anderes übrig.«

»Ja.« Sie nickte traurig. »Was dagegen, wenn ich Ihnen etwas Gesellschaft leiste? Ich bin nicht müde, Sie vielleicht? Ich möchte jetzt nicht alleine sein, und Sie sind der einzige, den ich hier kenne ... außer Mister Carpenter, und der ist beschäftigt. Oh, und seinen Freund, aber ich würde mir eher die Zunge abbeißen, als mit *dem* zu sprechen.« Seufzend schlang sie die Arme um den Oberkörper. »Gott, friere nur ich so, oder ist es wirklich so klar hier?«

»Mhm, ja, es ist kühl hier.« Fred sammelte seinen ganzen Mut, bevor er sagte: »Ich, äh, würde mich, äh, freuen, wenn ich Ihnen Gesellschaft leisten könnte, Andra.«

Dankbar lächelnd ließ sie sich neben ihn auf die Fensterbank nieder. Sie zog die Beine an, legte ihre Arme um die Knie und seufzte noch einmal.

»Ich danke Ihnen wirklich, Freddie. Ich hab mich lange nicht so alleine gefühlt. Mist, ich hatte mich schon richtig daran gewöhnt, mir nicht mehr einsam vorzukommen, seit ich mit diesem Blödsinn aufgehört habe.«

Es berührte Fred auf seltsame Weise, sie so zu sehen. Wenn man ihr normalerweise begegnete, traf man eine selbstbewusste, fest im Leben stehende junge Frau, und das bewunderte Fred. Im Moment jedoch wirkte sie verletzlich, scheu, zutiefst verunsichert. Fred hätte sie gerne in die Arme genommen und festgehalten, ein wenig getröstet, aber er hütete sich, das wirklich zu tun. Fred war sich nur zu bewusst, dass er und sie zwei verschiedene Welten darstellten, so wie Kaviar und eine Currywurst.

»Welchem Blödsinn?«, fragte er leise.

»Freddie, wollen Sie etwas Verrücktes hören?«, meinte sie. »Das müssen Sie aber unter sich behalten.«

»Wissen Sie was, ich hab' mir früher ein wenig Geld nebenbei als Fotomodell verdient.« Hämisch grinsend schüttelte sie den Kopf. »O Gott, das klingt so fürchterlich, wenn man 'Fotomodell' sagt; finden Sie nicht, Fred? Die Leute halten einen dann sofort für einen arroganten Bimbo, der sich für etwas Besseres hält und nichts anderes zu tun hat, als von Party zu Party zu jagen und mit irgendwelchen selbstverliebten Schickimicki-Idioten Tonnen von Koks zu schnupfen. *Das* meine ich mit Blödsinn. Es war nichts als eine oberflächliche Umgebung voller idiotischer Menschenhülsen. Aber ich bin schon seit einiger Zeit da 'raus. Es kamen einfach keine Aufträge mehr. Damals war ich traurig, so einsam ich mich auch gefühlt habe, aber heute bin ich verdammt froh darüber. Mein Leben hat wieder Perspektive. Darum besuche ich auch die Abendkurse, wissen Sie?! Ich studiere Informatik und Betriebswirtschaft, denn ich will weiterkommen, nicht ewig darauf hoffen müssen, dass sich irgendwo ein Agent oder ein Castingbüro erbarmt und mal wieder mein Foto ausgräbt. Ich hab' keine richtige Ausbildung, weil ich damals einen großen Fehler gemacht habe.«

»Welchen denn?«

»Ich war erst siebzehn, als mich damals noch in Milton Keynes so ein Typ auf dem Schulhof ansprach. Er meinte, er sei Agent und könne mich zu einem Supermodel machen, das in Paris und New York und Tokio auf den Laufstegen unterwegs ist und auf jedem Magazin zu sehen ist.« Sie stieß ein trockenes, humorloses Lachen aus. »Das Mädchen, das nicht auf so etwas hereinfällt, möchte ich sehen. Ich jedenfalls *bin* 'reingefallen ... und wie. Wissen Sie, meine Eltern waren nicht arm, aber wir waren auch keine Millionäre. Wir lebten in einem Vorort von London, sehr nett und gepflegt ... aber, o Gott, auch so was von langweilig und spießig. Und ich war von all dem Geld, dem Glamour und der Möglichkeit, dort wegzukommen und die große Welt zu sehen, so geblendet, dass ich sofort die Schule geschmissen hab' und mir einbildete, hier käme die neue Heidi Klum. O ja, Kate Moss und Claudia Schiffer, geht in Deckung, denn hier kommt Alexandra Merrick aus Milton Keynes. Zuerst ging es ja noch so gut, dass ich ein, zwei Jahre später bei einer großen Agentur unterkam und in ein kleines Apartment nach Los Angeles ziehen konnte.«

Rasch trank sie einen Schluck Tee, bevor sie weiter sprach: »Tja, aber dann ging eines Tages die Agentur pleite. Ich war eben kein frischgebackener Marzipan-Teeny mehr und saß plötzlich auf dem Trockenen. Willkommen in der richtigen Welt, so sagt man doch, nicht wahr? Ich wollte nicht zurück nach England, wirklich nicht, also musste ich mich nach einem anderen Job umsehen. Ich dachte, ich könnte es zum Fernsehen schaffen, Werbung oder Serien, aber nach ein paar Statistenrollen in irgendwelchen Mittags-Soaps musste ich einsehen, dass es auch mit diesem Traum nichts werden würde.«

»Mhm«, sagte Fred, aber das ganze war ihm ein einziges Rätsel. Wenn er Andra so gegenüber saß, fand Fred sie unendlich viel schöner als diese ganzen künstlich aufgedonnerten Filmdiven aus Hollywood. Sie war lebendig und unaffektiert, zwar für Fred unerreichbar, aber dennoch real. Wie es eine Frau mit einem so faszinierenden Gesicht und fast magischen Augen nicht bis ganz an die Spitze hatte schaffen konnte, war Fred schleierhaft. Vielleicht war es eine Frage von miesem Timing und echtem, unverfälschtem Pech. Möglicherweise war sie eine jener neun, die durch den Rost fielen, für die eine nicht unbedingt hübschere, die es an die Spitze schaffte. Und das war verdammt traurig.

»Ich meine, Fred, stellen Sie sich mal die Personalchefs in all den Firmen vor, in denen ich vorgesprochen hab'«, fuhr sie fort. »'Was haben Sie bislang getan, Fräulein Merrick? Gemodelt? Ach so? Nun, was können Sie *über-*

*haupt?'* Gut mit einem Buch auf dem Kopf einen Flur hin- und herschreiten! Aber das bringt einen in dieser Welt leider nicht weiter. Dass ich bei diesem Immobilienbüro unterkam, war wohl eher dem kurzen Rock zu verdanken, den ich bei der Vorstellung trug, als meinen umwerfenden beruflichen Fähigkeiten.«

Die Illusionslosigkeit und Abgeklärtheit, mit der sie sprach, hatte Fred irgendwie getroffen. Das Geräusch, mit dem Träume platzten, war auch ihm nicht fremd, auch wenn er es vor langer Zeit zuletzt gehört hatte; damals, bevor er sich entschließen musste, zufrieden zu sein mit dem was er besaß und war.

»Aber etwas gutes hat es, nicht mehr in diesem Model-Business gefangen zu sein«, sagte Andra. »Man fängt an, wieder mehr als ein Salatblatt zwischen zwei dämlichen Puffreisbrötchen als Abendessen zu betrachten, nicht wahr? Jetzt kann es mir völlig egal sein, dass ich vermutlich einen Hintern wie ein Brauereigaul bekomme und mein Aussehen, sprich: mein Kapital ruiniere.« Sie kicherte.

»Also, ich finde nicht, dass ... Ihr Aussehen ruiniert ist ... wirklich nicht ... Sie sehen einfach ... äh, wundervoll aus, *ehrlich*«, meinte Fred und spürte, dass sich sein Gesicht wie eine Herdplatte immer weiter aufheizte. Komplimente waren nie seine Stärke gewesen, selbst wenn er sie ernst meinte, klangen sie bei ihm immer gezwungen und unbeholfen. O Gott, was *tat* er hier nur?

»Danke, Fred.« Andra lächelte ihn an. »Das war sehr lieb von Ihnen.«

»Ähem!?« Rasch wandte er sich ab, rot wie eine Verkehrsampel. Er räusperte sich verlegen und wünschte sich, lieber den Mund gehalten zu haben.

Gewandt kletterte sie wieder von der Fensterbank.

»Ich hole mir nur schnell meinen Schal aus meinem Zimmer, ich möchte mich nicht auch noch erkälten.«

Fred winkte ab. »Warten Sie, ich mach' das schon. Ich muss sowieso nach oben.« Okay, das war eine Lüge ... oder eher ein *kleiner zweckdienlicher Schwindel* ... aber selbst Fred war nicht so naiv, dass er sich diese Chance, etwas für die junge Frau zu tun, entgehen ließ. Und das Vorhaben erfüllte genau seine Aufgabe. Andra strahlte ihn an.

»Würden Sie das tun?«, fragte sie. »Es ist der rote Seidenschal, der auf dem Bett liegt. Das wäre ganz süß von Ihnen. Ich organisiere so lange ein wenig Tee oder Kaffee für uns ... Ich würde sogar entkoffeinierten Kaffee trinken, Hauptsache, er ist heiß und lässt sich trinken, nicht wahr?«

Sie gab ihm ihren Zimmerschlüssel. Als dabei seine Hand die ihre berührte, schauderte er ein wenig zusammen.

»Ich beeile mich«, sagte er und wandte sich eilig ab, damit sie nicht sah, dass er schon wieder Verkehrsampel spielte und knallrot wurde. Dabei erhaschte er einen Blick auf diesen kleinen, grauhaarigen Mann, von dem die Reisenden ihre Zimmerschlüssel bekommen hatten. Der Fremde lugte um den Vorhang neben der Eingangstüre des Speisesaales und fixierte dabei eindeutig Andra. Erst als er bemerkte, dass Fred in seine Richtung blickte, zuckte er rasch zurück.

Das gefiel Fred nicht. Mit einem seltsamen Gefühl im Magen watschelte er hinüber zu Sheriff Douglas, der sich in der Eingangshalle mit Carpenter und einem seiner Deputies unterhielt.

»Entschuldigung, Sheriff ... mein Name ist Frederick Wendt«, sagte er, nachdem das Gespräch unter Polizisten beendet war. Er streckte Douglas die rechte Hand hin, was er kurz darauf schon bereute. Der Sheriff erwiderte den Gruß und ... bei Gott, er war so stark wie groß und breit. Sein Händedruck musste mindestens tausend Kilopond draufhaben. Fred fühlte sich, als würde er zwischen zwei Puffern zerquetscht werden, biss aber die Zähne zusammen und gab sich alle Mühe, nichts von seinem Leiden zu zeigen.

»Sie waren schon in der Polizeistation dabei, nicht?«, sagte der Sheriff. »Was ist los, Mister Wendt?«

»Fred, einfach Fred, Sheriff, und ...« Der Zufall wollte es, dass sich der kleine, grauhaarige Mann schon wieder hinter einem Vorhang neben der Eingangstür versteckte und in die Halle lugte. »Sheriff, dieser Mann da, der beobachtet Andra ... ich meine, Miss Merrick ... die ganze Zeit schon. Wie soll ich sagen ... Ich mag nicht, wie er sie ansieht. Was *ist* das für ein seltsamer Typ?«

»Eddie? Oh, wissen Sie, er ist der Bruder von Bürgermeister Pierce Bates«, sagte Douglas mit einem um Nachsicht bittenden Blick. »Eddie ist ... na ja, er ist geistig zurückgeblieben. Aber wir versuchen, ihn so gut wie möglich zu integrieren. Und im Moment brauchen wir jede Hilfe, die wir kriegen. Wissen Sie, er macht seinen Job als helfende Hand hier im Hotel recht gut. So viele Fremde kommen hier nicht an, nicht einmal im Sommer. Wir liegen recht weit ab vom Schuss, an keiner Bundesstraße, und in unserer Nähe befindet sich keine Sehenswürdigkeit. Touristen verirren sich nur selten nach Nightfall Rapids. Ich glaube, so viele Fremde hatten in den letzten zwanzig Jahren zusammen nicht mehr. Damals, als das Hotel gebaut wurde, da meinten viele, dass sich der ganze Aufwand bei den paar Fremden, die wir im Jahr haben nie lohnen würde ... Na ja, wie man sieht, hat sich das nun doch, nicht wahr? Aber, um auf ihre Frage zurückzukommen: Eddie ist wirklich vollkommen harmlos. Der kann nicht einmal einer Fliege etwas zuleide tun.«

Es war nicht Freds Art, die Worte von Gesetzeshütern anzuzweifeln. Nun konnte er nicht anders. »Könnte er nicht doch etwas mit ... mit dem Verschwinden des Mädchens zu tun haben? Oder eines anderen Mädchens vielleicht? Ist hier vielleicht ... na ja, schon mal eine Frau verschwunden? Ich meine, ich habe hier noch keine junge Frau zwischen fünfzehn und dreißig gesehen, und ...«

»Mister Wendt, ich kenne Eddie seit vielen Jahren, entschieden länger als *Sie!*«, unterbrach ihn der Sheriff und klang extrem ärgerlich, was Fred erschreckte und wieder in seinen Gehorsamsmodus katapultierte. »Er würde so etwas nie tun. Er ist *behindert*, nicht *gefährlich*. Wieso wird das immer gleichgesetzt?«

»Bitte, es tut mir leid«, sagte Fred betreten. »Tut mir *echt* leid. Äh, es ist nur ... ach, das verschwundene Mädchen und der Schnee und so. Das nagt alles ganz schön an den Nerven, wissen Sie?«

Douglas wirkte wieder versöhnt.

»Wem sagen Sie das«, sagte er. »Wir hatten hier nicht nur noch nie so viele Fremde, sondern auch soviel Ärger. Sie müssen mir glauben, vorher ist noch nie so etwas in Nightfall Rapids geschehen. Es ist eine kleine, friedliche Stadt, und die Menschen hier sind nett und in Ordnung. Die einzigen, die Ärger machen ... na ja, das sind eben die Touristen. Die wenigen, die wir haben.«

Das mochte stimmen. Aber er konnte die Zweifel nicht mehr abschütteln, ob diese Stadt in Wirklichkeit so harmlos war, wie es der Sheriff stets versicherte.

## 11

Die komplett in weiß lackierte, keilförmige Pistenraupe glitt mit verblüffender Lautlosigkeit über die verschneiten, wie ausgestorbenen Straßen der weißen Stadt und näherte sich ihrem Ziel.

Irgendwann auf dem Weg musste Rusty Gamper spontan wieder an das Mädchen namens Robin denken ... an *seine* Robin. Lächelnd rief er sich jenen Moment ins Gedächtnis zurück, während dem er sie zum ersten Mal von seinem Beobachtungsposten aus erspäht hatte, als sie zusammen mit den anderen Reisenden den Zug verließ. Gamper würde diesen Augenblick ganz sicher nie vergessen. Denn auf einmal alles in seinem Leben angefangen, Sinn zu machen. Nach all diesen unruhigen, verwirrenden Monaten voller pochender Kopfschmerzen, in denen er verzweifelt versucht hatte, sich zurechtzufinden, war dies wie ein Zeichen für ihn gewesen.

Es hatte einfach nur den Anblick dieser jungen Frau mit dem schulterlangen, lockigen Haar, der frechen Stupsnase und den sanften braunen Augen bedurft, um Gamper wissen zu lassen, dass er am Ziel war. Er wusste dies so sehr, dass er wieder jenen Namen benutzte, den er vierundzwanzig Monate zuvor eigentlich feierlich abgelegt hatte, als er den Cherubim beitrat. Seitdem war er nur noch der Cherubim zweiter Kaste namens Pathyr gewesen. Aber dieser Name mutete nun wie finsterste Vergangenheit an, überholt und nutzlos (*obwohl es vor zwei Jahren noch sein anderes, bisheriges Leben gewesen war, das sich nutzlos und gescheitert angefühlt hatte*).

Auf einmal blitzte der großflächige LCD-Bildschirm am vorderen Ende der Kabine auf und spuckte einige Daten über das Ziel ihrer Mission aus. Gamper riss sich aus seinen Gedanken. Dies war eine *Himmelfahrts*-Mission: Abholung der Zielperson und Überbringung ins Hauptquartier. »Tango Alpha«, die Zielperson selbst, hatte die Registriernummer #82/04-A23*, Alter fünfzehn, Stufe 10. Sie war in ihrem Zimmer im Obergeschoss, Orientierungsmerkmal war ein Adam Green-Poster an der Türe.

Gamper wusste, dass Himmelfahrten nie mehr als eine Stunde in Anspruch nahmen; er würde also schon bald wieder mit Robin vereint sein, um sich ihr zu widmen. Diese Probleme beim Konditionieren, die vorhin aufgetaucht waren, konnten nicht schwerwiegender Natur sein; das hätte das Selbstdiagnosesystem des Systems gemeldet. Die CPU war zwar älter, funktionierte aber hervorragend. Gamper wusste dies, immerhin hatte er den Computer in fünf Wochen harter Arbeit selbst restauriert. Die Schwierigkeiten beschäftigten ihn dennoch.

Er grübelte gerade noch über dies und das nach - etwa, wie wohl das Leben mit Robin wohl aussehen würde, sobald sie nur noch *ihn* als Mittelpunkt ihrer Existenz kannte -, als das Truppenschneemobil auf einmal mit einem Ruck zum stehen kam und das grüne Licht über der Ausstiegsluke aufblitzte.

Gamper setzte die Nachtsichtmaske auf, aktivierte das Intercom und folgte dann seinem Schwarmführer nach draußen.

Ein fünfköpfiges Team gruppierte sich vor dem Eingang des Hauses. Gamper hatte sich als Wachposten zur Geländesicherung etwas abseits der anderen postiert; eine zusätzliche Vorsichtsmaßnahme, immerhin waren zum ersten Mal seit Jahren wieder Fremde im Ort.

Es war purer Zufall, dass er in diesem Moment sah, wie der Schwarmführer in sein Intercom sprach.

Dass die Nachricht nicht über den freien Kanal, wo sie alle Einsatzkräfte hören konnten, sondern über eine der gesperrten Frequenzen kam, machte Gamper sofort stutzig. *Wie so vieles in letzter Zeit.* Auf einmal fühlte er sich seltsam. Da war eine Vibration in der Luft, die ihm nicht gefiel. Er war sich auf einmal sicher, beobachtet zu werden, und in dieser Beziehung war er schon immer sehr sensibel gewesen.

Als der Gruppenleiter den Fehler beging, Gamper einen kurzen, verstohlenen Blick zuzuwerfen und sich sofort wieder abzuwenden, sobald der Beobachtete den Blick erwiderte, wusste Gamper, was geschehen sein musste: Sie wussten alles. *Sie hatten Robin entdeckt.*

Sie hatten ihm seinen Traum gestohlen! Seinen einzigen, verdammten Traum. Nichts mehr machte noch Sinn für Gamper. Seine ganze Welt war in Sekundenbruchteilen zu Staub zerfallen.

Ohne Vorwarnung riss er seine Maschinenpistole hoch, ließ den Laserzielpunkt nach links zucken, auf den Kopf des Schwarmführers, und drückte ab. Die schallgedämpfte Waffe war bis auf das Klicken des Verschlusses fast lautlos. Der Anführer kam nicht einmal mehr dazu, seine eigene Waffe zu ziehen; mit zerfetztem Gesicht kippte er nach hinten und landete in einem der verschneiten Büsche im Vorgarten des Zielhauses, die Arme wie ein blutiger Schnee-Engel weit ausgebreitet.

Gamper machte einen Satz nach vorne. Den Finger nicht vom Abzug nehmend feuerte er eine breite Salve auf seine beiden Kollegen, rollte sich dann durch die geöffnete Eingangstüre und hastete mit der jetzt schweigenden Steyer-AUG im Anschlag nach oben. Eine Bewegung links von ihm. Keinen Sekundenbruchteil danach glitt ein weiteres Teammitglied an der Seitenwand des Hauses zu Boden, eine dicke Blutspur hinter sich herziehend.

»Was ist los?«, rief das letzte übrige Teammitglied durch das Intercom. »Hier ist Sariel, was ist denn passiert? Ist die Aktion abgebrochen worden? Ich rufe die Zentrale ... *kommen!*«

Ohne zu zögern riss Gamper eine der Blendgranaten aus dem Holster an seinem Gürtel und zog den Zündstift heraus. Er gab ihr einen sanften Stoß, so dass sie genau bis vor die geöffnete Zimmertüre des Zielobjekts rollte, dann sprang er die schmale Treppe nach unten und kauerte sich am unteren Ende zusammen, Kopf und Gesicht mit Händen und Armen abgedeckt und geschützt.

Ein greller Blitz und ohrenbetäubendes Donnern, als die Granate zündete. Schreie des letzten Überlebenden im Zimmer des Mädchens, als er blind und taub durch den Raum torkelte. Gamper streckte ihn kalt durch zwei gezielte Schüsse in den Kopf nieder.

Endlich konnte er entspannen.

Für ein paar Atemzüge betrachtete Gamper das friedlich in seinem Bett liegende Mädchen. Sie erinnerte ihn ein wenig an Robin, *seine Robin,* was es schwerer für ihn machte. Doch dann trennte er sie von den Konditionierungssystemen, nahm sie vorsichtig hoch, ohne die Maschinenpistole aus der Hand zu legen, und trug sie wie eine Braut die Treppe hinab.

Auf halbem Wege sah er den Fahrer des Schneemobils, der in der geöffneten Haustüre stand und sich verwirrt, wie aus seinem Programm gerissen, umsah. Leise klickte der Verschluss von Gampers Waffe. Der Fahrer kippte kopfüber in seine eigene Blutlache im Schnee, kaum dass die ausgeworfene Patronenhülse leise klingelnd am Treppenabsatz gelandet war.

Ohne sich umzusehen, stieg Gamper über die Leiche des Fahrers hinweg. Er trug das Mädchen, das trotz seiner Bewusstlosigkeit spürte, dass etwas vorging und sich mit einem leisen Seufzen in Gampers sehnigen Armen zu regen begann, nach unten in den Keller des Einfamilienhauses. Dort legte er das Mädchen sanft in eine Ecke, schlug dann mit dem Kolben der Waffe das Sicherheitsventil vom Gashahn und ließ sich neben der Zielperson nieder.

»Wie heißt du eigentlich?«, fragte er sie, auch wenn er wusste, dass sie ihn nicht hören und auch nicht antworten konnte. »Was ist deine Lieblingsfarbe? Und was dein Lieblingsessen? Ich würde es zu gerne wissen.«

Seufzend lehnte er sich zurück. Er musste nur ein paar Minuten warten, dann hörte er zwei weitere Schneemobile vor dem Haus der Zielperson anhalten und ahnte, dass es bald soweit sein würde. Aber Gamper hatte keine Angst mehr davor, zu sterben. Ohne Robin wollte er sowieso nicht mehr leben. Alles in ihm lag in Trümmern. Der Keller hatte sich schon so mit Gas gefüllt, dass ihm das Atmen ohne Schutzmaske nur noch schwer möglich gewesen wäre. Das Mädchen neben ihm hatte inzwischen heftig zu husten begonnen.

Als er über sich Schritte hörte, hob er schließlich seine Waffe und hielt die Mündung in die Luft, dicht neben den pfeifenden Gashahn. Der Ausdruck in seinem sanften Babygesicht unter der Maske war dabei wehmütig, melancholisch.

»He, ihr Arschlöcher«, sagte er in sein Intercom, Tränen im Gesicht und mit einem dumpfen Schluchzen in der Kehle kämpfend. »Ihr habt mir meinen Traum gestohlen. Wollt ihr wissen, wie sich so etwas anfühlt?«

Erfüllt von völliger Überzeugung, dass es das richtige war, was er tat, drückte er ab. Die Flammen an der Mündung seiner Waffe sah er bereits nicht mehr.

Die Druckwelle der Explosion ließ die Fensterscheiben bersten und schleuderte Splitter wie Schrapnellteile in die Umgebung. Dann wurde der Boden des ersten Stockwerkes zerrissen. Ein Feuerpilz blähte sich auf, züngelte aus den leeren Fenstern und stieg zum Himmel. Das Erd- und Obergeschoss wurden nach oben geworfen, die Seitenwände pulverisiert. Brennende Trümmer flogen durch die Luft.

Trotz der weithin sicht- und hörbaren Detonation und des nachfolgenden Feuers ging in keinem der umliegenden Häuser ein Licht an. Niemand kam, um zu sehen, was hier passiert sein könnte.

Nur die weiße Stille - die war allgegenwärtig.

## 12

Nachdem er Andras Zimmer aufgeschlossen hatte, nahm sich Fred fest vor, dass ihn ihre Sachen nicht interessieren würden, nicht zu interessieren *hatten!*

Aber natürlich, vielleicht verständlicherweise, konnte er seine Neugierde nicht besiegen. Vorsichtig nahm er ihren Seidenschal an sich (wobei ihm auffiel, dass der Schal herrlich nach ihrem Parfum duftete) und betrachtete dann fasziniert ein kleines Foto, das Andra auf ihren Nachttisch gestellt hatte: vor dem Hintergrund eines durchschnittlichen, zwei Stockwerke hohen Vororthäuschens englischer Prägung zeigte das Bild Andra und ein Paar mittleren Alters – sicherlich ihre Eltern.

Fred wusste nicht genau, wieso, aber die Kamera schien Andra einfach zu lieben. Es war, als würden ihre schimmernde Haut, ihre Augen, alle faszinierenden Details ihres Gesichts von dem Objektiv des Fotoapparats hervorgehoben und jeder noch so kleine (und unwichtige) Makel unsichtbar gemacht. Fred verstand nicht viel vom Fotografieren, aber er war sicher, dass nicht viele Frauen diese besondere Fähigkeit hatten; dass er nun einer davon begegnet war, erfüllte ihn auf seltsame Weise mit Stolz und einem plötzlich aufgekeimten Pflänzchen von Selbstbewusstsein.

Er schloss Andras Zimmertüre hinter sich wieder ab, kramte in seiner Stube eine kurzärmlige, gefütterte Weste aus seiner Reisetasche und schlüpfte hinein. Schließlich ging er wieder nach unten.

Im Speisesaal blickte er sich um. Andra war noch nicht zurück; vielleicht musste der Kaffee erst noch durchlaufen. Fred lehnte sich gegen die Fensterbank, wo sie gesessen hatte, und wartete vielleicht eine Minute. Dann stapfte er hinüber zum Durchgang in die Küche.

»Andra?«, rief er. »Na, ist der Kaffee fertig?«

Doch niemand war hier. Fred wollte gerade in den Speisesaal zurück, als er Eddie sah, der halb hinter dem Vorhang stand und einen Moment lang gebannt in die andere Raumecke starrte, bevor er Fred in einer kumpelhaften, verschwörerischen Geste zuzwinkerte.

»*Weg ifft ffie*«, lispelte der kleine, grauhaarige Mann .

»Was?«, fragte Fred. »Was haben Sie gesagt?«

»*Daff Mädffen ... weg ifft ffie!*«, rief Eddie.

»Was meinen Sie ...?! He, jetzt warten Sie!«

Fred versuchte noch, Eddie festzuhalten, doch der kleine Mann entwand sich ihm geschickt und spurtete dann in die Hotelhalle hinaus.

Zuerst wollte Fred ihm folgen, doch dann schaute er unwillkürlich in die Richtung, in die Eddie geschaut hatte: Es war die große Panoramascheibe in Richtung Vorgarten ... *auf deren anderer Seite sich etwas bewegte! Großer Gott, jemand war da draußen.*

Nur für ein paar Augenblicke tauchte ein schneeumschwärmter Körper im Lichtkegel der Außenbeleuchtung der Hotelterrasse auf, doch es genügte, dass Fred erkennen konnte, *wer* der Mensch dort im Schneegestöber war.

»Andra?!«, ächzte er. »Aber um alles in der Welt ...«

Eine Neonröhre an der Decke flackerte, als Fred den Türknopf umklammerte und zur Seite drehte.

Kälte stieß ihm wie eine heftige Ohrfeige ins Gesicht. Kleine, scharfe Schnee- und Eisbrocken, die vom Sturmwind umhergewirbelt wurden, peitschten Fred gegen den Kopf. Der Blizzard heulte und tobte mit solcher Wut, dass Freds Stimme kaum zu hören war, als er nach Andra rief: »ANTWORTEN SIE MIR! WO SIND SIE?«


## 13


Der Mann, der sich Harden nannte, erkannte in diesem Moment, daß *dies* seine Chance war: Giuseppe Di Maria saß alleine in seinem Zimmer, während sein Bewacher mit einem der Deputies unterwegs war und noch immer nach dem verschwundenen Mädchen suchte.

*Perfekt!* Harden konnte zuerst Di Maria erledigen, sich dann im Zimmer verschanzen und Carpenter eliminieren, ohne dass der frühere FBI-Agent auch nur eine Ahnung haben würde, in welcher Gefahr er schwebte. Denn so vorsichtig Carpenter war, konnte er doch zwei Sachen nicht ahnen: *erstens,* dass sich einer von Lucas Männern bereits in seiner unmittelbaren Umgebung befand; und *zweitens,* dass das Informationsleck an einem ganz anderen Ort saß, als Carpenter und seine Kollegen es vermuteten ... Und zwar direkt in der privaten Ermittlungs- und Sicherheitsagentur, für die der frühere FBI-Agent arbeitete.

Zuerst trennten Harden noch zehn Meter von seinem primären Ziel, dann nur noch fünf, und schließlich stand er direkt vor der kargen Holztüre. Im Inneren des Raumes verunreinigte ölig-schnulzige Italo-Musik aus dem Radio im Nachttisch die trockene Heizungsluft.

Harden schaute sich ein letztes Mal um.

Das Areal war sicher!

Folglich zog Harden die Waffe hinter dem Hemd hervor und schloss seine behandschuhte rechte Hand um den Griff der kleinen Beretta.

Seine freie Hand drückte auf die Türklinke. Er war bereit, den Raum zu betreten und seinen Job zu tun.


## 14

Fred machte zwei hastige Schritte nach vorne und stolperte über etwas Hartes unter der Schneedecke. Hurtig rappelte er sich auf, schleppte sich weiter. Andra war vielleicht zehn, zwanzig Meter von ihm entfernt, stapfte geduckt durch den Vorgarten des Hotels auf die Straße zu. Ihr Haar glitzerte vor Eiskristallen.

»*Heeeeee*!«, rief er. »Kommen Sie her, Andra! KOMMEN SIE! WO WOLLEN SIE HIN? SIE WERDEN ERFRIEREN?«

Sie wandte sich um, winkte ihm zu und zeigte dann in die Richtung, in die sie ging. Offensichtlich wollte sie ihm etwas zeigen, aber *was?* Nur noch von Angst und Instinkt getrieben bewegte sich Fred voran, seine Beine bei jedem Schritt bis zu den Knien im Schnee versinkend, die Arme ausgestreckt, während ihm das Mädchen etwas zurief - es klang, als hätte sie etwas von einer Explosion und Feuer gesagt. Was konnte sie nur meinen? *Egal.*

Fred hatte sich durch den schneidenden Wind bis auf acht, neun Meter zu Andra herangekämpft, als er unverhofft einen weißen, schattenhaften Umriss nur ein paar Meter neben dem Mädchen erhaschte ... *einen Umriss, der sich auf Andra zuzubewegen schien?!*

Fred machte einen furchtlosen Satz vorwärts und schrie: »Andra, *Allmächd,* neben Ihnen! *Da ist jemand!*«

Das Mädchen fuhr sofort herum, strauchelte und rutschte aus. Seitlich landete sie im Schnee, versuchte hektisch, wieder auf die Füße zu kommen. Einen Augenblick später hatte Fred sie endlich erreicht, schloss sie fest in die Arme und schleifte sie wie ein unartiges Kind in Richtung des Hotels zurück.

Über die rechte Schulter spähend sah er für einen Sekundenbruchteil wieder diesen Schemen, dessen Konturen sich nur einen Hauch von der blendend weißen Schneedecke abhoben. Andra fest an sich gedrückt wich er zurück, bis die zwei das Haus erreicht hatten. Aus Leibeskräften trommelte er gegen die Hintertüre, versuchte, am Griff zu drehen und zerren, doch seine Finger waren vom Schnee und der eisigen Kälte völlig taub.

*Bitte, verdammt noch mal, o bitte ...*

Krachend wurde die Tür aufgerissen. Dahinter stand Carpenter, der die beiden Durchgefrorenen sofort ins Warme zerrte.

»Schnell!«, rief Fred. »Machen Sie die Tür wieder zu! *Da draußen ist jemand!*«

Augenblicklich, bar jeder Schrecksekunde, kam der Ex-FBI-Mann Freds Aufforderung nach. Aufgeschreckt durch die seltsamen Geräusche, eilten auch der Sheriff und ein Deputy in die Küche.

»Was zum Teufel ist passiert, Fred?«, fragte Carpenter. »Was haben Sie dort draußen getan.«

»Andra war dort draußen«, antwortete Fred schnaufend. »Ich weiß nicht, wieso. Ich bin ihr nachgegangen.«

»Da war eine Explosion im Dorf!«, sagte Andra. »*Ich hab's gesehen!* Und dann... da draußen war jemand außer uns, Fred hat Recht! Ich weiß, dass das verrückt klingt, aber ich bin mir ganz sicher ... jemand *war* da draußen.«

»Eine Explosion?«, sagte Douglas. »Und da draußen ist jemand? Komm' mit, Jerry ... das sehen wir uns an.«

Keinen Moment später waren die beiden Cops mit gezogenen Revolvern im Schneesturm verschwunden.


## 15


Mit der schallgedämpften Waffe in der rechten Hand drückte Harden den Türknopf, drehte ihn, war aber nur ein paar Millimeter weit gekommen, als plötzlich der Krach eines handfesten Tumults durch das Hotel hallte und sein Plan jäh durchkreuzt wurde. Jemand pochte wie wild gegen Holz und eine Scheibe, dann gellten Schreie. Die lethargische Stille in der Pension wurde mit einem Schlag von immer mehr Lauten der Nervosität durchstoßen: Menschen, die durch ihre Zimmer eilten und dumpfe, gezischte Fragen ausstießen. Der Killer reagierte sofort - er versteckte die Waffe wieder unter seiner Weste und wandte sich ab, folgte dem Korridor in Richtung Treppe.

*Verfluchter Dreck!* ärgerte er sich um die vergeudete Chance. Bevor er sich versah, flogen auch schon die beiden Türen links und rechts von Giuseppe Di Marias

Zimmer auf und ein paar Reisende traten heraus, blickten sich mit verwirrten und beunruhigten Gesichtern um.

»Was ist denn jetzt schon wieder los?«, brummte ein rotgesichtiger Griesgram in einem zu engen Rollkragenpullover.

»Ist das Mädchen zurück?«, fragte eine Frau.

»Keine Ahnung«, meinte Harden achselzuckend. »Ich werde mal nachsehen.«

Damit entfernte er sich, der Gesichtsausdruck genervt, die Arme in gemimter Unsicherheit verschränkt. In Wirklichkeit pumpten Adrenalin und Enttäuschung durch seinen Körper, aber er wusste auch - seine Zeit war noch nicht gekommen.

## 16

Schlotternd verschwanden Fred und Andra in ihren Zimmern, befreiten sich eilig von den nassen, klammen Sachen. Als Fred kurz darauf in Andras Stube hinüberging, saß die junge Frau in einen dicken Pullover und einen flauschigen Bademantel gehüllt auf ihrem Bett und nippte an einer heißen Tasse Tee, die Carpenter ihr gebracht hatte.

»He, Sie beide haben uns allen einen ganz guten Schrecken eingejagt«, sagte Carpenter. »Noch mal: Was haben Sie vorhin von einer Explosion und jemandem da draußen gesagt, Andra?«

»Also, da waren ein Blitz und dann ein Flammenpilz, gar nicht so weit weg«, erzählte die junge Frau. »Ich bin in die Küche gegangen und kurz hinten raus, um nachzusehen. Da habe ich dann den Feuerschein gesehen. Ja, ich weiß, es war unvernünftig, da hinaus zu gehen. Aber das war *ganz sicher* eine Explosion. *Eine große!* Ich wollte grade zurück und Ihnen und dem Sheriff bescheid sagen, dann riefen Fred mir zu, dass da neben mir etwas gewesen ist ... Und verdammt, da war *wirklich* ein Schatten oder so was.« Sie erschauderte. »Danke Fred, ohne Sie wäre ich jetzt wahrscheinlich ... na ja. Was auch immer.«

Sie musste den Satz nicht fertig sprechen, Fred wusste auch so, was sie meinte. Unbeholfen und sich blöd vorkommend machte er eine abwinkende Geste, etwa *'Ach, schon gut, so was tu' ich jeden Tag.'*

»Eine Explosion?«, wiederholte Carpenter.

»Ja«, sagte Andra und wirkte zunehmend ungeduldig. »Eine verdammt Große sogar. Und dann ein Feuer.«

»*Und* Sie sind beide sicher, dass da draußen jemand war?«, fragte Carpenter.

Fred nickte stumm. »Ja, ich hab's mit eigenen Augen gesehen.«

»Da *war* jemand«, sagte auch Andra. »Er trug ... weiße Sachen. Ich hab's nur im Augenwinkel gesehen, aber es sah aus wie ein Thermo-Overall. Er rannte weg, als Fred ebenfalls nach draußen kam.«

Es klopfte an der Türe. Carpenter spähte zuerst durch einen engen Spalt zwischen Türe und Rahmen in den Korridor und öffnete dann ganz. Anschließend wechselte er ein paar Worte mit Polizeichef Douglas und einem seiner Deputies. Schließlich verschloss er die Türe sorgfältig wieder.

»Andra, der Sheriff und seine Deputies haben niemanden gefunden«, sagte er. »Sie haben auch keine Spuren im Schnee entdeckt, wo Sie ihre Sichtung gemacht haben.« Carpenter machte eine kurze Pause. »Und ... er weiß auch nichts über eine Explosion oder ein Feuer in der Stadt ... und das müsste er ja wohl wissen.«

»*Wie bitte*?«, rief Andra. »Das kommt wohl davon, wenn die Eltern gleichzeitig Cousins oder Geschwister waren. Ich habe mich auch *nicht* getäuscht, hören Sie? Denken Sie, ich bin eine hysterische Tussi, die einfach nur Aufmerksamkeit will? Na vielen Dank.«

Sie stand abrupt auf und stapfte hinüber zum kleinen Waschraum, dessen Türe sie fest hinter sich zuwarf.

Der Ex-FBI-Mann sah ihr sinnend nach und warf dann Fred einen Blick zu.

»*Irgendwas* passiert hier, da besteht kein Zweifel«, meinte er. »Fred, Sie haben doch das Zimmer neben diesem hier, ja? Gut. Gibt es eine Verbindungstüre?«

»Schon. Aber die ist verschlossen.«

»Macht nichts.« Carpenter winkte ab. »Treten Sie sie auf, wenn es sein muss. Sorgen Sie auf jeden Fall dafür, dass die Kleine in der Nacht nicht ganz alleine bleibt.«

»Ich, also, ich glaube nicht, dass ich das mit dem Auftreten schaffe« Er seufzte. »Könnten Sie ...?«

Carpenter nickte verständnisvoll. »Schon gut.«

Er brauchte nur einen Tritt, präzise gezielt und scheinbar nur mit geringem Kraftaufwand verbunden, und die Zwischentüre schwang mit zersplittertem Schloss auf.

»Hören Sie.« Carpenter senkte seine Stimme. »Sobald ich auch nur die geringste Chance habe, mit meinen Partnern zu sprechen, werde ich sie informieren, was hier vorgeht, dann können wir mit Unterstützung rechnen. Fachmänner für Fälle wie diesen. Aber im Moment sind wir auf uns alleine gestellt. Ganz alleine. Um ganz ehrlich zu sein – ich danke auch nicht, dass wir dem Sheriff trauen sollten.«

»*Allmächtna! Kodzgreitz!*« Fred ächzte. »Glauben Sie denn, dass es hier so was wie ... na ja, einen Serienkiller gibt? Wie im Film? Dass er zuerst dieses andere Mädchen erwischt hat und jetzt hinter Andra her ist? Und dass der Sheriff in die Sache involviert ist?«

Carpenter holte tief Luft. In seinen grauen Augen war ein ernster, entschlossener Ausdruck, der Fred den Atem stocken ließ. »Um ehrlich zu sein: Ich denke, dass Sie und das Mädchen sich nicht getäuscht haben und dort draußen *wirklich* jemand war. Ich weiß nicht, wen Sie gesehen haben. Oder *was*. Aber etwas ist faul in dieser Stadt.«

»*Suu a Dregg!*« Fred stöhnte. Ihm wurde schwindelig.

»Fred, die Lage ist ernst«, sagte Carpenter. »Ich denke, ich kann und muss meiner Menschenkenntnis trauen ... und daher vertraue ich *Ihnen*.«

Carpenter bückte sich und zog einen kleinen, stupsnasigen Revolver aus einem Knöchelholster. Mit dem Griff voraus reichte er Fred die kompakte, aber dennoch gefährlich aussehende Waffe. Zuerst sträubte sich Fred, die Waffe in die Hand zu nehmen ... noch nie zuvor hatte er ein Schießeisen angefasst.

»Mister Carpenter, ich ... ich hab noch nie ...«

Zögernd nahm er den Revolver entgegen.

»Sie sollten nicht wehrlos sein, Fred. Aber bitte bauen Sie keinen Mist damit«, sagte Carpenter. »Es ist nur ein Zweiunddreißiger, aber es *ist* eine Feuerwaffe, und in den Fuß können Sie sich mit Kanonen jedes Kalibers ballern.«

Fred nickte und wiegte die Waffe in den Händen.

»Bleiben Sie wachsam«, sagte der Ermittler. »Schließen Sie beide Haupttüren sorgfältig ab. Verbarrikadieren Sie sie mit Möbelstücken, wenn es sein muss. Ich sehe später noch mal nach Ihnen, in Ordnung? Ich werde dreimal klopfen, dann zweimal, dann einmal – so können Sie sicher sein, dass ich es bin. Sonst lassen Sie die Türe geschlossen, selbst wenn angeblich der Sheriff zusammen mit dem Papst und dem Dalai Lama draußen steht.«

»Dreimal, zweimal, einmal – okay.« Fred nickte.

Wie befohlen schloss er die Türe hinter dem früheren Bundesagenten ab. Aber erst, nachdem er in beiden Zimmern Stühle unter den Türklinken verkeilt hatte, fühlte er sich einigermaßen sicher. Dennoch wusste er nicht, ob er schlafen würde.

## 17

Keine zwei Minuten später stand Tony Carpenter vor der Türe seines Zimmers und klopfte zuerst einmal, dann zweimal, gefolgt von einer Pause, die vielleicht vier Sekunden dauerte. Schließlich pochte er ein letztes Mal mit den Knöcheln der rechten Hand gegen das Holz, bevor er öffnete. Auch dies war ein Geheimzeichen, damit Di Maria Vorsichtsmaßnahmen treffen konnte, wenn sich jemand ohne anzuklopfen an der Türe zu schaffen machte.

Di Maria richtete sich abrupt auf, als er Carpenter sah.

»He, ich hab' den Krach da unten gehört«, sagte er. »Was ist denn passiert, Mann ...?«

»Es hatte nichts mit dir zu tun, keine Sorge«, meinte der Detektiv und legte seine Krawatte ab. »Dieses Mädchen, das nicht mehr gesehen wurde ... Möglicherweise hat derjenige, der mit ihrem Verschwinden zu tun hat, versucht, auch noch ein anderes Mädchen aus dem Zug anzugreifen. Andra Merrick.«

»Die süße Haselnuss, die uns zur Polizeistation begleitet hat?« Di Maria lehnte sich wieder zurück und fuhr sich mit der insektenhaften Zunge über die Wulstlippen. »Lecker, sehr lecker. Ich frag' mich, ob die *überall* diese nette Farbe hat, *hä hä hä!* Ich glaub', ich werde ihr meinen Schutz anbieten, hm? Meinen Schutz und meinen riesigen Schwanz, o Baby.«

Carpenter verspürte den Drang in sich, Di Maria das notgeile Grinsen vom Gesicht zu prügeln. »Seppi, ich kann dir versichern, sie würde sich lieber von einer Brücke stürzen, als auch nur alleine im selben Raum mit dir zu sein. Das Mädchen hat Klasse und ist klug. Nicht deine Art von Frau.«

Die Schutzperson grunzte und schlug das Buch wieder auf, in dem er gelegentlich aus lauter Langeweile blätterte. Alleine, dass Giuseppe Di Maria ein Buch zu Hand genommen hatte, zeigte, wie trostlos die Situation wirklich war. Auf dem Cover des zerknitterten Taschenbuches, das irgendwer in der Gepäckablage des Zuges vergessen hatte, war in purpurroten, zerfransten Lettern DIE BLUTIGE SPUR DES GELBEN AGENTEN von C.B. WALKER zu lesen; das Titelbild zeigte einen großen Mann in einem Trenchcoat, der eine barbusige, rothaarige Frau im Arm hielt und mit etwas, das wie eine Walther P-38 aussah, hinter einem flüchtenden Wagen herfeuerte. *Echte Weltliteratur*, dachte Carpenter zynisch. *Wer schreibt eigentlich so einen Mist?*

»Mann, hab' ich die Schnauze voll von diesem abgefickten Kuhkaff«, brummte Di Maria ein paar Augenblicke später; danach stand er auf, schlurfte hinüber ins Bad und pinkelte.

So sehr Carpenter ihm in seiner Beurteilung dieses Ortes zustimmte, fragte er sich dennoch, wieso dieses kleine Wiesel, bei all seinen teuren Anzügen und Jackettkronen, nicht die verdammte Klotüre zumachen konnte, wenn er pinkeln ging?

»Hey«, meinte Seppi über die Schulter. »Ich hätte noch ein wenig Kohldampf. Sie nicht? Wir könnten in die Küche 'runter gehen und nachschauen, ob wir noch was zum knabbern finden.«

»Nein«, sagte Carpenter. »Ich muss sowieso noch mal ein paar Worte mit dem Deputy in der Hotelhalle wechseln und einen Kontrollgang machen, dann kann ich dir auch gleich ein wenig Käse und Cracker oder so was mitbringen.«

»Käse und Cracker? Wollen Sie mich verarschen? Ich dachte eher an etwas mit Substanz, klar? Wie ein Steak oder Kartof-«

Ohne sich umzusehen, nahm der frühere FBI-Agent seinen Mantel von der Heizung, schlüpfte hinein und schloss die Zimmertüre von außen ab. Erleichtert über die gänzlich Italiener-lose Stille im Korridor wurde ihm eines klar: Was er zunächst nur als ironische Drohung benutzt hatte, nämlich selbst Don Luca anzurufen, entpuppte sich so langsam mit jedem weiteren Wort von Giuseppe Di Maria als überlegenswerte Alternative.

## 18

Der aus den Führungskräften der einzelnen Abteilungen bestehende Krisenstab tagte im weißen Konklavensaal, einem fensterlosen, lang gezogenen Raum im Herzen der stählernen Festung der Chromkathedrale. Vierundzwanzig Stunden am Tag wurde dieses Machtzentrum nur vom flimmernden Zwielicht der fast fünfzig in Kopfhöhe angebrachten Überwachungs- und Kontrollmonitore erhellt.

Am Kopf der rautenförmigen Zentralkonsole saß Gabriel, der Erzengel: ein großer, schwarzhaariger Mittfünfziger, dessen kalte Augen fast dieselbe Farbe wie die unverkleideten Stahlwände des Konferenzraumes hatten. Über seinem perfekt geschnittenen, blütenweißen Anzug trug er einen blassblauen Laborkittel.

»*He, ihr Arschlöcher*«, hallte plötzlich eine helle, nur mühsam gefasst klingende Stimme durch den Raum. »*Ihr habt mir meinen Traum gestohlen. Wollt ihr wissen, wie sich so etwas anfühlt?*« Dann drang ein hässliches, abgehacktes Knirschen durch die Leitung, gefolgt von buchstäblicher Todesstille.

»Ich habe nur eine Frage: Wie? Wie konnte das passieren?«, fragte der Erzengel denjenigen, der neben ihm auf der linken Seite der Zentralkonsole saß.

»Ein Gehirntumor«, erklärte der Angesprochene. Er trug dieselbe schneeweiße Uniform mit dem dreieckigen Symbol wie Rusty Gamper, doch seine Rangabzeichen wiesen ihn als Mitglied der ersten Kaste der Cherubim aus. Sein Engelsname war Choriel. »Der Cherubim zweiter Kaste Pathyr muss schon seit einiger Zeit darunter gelitten haben. Mindestens vier, fünf Monate.«

»Eine Nebenwirkung von *Serafim*?«

Choriel nickte stumm. »Ist anzunehmen«, meinte er.

Der Mann am Kopf der Zentralkonsole sah sein Gegenüber intensiv an. Obwohl *Serafim* in den vergangen Jahren immer weiter und weiter verbessert worden war, konnten Nebenwirkungen dieser Art nie völlig ausgeschlossen werden. Dieses Desaster erinnerte den Mann an ein ähnlich bitteres Vorkommnis vor etwa zwei Jahren: Auch damals war ein Gehirntumor daran Schuld gewesen, dass es zu einem fatalen Fehler im System kam und das Gehirn eines Erzeugers für die Konditionierung unempfindlich wurde. Obschon der Fluchtversuch des Mannes natürlich ohne Erfolgsaussichten gewesen war und er mit seiner Familie nicht einmal eine Meile von Nightfall Rapids weg kam, bevor er wieder aufgegriffen wurde, war das Ereignis dennoch eine klare Warnung gewesen ... Eine Warnung, die leider jedoch nicht ernst genug genommen worden war. Das durfte nicht noch einmal vorkommen. *Auf keinen Fall!*

»Was ist mit dem Mädchen aus dem Zug, das Gamper entführt hat?«, fragte Gabriel.

»Wie nicht anders zu erwarten: Gamper hat sie lobotomiert«, antwortete Choriel. »Er ist mit ihr unvorbereitet auf Intensitätsstufe acht gegangen. Stufe acht, dieser Idiot. Er hatte keine Ahnung, wie man mit den Systemen richtig umgeht und das Serum dosieren muss ... Zudem war seine Software veraltet - in das Terminal, an das er das Mädchen aus dem Zug angeschossen hat, war noch die störanfällige alte Version 1.7 des Konditionierungsprogramms eingebaut. Als wir sie fanden, war ihr Gehirn schon unrettbar beschädigt.«

»Wie konnte er überhaupt an das Terminal kommen?«

»Er hat es offenbar aus einem Abstellraum für defekte Hardware gestohlen und in monatelanger Arbeit wieder aufgebaut. Möglicherweise hatte er ja die ganze Zeit über vor, sich ein Mädchen zu holen, und sie in Eigenregie zu konditionieren. Dieses Mädchen aus dem Zug hat es ihm dann ... einfach angetan.« Choriel machte eine deutliche Handbewegung. »Ich hätte nie gedacht, dass so etwas möglich sein könnte ... doch er hat sie unbemerkt von uns aus dem Hotel verschleppt. Zwar hatte Pathyr als Cherubim Zugang zum System, aber dass es dazu reicht ... Ich muss gestehen, dass ich dies nicht für möglich gehalten hätte. Vielleicht ... nun, hat er ja Rückendeckung erhalten.«

»Sie meinen, von ...?« Der Erzengel im Laborkittel ließ den Satz unvollendet und schüttelte denn energisch den Kopf. »Nein, niemals. Leviathan hätte nie zugelassen, dass dem Mädchen etwas passiert und sie von Pathyr umprogrammiert wird. Er hätte versucht, sie dort herauszuholen. Er versucht ja ständig, uns zu sabotieren. Nein, Pathyr hatte einfach Glück. Wir haben uns zu sehr auf unsere Kontrollmechanismen verlassen und dabei die Lücken im System übersehen. Pathyr hat uns, so traurig es ist, gewissermaßen, mit unseren eigenen Waffen geschlagen. Der Rest spricht für sich. Er wollte uns denselben Schaden zufügen, den wir ihm zugefügt haben, als wir das Mädchen fanden. Darum hat er das Haus gesprengt.«

»Dabei war es reiner Zufall, dass wir auf das Mädchen in seinem Zimmer gestoßen sind«, sagte Choriel. »Wer weiß, wie es weitergegangen wäre, wenn ...«

Gabriel faltete die Hände wie zum Beten, eine Geste, die den ranghöchsten Cherubim sofort dazu brachte, den Mund zu halten.

»Das ist eine zutiefst und äußerst unangenehme Situation«, sagte der Erzengel. Seine Augen blitzten. Zuviel hing von diesem Projekt ab. »Um zu verhindern, dass es noch mehr Probleme gibt, werden ab morgen Nacht die gesamte Belegschaft und die Bevölkerung der Stadt einem Sondertest unterzogen. Es darf keine neuen Gehirntumore mehr geben. *Auf – gar – keinen – Fall!*

Nun zu #82/04-A23*«, fuhr er fort. »Auch das ist eine Situation, die uns zum sofortigen Reagieren zwingt. #82/04-A23* war das letzte Gefäß der 'A'-Reihe, und bis das erste Gefäß aus der 'B'-Serie ins brauchbare Alter kommt, dauert es noch wie lange? Vierzehn Monate?«

Ein glatzköpfiger, bebrillter Mann mit dunklem Vollbart, der am anderen Ende der Zentralkonsole saß, nickte zustimmend.

«Vierzehn Monate und drei Tage«, sagte der Chefkybernetiker, dessen Engelsname Danael lautete.

»Das ist unmöglich. Der Transfer muss bis zur nächsten Systemausbauphase vollendet sein.« Der Erzengel schleuderte wütende Blicke in die Runde wie göttliche Blitze. »#82/04-A23* war bereit, wir hatten sie jahrelang konditioniert und vorbereitet. Jetzt müssen wir den Verlust irgendwie und so schnell wie möglich kompensieren, aber das wird nicht leicht. Wir müssen auf das zurückgreifen, was wir haben. Ihr Vorschlag, Lehachiah?«

Der Chef der biometrischen Planungsabteilung tippte auf sein grünlich glimmendes Sensorkeyboard

»Primäre Wahl wäre das Gefäß aus dem Zug«, sagte der Forscher und deutete auf einen der Bildschirme, der die süß schlafende Andra Merrick in ihrem Zimmer zeigte. »Sämtliche Parameter scheinen bei ihr zu stimmen ... Wenn wir uns für sie entschließen, dann müssen wir sie bald holen. Immerhin braucht die Vorbereitung für den Transfer viel Zeit. Selbst wenn wir alles so schnell wie nur möglich durchziehen und auf die neuen Systeme zurückgreifen, an die dreißig bis achtundvierzig Stunden dauert das Imprintieren und Konditionieren bis auf Stufe zehn auf jeden Fall. Vorher ist sie noch auf keinen Fall bereit.«

»Ja, sie ist einfach ... wunderschön«, murmelte der Erzengel am Gipfel des Zentralpultes. »Was ist mit den Leuten aus dem Zug, mit denen sie sich angefreundet hat? Ärger im Verzug?«

»Vielleicht«, meinte Choriel. »Auf jeden Fall sollten wir kein Risiko eingehen.«

»Ja, Sie haben Recht.« Der Erzengel sah sich um. »Achtung, habe ich Ihre Aufmerksamkeit? Uns stehen einige arbeitsreiche Stunden bevor. Wir brauchen als erstes eine plausible Geschichte, was dem Gefäß aus dem Zug passiert sein könnte. Die meisten Reisenden haben sie gesehen, und es sind zu viele, als wir sie alle sofort und unmittelbar konditionieren können. Ein paar von ihnen mussten bekanntlich sogar in die Kellerzimmer ohne Überwachung und die Lagerräume gelegt werden. Das wird Ihre Aufgabe werden, Danael. Die Programmierung muss stimmen. Arbeiten Sie schnell und gut.«

Der Angesprochene nickte. »Amen.«

»Dann: Rafael, wenn wir es praktisch schon vor der Nase haben, dann werden wir das Gefäß aus dem Zug eben ernten. Du weißt selbst, was passieren kann, wenn wir zu lange warten. Es wird ebenfalls deine Aufgabe sein, sicherzugehen, dass ihre neuen Freunde aus dem Zug keinen Ärger machen. Was du tust, ist völlig egal. Es muss nur funktionieren. Irgendwelche Gedanken?«

Rafael, der zweite Erzengel, überlegte kurz und meinte dann: »Das Gefäß und seine Begleiter könnte sich nochmals auf den Weg zum Sheriffbüro gemacht haben. Dabei haben sie sich verirrt. Auf diese Art und Weise könnten wir sie eine Zeitlang vom Rest der Gruppe isolieren und die VR-Programmierung einleiten. Wir könnten sie alle bereits heute Nacht holen.«

»Je früher, je besser«, sagte der Erzengel Gabriel am Gipfel des Konferenzpultes. »In Ordnung, also dann machen wir uns an die Arbeit. Jeder hat seine Aufgabe.«

Ohne jedes weitere Wort erhob er sich und verließ den Konferenzraum.

Nach einem ausgedehnten Besuch in der Institutskapelle kehrte der Mann schließlich in sein geräumiges, aber spärlich eingerichtetes Büro in der zweitobersten Etage zurück. Hier legte er den Laborkittel ab, streckte sich dann auf einer lang gezogenen Lederliege aus, neben welcher ein Terminal in die Wand eingelassen war. Er fühlte fast kindliche Aufregung und kribbelnde Vorfreude im Bauch, als er das Interface an sich nahm, ihn mit seinem Imprint verband und mit einer Bewegung des rechten Datenhandschuhes die Verbindung aktivierte.

Dann glitt er direkt auf Level zehn.

## 19

[Das erste, was er wahrnahm, war wie immer das zerrende und bodenlose Gefühl eines tiefen Sturzes. Durch völlige Dunkelheit fiel er direkt in eine Explosion von Myriaden bunter dreidimensionaler Pixels, die ihn wie ein wogender Schwarm Glühwürmchen im Fall begleiteten und sich danach zu einer Form ordneten: einer röhrenförmigen Befehlszentrale voller leuchtender Schalter, flimmernder Gadgets und blinkender Sensoren.

Er klinkte sich in einen gesicherten, abgegrenzten Teil des Systems ein, zu dem nur er und sein Bruder Zutritt hatten. Die Pixel stoben auseinander, entfernten sich wie ein Funkensturm und formierten sich nur Augenblicke später neu, diesmal zu einem herrschaftlich eingerichteten Wohnzimmer mit Ausblick auf einen riesigen, blühenden Park unter warmer Sommersonne.

Schon hörte er auch die wohlbekannte Stimme, die wie immer von *überall* und *nirgends* zugleich kam:

*CYRUS?*

»Ja, ich bin es, Mutter«, antwortete der Mann und kniff die Augen zusammen; schwer zu sagen, ob aus Angst, Anstrengung oder Erschöpfung. »Ich bin hier.«

*ICH HABE DICH VERMISST. ES IST LANGE HER, SEIT DU MICH ZULETZT BESUCHT HAST.*

»Ich weiss! Verzeih mir – ich hatte viel Arbeit«, sagte er. »Aber denk' daran, Mutter. Ich arbeite nur für die Familie.«

*ES IST SO SELTSAM HIER ... ALS OB ICH TOT WÄRE.*

«Das bist du nicht, und das wirst du nie sein«, widersprach er sofort. Wie Spinnenbeine huschten seine Finger über den kühlen Marmor des Schreibtisches, vor dem er stand. Das Gefühl war in seiner erhabenen Glätte völlig real. »Du wirst nie sterben, das verspreche ich! Es dauert nicht mehr lange, und dann wirst du wieder am Leben sein. Atmen, fühlen, sprechen ... und lieben. Bald wird es soweit sein.«

*ES WIRD WIRKLICH NICHT MEHR LANGE DAUERN?*

»Ich schwöre es bei meinem Leben!«, rief der Mann. »Da ist eine Frau – sie ist neu hier in Nightfall Rapids. Ich glaube ... nein, ich bin sicher, dass sie geeignet sein könnte. Wir holen sie noch heute Nacht, und dann ... dann ...« Er sprach nicht weiter.

*DU BIST SO BRAV, CYRUS ... UND JETZT SEI EIN BRAVER JUNGE UND BETE! BETE MIT ALL DEINER KRAFT, DANN IST GOTT MIT DIR UND DEM REST UNSERER HEILIGEN FAMILIE.*

»Das werde ich, Mutter«, sagte er ...]

## 20

... zurück in der physischen und psychischen Begrenzung der *Stufe Null* wurde sein Gesicht von einem dünnen, kalten Schweißfilm überzogen.

Automatisch glaubte er, wieder den bitteren Geschmack von Seife auf seiner Zunge wahrzunehmen und die Striemen auf seinen Armen und Beinen wieder bluten zu spüren, nachdem der Gürtel mit einem leisen Sirren auf ihn hernieder gerast war. Von seinen Händen, wo er die Fingernägel tief in die Ballen gedrückt hatte, tropfte Blut zu Boden.

*Heute Nacht*, dachte er. *Heute war es soweit.*


## 21

Leviathan, der gefallene Engel, der in diesem Moment gespannt eine flirrende Videowand in KRIPPE 3 betrachtete, wusste ebenfalls, dass er nicht mehr viel Zeit hatte.

Jene halbrunde Konsole voller Computerbildschirme und Überwachungsmonitore, welche dem Gefallenen einen lückenlosen Einblick in die Eingeweide von Nightfall Rapids ermöglichte, nahm sich wie ein Fremdkörper in der KRIPPE aus, wo der Mann lebte. Denn ansonsten war der Bau nur mit einem holzbefeuerten Herd, einer schmalen Schlafpritsche, ein paar Regalen voller Konservenvorräte und einem Tisch mit vier Stühlen darum möbliert. Vor einem Jahr noch hatte diese unterirdische Bunkeranlage (die zur Tarnung das passende Äußere einer alten, verlassenen Scheune besaß) als eine von vier identisch eingerichteten, im Umkreis von Nightfall Rapids aufgebauten Notzentralen – den KRIPPEN – ein einsames Dasein gefristet.

Dann aber war der gefallene Engel aufgetaucht, überstürzt, in einer nebligen Nacht und gejagt von den eigenen Leuten. Er hatte dem für spezielle Notfälle ausgelagerten Sicherheitszentrum neues Leben eingehaucht, wobei die KRIPPE zunächst nur sein Versteck gewesen war ... dann wurde sie zu seinem Lebensraum. Schließlich hatte er sie dank seiner intimen Kenntnisse über Technik und Arbeitsweise seiner ehemaligen Verbündeten und jetzigen Gegner zum einzigen Widerstandszentrum gegen den Erzengel und dessen Komplizen erhoben.

Vom virtuellen Netz der *Kathedrale* abgesehen hatte er hier dank seines privilegierten Terminals Zugriff auf alle Systeme, etwa die Video- und Audioüberwachung der Stadt, sowie die Steuerung der Scanner und Infrarotsensoren.

Der Monitor, den er in diesem Moment fixierte, zeigte Andra Merrick, unschuldig und verletzlich in ihrem tiefen Schlaf.

Der Gefallene biss sich auf die Unterlippe. Obwohl er die Konferenz des Krisenstabs nicht hatte verfolgen können, wusste er dennoch, was heute Nacht mit dem Mädchen passieren würde. Die einzige Frage für ihn war *wann;* das *ob* hatte sich in dem Moment entschieden, als sich der geisteskranke Cherubim mit jenem Mädchen, das eigentlich für den letzten Test vorgesehen war, in die Luft gesprengt hatte. Jetzt würde dem Erzengel nichts mehr anderes übrig bleiben. Er würde sie sich holen ... nein, er *musste* es tun. Und zwar bald.

Der hagere Unbekannte, dessen Gesicht im Licht der Monitore fahl und steinern aussah, nickte und ließ seine feingliedrigen Finger dann über eines der zahlreichen Computerkeyboards vor sich gleiten. Die kurzen Befehle, die er eingegeben hatte, bewirkten, dass sich die Perspektive auf dem Monitor, der eben noch die todgeweihte Andra Merrick abgebildet hatte, veränderte.

Nun zeigte der Bildschirm das Zimmer von Tony Carpenter und Giuseppe Di Maria. Der Mann vor der Videowand wusste, dass der Weg zurück in die Freiheit für die Zugreisenden, wie auch für die Bewohner von Nightfall Rapids nur über diesen ehemaligen Federal Agent führen würde.

Doch damit seine Pläne Erfolg haben konnten, musste er zunächst einmal sichergehen, dass sich diese nun wichtigste Schachfigur im Spiel ungehindert bewegen konnte. Und dazu hatte er für Ablenkung zu sorgen. Das erste, was er also tat, war, sämtliche Leitungen zwischen dem Hotel und dem Institut für zwei, drei Minuten zu unterbrechen. In dieser Zeit bereitete er die in der letzten Nacht aufgezeichneten Szenen zum Abspielen vor. Diese Aufnahmen zeigten Carpenter und Di Maria in ihrer Stube, sowie Andra Merrick und diesen auch zu der Gruppe gehörenden Frederick Wendt schlafend in ihrem Hotelzimmern.

Geschickt und alle mögliche Klippen sicher umschiffend *(so musste er zum Beispiel jene nun geöffnete Verbindungstüre, die zwischen den Räumen von Wendt und dem Mädchen lag und gestern Nacht noch verschlossen gewesen war, aus der aktuellen Aufnahme ausschneiden und dann in seine Aufzeichnung einkopieren)* verband er die kurzen Szenen zu Endlosschleifen. Diese startete er synchron mit der Reaktivierung der restlichen Überwachungskanäle.

Für den Sysop, den *System Operator* in der Sicherheitszentrale der *Kathedrale* sah es nun aus, als würden die vier Zielpersonen ahnungslos schlummernd in ihren Räumen weilen, während sie in Wirklichkeit, sofern alles funktionierte, schon längst das Hotel unbemerkt verlassen hatten.

Aber bis es soweit war und die vier ihr Gefängnis verlassen konnten, musste noch viel getan werden.

Der Gefallene fuhr konzentriert mit seiner Arbeit fort.

# FLÜCHTIG

Wir tasten uns wie Blinde an der Wand entlang
und tappen dahin, als hätten wir keine Augen.

*Jes 59,10*

# 1

Um kurz nach ein Uhr am Morgen erhob sich der Killer, der sich Harden nannte, von seiner Liege. Er hatte nicht geschlafen, nur gedöst, und dabei ein wenig Kraft geschöpft. Diese Energie würde er dringend benötigen. Denn heute Nacht mussten Giuseppe Di Maria und sein Bewacher sterben.

Ein letztes Mal vertiefte sich Harden kurz vor seinem Aufbruch in das Dossier über jenen Ex-FBI-Mann, der den Zahlmeister bewachte. Immer noch versuchte der Killer, irgendeinen Schwachpunkt in der Biographie von Carpenter zu finden. Aber schon, dass es der frühere Bundesbeamte nach nur zweiwöchigen Ermittlungen geschafft hatte, Giuseppe Di Maria aufzuspüren - etwas, wozu nicht einmal Don Lucas angebliche Topleute in der Lage gewesen waren -, schien ein allzu deutlicher Beweis für das Kaliber dieses Mannes zu sein.

Was Harden in dem Dossier über Carpenter las, war einfach nur beeindruckend: aufgewachsen in ärmlichsten Verhältnissen in einem irisch-protestantischen Viertel von New York, kam er als Jugendlicher sogar einmal mit dem Gesetz in Konflikt, bevor er sein Leben entschieden änderte. Freiwillig trat er dem US-Marine-Corps bei, absolvierte zwei Diensttouren in Vietnam als hochdekoriertes Mitglied einer Spezialeinheit, bevor er während einer Patrouille vom Rest seines Platoons abgeschnitten wurde und für mehrere Monate in nordvietnamesische Gefangenschaft geriet, bis er sich befreien konnte. Harden, der ebenfalls schon monatelang eingekerkert gewesen war (in einem von General Noriegas Konzentrationslagern), erstaunte diese Gemeinsamkeit ihrer Werdegänge.

Danach malochte Carpenter acht Jahre bei der Mordkommission in seiner neuen Heimatstadt Boston und war schließlich neun Jahre lang Agent des FBI, in der Abteilung für organisiertes Verbrechen. Das jähe Finale seiner Karriere bei Hoovers Elitepolizei wurde durch einen blutig endenden DEA-Undercover-Einsatz in Costa Rica besiegelt. Zwei Agenten aus seinem Team gerieten bei der Verfolgung eines Drogenschmugglers in einen Hinterhalt und wurden erschossen; einer der beiden war Carpenters Partner und Freund gewesen.

Nun wurde es nebulös: Als sich der blaue Pulverrauch nach dem minutenlangen, heftigen Feuergefecht verzogen hatte, lag auch der mutmaßliche Todesschütze tot über dem Steuer seines Lastwagens. Zwei aufgesetzte Kopfschüsse hatten sein Gehirn gleichmäßig über die Frontscheibe verteilt – eine direkte Exekution also.

Der Gedanke lag nahe, dass Carpenter den Tod seines Partners blutig gerächt hatte. Eine ballistische Untersuchung ergab, dass die Kugeln nicht aus Carpenters registrierter Sig-Sauer P226 9mm stammten; aber wenn er etwas damit zu tun hatte, wäre er sicher nicht so ungeschickt gewesen und hätte die eigene Waffe benutzt. Die interne Abteilung konnte jedenfalls trotz eifriger Bemühungen keine direkte Verbindung zwischen ihm und dem Mord herstellen.

Obschon ein Disziplinarausschuss Carpenter von allen Anklagepunkten freisprach (was ein ziemlich ungutes Echo in den Medien hervorrief), quittierte dieser daraufhin den Dienst und trat später in aller Stille als Berater und Sonderermittler einer großen Detektivfirma in Los Angeles bei: *Lawson Associates*, in deren Auftrag er nach Raymondo Lucas Chef-Geldeintreiber Giuseppe Di Maria gesucht hatte.

Das alles sagte Harden vor allen Dingen eines: *Dass er sich besser bei dem Job anstrengte, denn es würde nicht leicht werden. Carpenter war hart, eiskalt und konsequent.*

Und Harden würde erst bezahlt werden, wenn beide Männer tot waren und er seinem Auftraggeber als Beweis dafür, dass der Auftrag ausgeführt war, die Ringfinger der linken Hände der Zielpersonen übergab. Dies war ein seltsames Ritual, aber der Don, Raymondo Luca, der selbst als Kind genau diesen Finger verloren hatte, bestand darauf. Es war so etwas wie seine landesweit gefürchtete Visitenkarte geworden

Harden kratzte sich über das Muttermal am Nacken, das ihn besonders bei kaltem Wetter ab und zu ein wenig ärgerte, und warf dann einen raschen Blick auf seine Armbanduhr. Er wusste, dass er nicht mehr lange zögern durfte. Immerhin standen seine Ehre und sein Leben hier auf dem Spiel. Es war ein offenes Geheimnis, dass Luca mit Mitarbeitern, die im Dienst versagt hatten, kurzen Prozess machte; und Harden selbst hatte schon einige Arbeitsverträge mit abtrünnigen Hilfskräften auf die direkteste und endgültigste Art gekündigt.

Der Weg durch das stille Hotel verlief problemlos. Behutsam nahm der Killer die Spritze mit der winzigen Säureladung aus ihrem Futteral, schob die Nadel ins Schloss von Carpenters Türe und pumpte die Flüssigkeit in die grobe Mechanik. Mit einem hellen, praktisch unhörbaren Zischen zerfraß die Säure das Schloss; nur ein paar winzige, weiße Qualmwölkchen zeigten, dass etwas nicht stimmte. Aber in der Dunkelheit konnte man diese nicht sehen.

Als das Schloss zerstört war, hob Harden seine Pistole und schubste die Türe mit dem rechten Fuß auf. Noch bevor er mit einer flüssigen Bewegung in das Zimmer gehuscht war, explodierten jeweils drei .308'er-Projektile in den Körpern der beiden Menschen im Zimmer.

Danach zog Harden die Türe hinter sich zu.

Er zog das Rasiermesser aus seiner Jackentasche und wollte gerade Carpenter bearbeiten, als er bestürzt erkannte, dass das erste Opfer nicht der ehemalige Special

Agent war ... Ja, dass die Form unter der Decke nicht mal ein *Mensch* war, sondern nur eine Wurst aus Kissen und Kleidern, genau wie die undeutliche Form auf dem Sofa gegenüber.

*Das ist eine Falle! Raus hier!*

Er glitt mit der Waffe im Anschlag wieder aus dem Zimmer heraus. Zuerst ruckte er nach links, Kopf, Arme und Waffe eine perfekte Achse bildend, dann auf die andere Seite. Doch er war alleine. Was geschah hier? Verwirrt und ärgerlich bewegte sich Harden zurück in Richtung der Treppe zum Erdgeschoß, die Waffe wieder hinter dem Hosenbund steckend, der Kopf summend und voller Fragen.

In diesem Moment sah er durch ein Fenster die vier Gestalten über den kleinen Platz vor dem Hotel hasteten und dann im Schatten auf der anderen Straßenseite verschwinden. Einer davon war unverkennbar Carpenter, und das bedeutete, dass auch Giuseppe Di Maria nicht weit sein konnte. Grimmig erkannte Harden, dass er wohl doch noch eine Chance bekommen würde, um seinen Auftrag zu Ende zu bringen.

## 2

Es war ein Luftzug, der Fred aufweckte ... nur eine sanfte Bö, die ihm über das Gesicht strich. Flatternd öffnete er die Augen und sah sofort einen fremden, bedrohlichen Umriss direkt neben dem Bett.

Zum ersten Mal in seinem Leben reagierte er völlig instinktiv und auf eine Weise, wie er es nie möglich gehalten hätte: Seine Hand griff sofort nach dem Revolver auf dem Nachttisch, wurde aber auf halber Strecke abgefangen und zurückgedrückt. Dann legte sich eine zweite Hand auf seinen Mund. Irgendwie schaffte er es, sein Knie hochzureißen und dem Fremden, der sich über den Buchhalter gebeugt hatte, in die Seite zu rammen. Der Mann war für einen Moment abgelenkt genug, dass Fred geistesgegenwärtig mit seiner linken Hand ins Gesicht des Fremden schlagen konnte.

Plötzlich hörte er eine vertraute Stimme: »Autsch, Fred, verdammt, ich bin es!«

*Das war Carpenter?!*

Keuchend setzte sich Fred auf.

»Wa-?«, stammelte er. »Wie k- ... kommen Sie hier rein? Was ... ist denn los?«

»Wir müssen hier weg«, sagte der Ex-FBI-Agent und rieb sich über die Stelle, wo ihn Freds weiches Knie mit der beachtlichen Kraft der Verzweiflung und Angst getroffen hatte.

»Weg? Aber wohin sollen wir ... und *warum?*«

»Wir sind hier nicht mehr sicher«, sagte Carpenter und warf Fred dick gefütterte Anziehsachen zu. Im Hintergrund lauschte Carpenters Begleiter an der Zimmertüre, wahrscheinlich um sicherzugehen, dass sie keinen ungebetenen Besuch bekamen. Fred fühlte sich, als wäre er im Kino oder vor dem Fernseher eingeschlafen und hätte einen Teil eines Filmes versäumt - jenen Teil, in dem erklärt wurde, wie der Ex-FBI-Mann und sein Kumpel es geschafft hatten, hier hereinzukommen.

»Aber woher wissen Sie das?«

»Jemand hat mich gewarnt«, sagte Carpenter. »Wir müssen verschwinden. Beeilen Sie sich, verdammt, oder es ist zu spät, Fred.«

»Gewarnt? Zu spät? *Wer* hat Sie gewarnt ...«

»Eine Stimme aus dem Radio, wenn Sie es genau wissen wollen. Ziehen Sie endlich ihre Sachen an, Herrgott!«

Fassungslos starrte Fred die geschlossene und immer noch mit dem Tisch verkeilte Zimmertüre an. Nur ins linke Hosenbein geschlüpft, das dicke Thermounterhemd halb über den Kopf gezogen, wandte er sich wieder zu Carpenter um.

»Und ... wie sind Sie hier 'reingekommen?«

»Durch Geheimgänge«, erklärte Carpenter und warf einen Blick ins Nebenzimmer, um zu sehen, wie weit Andra mit dem Anziehen war. In derselben Bewegung hielt er seinen Begleiter davon ab, dasselbe zu tun. »Das ganze Hotel ist voll von Geheimgängen; die Zugänge zu den einzelnen Zimmern befinden sich in den Kleiderschränken. Auch das hat die Stimme aus dem Radio gesagt. Und diese verdammte Stadt ist scheinbar voller Kameras, Scanner und anderer Überwachungstechnik, die unser Kontakt so lange wie möglich außer Gefecht setzen will, damit wir hier wegkommen können.«

»Ja aber wer *ist* dieser Typ?« Hastig angelte Fred nach dem rechten Ärmel des Thermounterhemdes.

»Keine Ahnung – er versprach nur, dass er auf unserer Seite sei - im Moment müssen wir ihm das wohl oder übel glauben.« Mit einer wütenden Handbewegung trieb Carpenter Fred an, sich weiter zu beeilen. »Er wollte uns warnen, weil wir hier in Gefahr sind. Er sagte, in wenigen Minuten würden bewaffnete Soldaten durch die Geheimgänge kommen und Sie, Andra, mich und Mister Di Maria verschleppen, wenn Sie sich nicht beeilen *und endlich diesen beschissenen Schneeanzug anziehen, Fred!*«

Schleunigst tat Fred, was ihm befohlen wurde. Wie nach einem Dammbruch breitete sich eine Flutwelle von glühender, mit Nägeln gespickter Furcht in seinen Eingeweiden aus. Bei jedem Schritt hatte er auf einmal das Gefühl, auf Eis zu gehen.

»Wohin können wir gehen?«, rief Andra aus dem anderen Raum. »Wir müssen den Deputy unten benachrichtigen, er kann den Sheriff holen ...«

Der frühere Bundesbeamte schüttelte den Kopf.

»Schlagen Sie sich das aus dem Kopf? Das ist kein normaler Fall mehr, das hier ist ... etwas *völlig anderes.*

Derjenige, der mich gewarnt hat, meinte, dass der Sheriff und die Deputies zu unseren Feinden gehören. Wir können niemand vertrauen. Und darum müssen wir weg hier, raus aus dem Hotel. Alleine. Und unbemerkt ...

Alle fertig? Gut, dann los!«

Zuerst verschwand Carpenter im Schrank, dann folgten ihm Andra und Di Maria. Fred kam als letzter. Er schob den Revolver in eine der zahlreichen Taschen des Wintermantels, warf einen letzten, wehmütigen Blick zurück auf seine Bahnhäusleuhr von *Kreuzer, Glatz und co* und dachte: *Ich komme zurück und hole dich, ganz bestimmt.*

Dann tappte er hinter Carpenter und den anderen her.

### 3

Sie eilten einen Korridor entlang, der sich schmal und voller 90-Grad-Biegungen zwischen den Mauern dahinwand, bis sie auf eine Stahltüre stießen. Das Portal glitt fast augenblicklich lautlos zur Seite und gab ihnen den Weg nach draußen frei.

Kälte und feuchter Nebel am anderen Ende des Schotts klatschten auf Freds ungeschütztes Gesicht wie unerwartete Ohrfeigen. Sein Herz machte einen Sprung, und für ein paar Sekunden bekam er keine Luft, konnte nur mühsam japsen.

»Wa-?!«, begann er, doch Carpenter fuhr zu ihm herum und funkelte ihn so wütend an, dass Fred fast bleich wurde. Er nickte und erkannte, dass es besser wäre, fürs erste seinen Schnabel zu halten.

Geduckt und mit der Waffe im Anschlag hastete Tony Carpenter als Vorhut über den Hotelvorplatz. Er sah sich dabei immer wieder um, bis er schließlich abseits der Straße hinter einen Schneehaufen in Deckung ging. Nachdem er das Terrain gesichert hatte, gab er seinen

Gefährten ein Zeichen, worauf sich Fred, das Mädchen und Di Maria auf den Weg machten.

Schon nach ein paar Atemzügen begann die schneidend kalte Luft in Freds Lungen zu stechen wie ätzendes Gas, und der Schweiß auf seiner Stirn bildete winzige Eiskristalle. Er wischte sich über das Gesicht und zog dann seinen Schal höher, bis er fast seinen ganzen Kopf einhüllte und wie eine Maske aussah. Sogar seine Augen brannten, und für ein paar Momente konnte er sich nur an den knirschenden Schritten der anderen orientieren.

Hinter der nächsten Straßenkreuzung legte Carpenter wieder einen umsichtigen Sicherheitsstopp ein, während Fred noch verzweifelt versuchte, sich zu orientieren. Der Schnee, die gleichförmige Stadt – alles war wie in einem Alptraum (*und wenn dies kein verdammter Alptraum war, was sonst?* dachte Fred), in dem man rannte und rannte und dennoch nicht von der Stelle kam, weil die Beine in einer Art von Sirup steckten und man sich anstrengen konnte, so sehr man wollte, man war langsam wie eine Schnecke, obwohl etwas oder jemand hinter einem her war ... *Ganz genau wie hier, Allmächd na!*

Fred versuchte, seine Angst zu ignorieren und sich nur aufs Laufen zu konzentrieren, aber so, wie seine Knie schlotterten, war das ziemlich aussichtslos.

Er schniefe und stellte angewidert fest, dass die Stelle des Schales vor seinem Mund inzwischen vom atmen feucht und klamm war und von außen bereits zu gefrieren begann. *Was tu' ich nur hier,* dachte er. *O Gott, was tu' ich denn nur hier? Vor sechs Tagen noch bin ich hinter meinem geliebten Schreibtisch im Silo an der Fürther Freiheit gesessen, hab mich mit Provisionen, Dividenden, Beitragssätzen und Beitransanpassungen b'schäftigt ...*

Und jetzt? Er wollte nach Hause, nichts als nach Hause zu seinen geliebten Kuckucksuhren und Zierfischen.

Mit einemmal schnappte er ein Geräusch auf. *Etwa einen Motor? Bitte nicht.*

118

Doch auch Carpenter schien es vernommen zu haben, denn er scheuchte seine drei Begleiter von der Straße weg und in den Vorgarten eines Reihenhauses hinein.

»Deckung!«, zischte der Ex-FBI-Mann und verschwand unter einer zugeschneiten Tanne, Andra drückte sich neben ihn, Di Maria hockte sich hinter ein Mülltonnenhäuschen. Nur Fred – der blieb hilflos, fast wie angewurzelt, mitten auf der Straße stehen, obschon das Motorengeräusch immer lauter wurde.

»Fred!«, sagte Carpenter. »*Fred, Weg da! In Deckung!*«

Erst diese Stimme riss Fred aus seiner irrationalen Lähmung. Doch als er versuchte, sich unter einen Busch zu quetschen, stellte er fest, dass der Zwischenraum zu eng war, und er musste wieder zurückkrabbeln.

Scheinwerfer erhellten die Straße. Fred quiekte auf wie ein Tier. Er machte einen Satz in Richtung des Zaunes und rollte sich hinter den großen, grünen Recyclingbehälter, dessen Spitze wie ein verschütteter Kirchturm aus dem Schnee ragte. Auch hier passte er nicht ganz hin, aber es war zu spät, sich noch etwas anderes zu suchen.

Mit den Händen begann er, seine Beine, die weithin sichtbar hervorlugten, mit Schnee zuzudecken, denn der Motor war jetzt ganz, ganz nahe. *Viel zu nahe!*

Suchscheinwerfer tasteten gründlich wie die Hände eines Arztes die Front des Hauses ab. Licht überall. Zuerst wusste Fred nicht, ob er seine Hand dort lassen konnte, wo sie war, oder ob er sie schnell zurückziehen und damit riskieren sollte, dass die Bewegung gesehen wurde. Um die Tonne herum konnte er das Heck eines weißen, keilförmigen Schneemobils sehen.

Das Xenon-Licht auf dem Dach der Maschine verharrte noch auf der Häuserfront, bewegte sich dann mit gemächlicher Gründlichkeit hin und her, auf und ab. Der Motor des Fahrzeugs wurde abgestellt. Stille senkte sich über die Straße, unterlegt nur vom allgegenwärtigen Wispern des Eiswindes.

Fred begann, unkontrolliert zu schlottern. Für ein paar Sekunden glaubte er, dies wären die letzten Augenblicke seines Lebens, und er sah seine ganze Geschichte komprimiert auf ein paar Momente, vor seinen Augen vorüberziehen. Dabei musste er zugeben, dass sein leeres Leben selbst auf ein paar Sekundenbruchteile komprimiert nicht gerade das war, was man sonderlich interessant nennen konnte. Und dieser Gedanke schien viel erschreckender und deprimierender als die Tatsache, dass er gleich den Löffel reichen würde. Denn nicht nur, dass er sterben würde, nein er würde es nach einen endlos *laaaaaaangweiligen* und spießigen Leben tun ...

Verdammt, was *machten* diese Typen da nur?

Fred holte stoßweise durch den Mund Luft, hatte aber Angst, dass er zu laut keuchte. Nach ein paar Momenten tanzten Sternchen vor seinen Augen umher, und er schnappte nach Atem wie ein Fisch auf dem Trockenen. Tränen rannen über seine glühenden Wangen.

Grollend startete der Motor des Schneemobils endlich wieder, und der Transporter fuhr mit quietschenden Schneeketten langsam an.

Fred sank in sich zusammen, vergrub das Gesicht in beiden Händen und glaubte, nie wieder aufstehen oder sich auch nur bewegen zu können.

»Fred, sind Sie okay?«, flüsterte Carpenter.

»Ich ... habe ... wollte ... weiß nicht ... es war zuviel«, stammelte Fred und sah langsam auf. »Ich ... ich hab' euch alle in Gefahr gebracht ... das wollte ... das wollte ich nicht! Aber ich ... ich konnte mich einfach nicht mehr bewegen!«

»Ist schon gut - wir haben es geschafft, oder? Das ist alles, was zählt«, sagte der Ex-FBI-Mann, während er Fred half, auf die Füße zu kommen.

»Glauben Sie, die haben uns schon gesucht?«

»Ich weiß nicht«, sagte Carpenter. »Ich denke, die patrouillieren jede Nacht durch dieses Kaff. Auf jeden Fall wissen wir jetzt, dass unser Freund uns nicht belogen hat. Kommen Sie, wir müssen schnell wie möglich weiter. *Kommen Sie!*«

Also wuchtete sich Fred in Bewegung und stapfte hinter Carpenter und den anderen her. Jedoch schon bei der nächsten hohen Verwehung, die sich wie ein Damm quer über die Straße zog, blieb er wieder zurück. Mehr noch: auf dem Gipfel des Schneehaufens verlor er die Balance, kugelte seitlich herab und kam, eingehüllt in einen dichten Mantel aus Kristallen, unten an.

Während er dort wie eine umgestürzte Schildkröte lag, wünschte er sich noch mit aller Inbrunst, dass niemand sein Missgeschick gesehen hatte. Ein paar Augenblicke später betete er jedoch eher, dass der pochende Schmerz in seinem rechten Fußknöchel nicht das bedeutete, was er befürchtete - und zwar, dass er sich verletzt hatte.

Auf diese Weise wurde ihm eines wieder mit aller Deutlichkeit bewusst: Diese schneeweiße, schlafende Stadt war wie ein einziges, riesiges Gefängnis, das einen auch ohne Mauern mit allen Mitteln daran hinderte, zu entkommen.

## 4

Diesmal war es Carpenter, der das Motorengeräusch als erster aufschnappte, keine zwei Minuten nach dem ersten Mal, als die Flüchtenden unliebsame Gesellschaft bekommen hatten. Sekunden später hörten es auch Fred und die anderen: Das nervenzerrende Brummen im Hintergrund wurde wieder lauter, bewegte sich eindeutig in ihre Richtung ... Und diesmal war es mehr als nur *ein* Schneemobil, das auf sie zukam.

Der ehemalige Bundesagent zögerte keinen Moment; er verschwand so schnell im Schatten eines der Einfamilienhäuser am Straßenrand, dass Fred glaubte, Carpenter wäre einfach vom Erdboden verschluckt worden.

Dann sah er den Ex-FBI-Mann durch einen fremden Garten spurten und vernahm leises Klirren und Knirschen, als der Flüchtende eine Scheibe in Hüfthöhe einschlug und dann nach dem Fensterverschluss herumfingerte. Erst quälend lange zehn, zwölf Sekunden später hatte Carpenter das Schloss gefunden und kletterte behände wie eine Katze nach innen.

»Hier rein, los!«, sagte er, bevor er zuerst Andra, dann Fred und schließlich Di Maria half, den Fenstersims zu erklimmen (was bei Fred am längsten dauerte).

Wortlos, nur mit einer Handbewegung, deutete er seinen Begleitern, sich flach auf den Boden zu legen und nicht mehr zu rühren. Derweil bewegte er sich geduckt und mit gezogener Pistole tiefer in das Haus hinein; er war gerade aus Freds Sichtfeld verschwunden, als vor den Häusern gleißendes Scheinwerferlicht aufflammte.

Die Hände schützend vor dem Hinterkopf verschränkt, drückte sich Fred fest auf den Boden. In dieser grotesken Haltung vernahm er, wie mehrere große Maschinen mit dumpf wummernden Motoren an der Reihe von Einfamilienhäusern vorüberrumpelten und sich dann langsam wieder entfernten. Die im Vergleich dazu leisen Geräusche, als Carpenter das fremde Haus Zimmer für Zimmer durchsuchte, schienen wie aus weiter Ferne zu kommen.

Das erste, was Fred nach einer unbestimmbaren Zeitspanne - vielleicht eine Minute, vielleicht auch eine Stunde - wieder korrekt vernahm, war die Stimme des FBI-Mannes, und es war ihr ehrlich verwirrter und ratloser Klang, der ihn aufmerksam werden ließ: »Was, um alles in der Welt, ist *das*?«

Sofort setzte er sich auf, gerade rechtzeitig, um auch Andra fragen zu hören: »O Gott, Tony, was ist mit den beiden! Was sind das für Apparate?«

Fassungslos starrten das Mädchen, Carpenter und sein tumber Begleiter in das Schlafzimmer der Bewohner dieses weder sonderlich geräumigen noch annähernd gemütlich eingerichteten Bungalows.

Als Fred zu den drei stieß, wusste er nur, dass in diesem Raum etwas Außergewöhnliches war. Aber er hatte keine Ahnung, um was es sich handeln könnte.

Einen Moment später stierte auch er mit der gleichen Mischung aus Angst, Ekel und Fassungslosigkeit wie seine Schicksalsgenossen auf ein beinahe surreales Bild: Da waren ein älterer Mann und eine etwa gleichaltrige Frau, die auf dem Rücken in ihren Betten lagen, bekleidet mit weißen, einem Krankenhaushemd ähnlichen Nachtgewändern. Ihre Köpfe steckten in seltsamen Helmen aus Plastik, die Fred vage an jene Trockenhauben erinnerte, welche seine Mutter im Friseursalon benutzt hatte. Ein grünliches Schimmern lag um die summenden Geräte, aus denen ein fingerdicker Kabelstrang direkt in die Wand führte.

»Verfluchte Scheiße, das ist unheimlich«, sagte Carpenters Begleiter, und zum ersten Mal konnte Fred ihm nichts als zustimmen. »Was *soll* dieser ganze Dreck?«

Mit der Waffe wieder im Holster trat Carpenter ins Schlafzimmer und kniete sich neben das Bett des Mannes. Vorsichtig berührte er dessen Handgelenk, wohl um den Puls des Fremden zu fühlen. Danach begutachtete er den Helm näher, musterte ihn und seinen Kabelstrang von allen Seiten.

»Das sieht aus wie dieses Ding in dem Film, den wir neulich in diesem Hotel im Kabelfernsehen angeschaut haben«, murmelte der tätowierte Begleiter des früheren FBI-Agenten nachdenklich. »Der mit diesem Rasenmähermann, erinnern Sie sich?«

Carpenter nickte ihm langsam zu, während er sich wieder erhob. »Da könnte sogar etwas dran sein«, sagte er und beäugte nun den Helm der Frau. »Ich wüsste jedenfalls nicht, was es sonst sein sollte.«

»Was?«, rief Fred. »Kodzgreitz! Von was redet ihr? *Könntet ihr mich auch einweihen, bitte?*«

»Aber warum ... sollte man so ein Ding hier einbauen, und was für einen Zweck könnte das haben?«, fragte Andra. Sogar sie schien zu wissen, von was hier geredet wurde. Nun wurde es Fred eindeutig zu bunt.

»*Was* für einen Zweck könnte *was* haben?«, sagte er.

»Vielleicht, weil m-« An dieser Stelle verstummte Carpenter abrupt und stieß ein dumpfes Ächzen aus, das irgendwie nicht zu ihm zu passen schien. Stumm deutete er auf den hinteren Teil der Plastikhaube.

«O mein Gott, sehen Sie sich das an.« Seine Stimme war erschreckend dumpf.

Andra kniete sich neben den Ex-FBI-Mann. Konzentriert kniff sie die Augen ein wenig zusammen, das grüne Schimmern spiegelte sich wie ein Irrlicht in ihren Augen. Auf einmal sprang sie mit einem Würgen in der Kehle zurück. Sie sah, was Carpenter meinte.

»*Jeee-sus!*« Sie ächzte. »Das sieht aus, als ... als wäre dieses Ding ... als wäre es direkt mit ihrem *Gehirn* verbunden!« Ungläubig den Kopf schüttelnd wich sie noch weiter zurück, verschränkte in einer halt- und schutzsuchenden Geste die Arme vor der Brust.

»Wo wir hier auch immer hineingeraten sind«, sagte Carpenter. »Wir sollten keinen Augenblick länger hier bleiben als nötig. Verschwinden wir!«

Doch dies, wenigstens *dies,* hätte er auch Fred nicht sagen müssen.

Aufmerksam spähte Carpenter aus dem Küchenfenster. Dann spitzte er die Ohren, wartete ein paar Momente, in denen er abzuwägen schien, ob es draußen sicher war, und kletterte schließlich über den Fenstersims nach unten.

Er hatte den Boden noch nicht erreicht, als mit einem Schlag die bislang nur schwach glimmende Straßenbeleuchtung voll ansprang und die kleine, weiße Stadt in funkelnde Helligkeit tauchte. Reflektiert vom Schnee bildeten die Strahlen der Laternen einen riesigen Lichtkegel, der die Gebäude wie ein Schleier umhüllte und in jede dunkle Ecke, jeden noch so finsteren Winkel kroch. Ruckartig sog Andra die kalte Luft in ihre Lungen. Es verging keine Sekunde, bis Di Maria die ausgestreckte Hand von Carpenter packte und den ehemaligen Bundesagenten wieder zu sich in den Bungalow zog.

Zwei, drei Minuten lang kauerten die vier Flüchtenden hinter den geschlossenen Fensterläden der Küche des Wohnhauses und warteten, während Carpenter mit Feuerzeugbenzin, Ofenreiniger und anderen brennbaren Flüssigkeiten, die er im Haus gefunden hatte, ein paar Molotowcocktails bastelte.

»Was können wir jetzt tun?«, fragte Fred.

»Abwarten«, erwiderte Carpenter folgerichtig, während er die streng riechende Mischung mit Hilfe eines Trichters in ein paar leere Glasflaschen goss. »Mehr können wir jedenfalls nicht tun ... Abwarten und hoffen, dass die Stimme im Radio nicht gelogen hat, als sie versprach, und zu helfen. Vielleicht kann er etwas gegen diese Weihnachtsbeleuchtung dort draußen tun. «

»Dann wissen die jetzt wohl, dass wir nicht mehr im Hotel sind, hm?«, meinte Andra.

Carpenter nickte stumm. »Und genau deshalb sind wir im Moment hier drinnen sicherer als dort draußen.

»Was dieses 'da draußen' auch immer ist«, sagte Di Maria. Er *konnte* also vernünftige Dinge von sich geben, wenn er nur wollte, bemerkte Andra.

»Vielleicht ein Testgelände.« Carpenter klang nachdenklich.

»Für was?«

»Einen gigantischen Feldversuch.«

»*Für was?*«, rief Fred. Er klang verzweifelt. »Könntet ihr endlich mit mir *reden*? Ich bin auch noch hier.«

»Künstliche Realität«, sagte Carpenter. »Als Werkzeug zur Gedanken- und Verhaltenskontrolle«

»Das ist doch ... Science-Fiction?!«, meinte Fred, aber der Ex-FBI-Mann schüttelte entschieden den Kopf.

Er hockte sich zu den anderen und begann: »Leider nein. Schon lange nicht mehr. Mir ging gerade etwas durch den Kopf: vor ein paar Jahren ging das Gerücht um, dass die CIA ein Programm zur Erforschung der Möglichkeiten von künstlichen Realitäten in Auftrag gegeben hätte. Es hieß, dass freiwilligen Testpersonen dabei zuerst bewusstseinsverändernde Drogen verabreicht wurden, danach setzte man diese Personen computergenerierten künstlichen Realitäten aus. Man wollte damit testen, ob es möglich wäre, das Bewusstsein der Testpersonen soweit zu manipulieren, dass sie nicht mehr in der Lage sein würden, die künstliche Realität von der *echten* Realität zu unterscheiden. Wenn es funktionierte, würden die Probanten all das, was man ihnen in der künstlichen Realität zeigte, für echt und wahr halten, was es auch immer sein mochte. Auf diese Weise könnte man also virtuelle Erinnerungen einpflanzen, also Erinnerungen an Begebenheiten, die niemals wirklich stattgefunden haben.«

Fred sog die trockene Heizungsluft in die Lungen. Irgendwie schaffte er es endlich, sich zu überwinden und seinen rechten Arm um Andras Schultern zu legen. Dankbar drückte sie sich an ihn.

»Was hier auch immer vor sich geht ...« Carpenter deutete in Richtung des Schlafzimmers. »Das, was der Mann und die Frau auf dem Kopf gehabt haben, sah eindeutig wie ein extrem weiterentwickelter VR-Monitor aus - das ist das Interface, das Verbindungsstück, mit dem wir in eine computergenerierte künstliche Realität einsteigen können. Normale Monitore bestehen aus kleinen Bildschirmen, die das gesamte Augensichtfeld einnehmen und dadurch ein räumliches Sehen ermöglichen, und Stereolautsprechern, um die Geräusche plastisch zu machen. *Diese* Monitore aber scheinen weiterzugehen ... so wie sich ein Taschenrechner von einem modernen Laptop unterscheidet. So unglaublich es klingen mag, aber es sieht aus, als hätte irgendwer eine Möglichkeit gefunden, die Virtual Reality durch eine Art unmittelbare Vernetzung mit dem Gehirn direkt in unsere Köpfe einzuspeisen.«

»Sie meinen die Kabel, die wir gesehen haben ...?!«

Carpenter nickte. »Sie sagen es, Andra. Vielleicht sind wir hier ... na ja, in einem riesigen Feldversuch zum Test dieses Systems gelandet. Vielleicht werden die Bewohner dieser Stadt als Versuchskaninchen missbraucht, um ein solches System der computergesteuerten Gedankenmanipulation im Großversuch einem Wirksamkeitstest zu unterziehen.«

»Aber warum hier?«

»Denken Sie nach - dieses Städtchen hier liegt äußerst weit ab vom Schuss, praktisch am Arsch der Welt. Der Sheriff hat oft genug betont, dass wie hier die ersten Fremden seit Jahren wären. Und das glaube ich ihm. Durch seine geographische Lage ist dieser Ort perfekt zu kontrollieren. Es wäre gewissermaßen der ideale Ort für einen derartigen Feldversuch.«

»Dann könnten das ... das da draußen ... das könnten ... na ja, *unsere eigenen Leute* sein?«, fragte Fred.

Der Detektiv wurde gallig: »Wenn Sie jene Leute als 'die unseren' bezeichnen wollen, die nach dem zweiten Weltkrieg während der Operationen *Paper Clip* und *Overcast* mit voller Rückendeckung aus Washington mit Naziwissenschaftlern zusammengearbeitet haben, um an deren Forschungsergebnisse zu kommen ... Oder auch diejenigen, die in den fünfziger Jahren radioaktive Wolken absichtlich über amerikanischen Städten ausgesetzt haben und Gefängnisinsassen ohne deren Wissen radioaktive Materialien spritzten, um die Folgen einer atomaren Verseuchung zu studieren ... Nun ja, dann sind es 'die unseren'.«

»Aber das wäre doch gegen alle Gesetze«, sagte Fred, der jetzt eher fassungslos als verdutzt war.

»Glauben Sie mir eines«, sagte Carpenter mit reichlich Desillusionierung in der Stimme. »Ich steckte eine ganze Zeitlang in diesem System, und wenn es etwas gibt, das ich dabei gelernt habe, dann das: Die Leute kümmern sich um so weniger um irgendwelche Gesetze, je weiter sie oben sind ... Immerhin sind sie diejenigen, die die Gesetze *machen*. Ich jedenfalls kann mir nicht vorstellen, dass sich sämtliche Menschen in diesem Städtchen auf Anhieb freiwillig bereit erklärt haben, bei diesem Versuch mitzumachen.«

»Aber wer hat uns dann gewarnt?«

»Ich weiß es auch nicht«, meinte Carpenter gereizt. In seinen Augen blitzte es. »Vielleicht jemand, der nicht mehr an diesem Projekt teilnehmen will und uns deshalb die Chance gibt, auszubrechen und mit unserem Wissen davonzukommen. Immerhin hat uns die Stimme nicht belogen, oder? Sie hat uns gesagt, wie wir unbemerkt aus dem Hotel kommen würden, und sie hat versprochen, uns Rückendeckung zu geben, soweit ihr das möglich sei. Das hat sie getan. Wenn die Stadt wirklich voller Scanner und Kameras ist, dann hätte man uns längst gefunden, wenn irgendjemand nicht seine Hand über uns halten würde. Bislang hat sich also alles, was der Kontakt gesagt hat, als wahr und hilfreich erwiesen.«

Carpenter machte eine kurze Pause und sah dabei zuerst Fred, dann Andra und Di Maria an.

»Sie können mir glauben, es macht mich genauso wenig glücklich wie Sie, mich in dieser Situation auf eine körperlose Stimme aus dem Radio verlassen zu müssen. Aber, verdammt, ich denke nicht, dass wie noch andere Hilfe in dieser Stadt bekommen werden, Sie etwa?«

Wie ein schuldbewusstes Kind sah Fred zu Boden, während die vier Flüchtenden schwiegen.


## 6

»Hey, Fred«, sagte Carpenter schließlich und klang wieder versöhnlich. »Sehen Sie nach, ob die beiden im Schlafzimmer noch ruhig sind. Und werfen Sie einen Blick vors Haus, ob sich da etwas tut.«

»Okay.« Fred wollte gerade aufstehen, als sich Giuseppe Di Maria grunzend von seinem Holzstuhl in die Höhe stemmte.

»Schon gut«, sagte der tätowierte Mann. »Ich mach' das. Ich muss sowieso pissen gehen. Aber behalt' deinen Schlüpfer an, ja, Süße?« Er zwinkerte Andra zu. Sie schien weder Lust noch Nerv zu haben, irgendwie auf seine plumpen Anzüglichkeiten einzugehen und zeigte keinerlei Regung, was Di Maria enttäuschte.

Fred wollte gerade etwas sagen (später erinnerte er sich nicht mehr, an was, also konnte es nicht besonders wichtig gewesen sein) als Di Maria irgendwo im Flur ein dumpfes Ächzen ausstieß. Dann gab es einen Knall, fast eine Detonation, und Di Marias Oberkörper explodierte in einer Fontäne aus Blut, Stofffetzen und Knochen.

»Vorsicht!«, rief Andra, dann wurde Fred von den Füßen gerissen, sah den Boden, hörte noch einen Knall, *lauter* und *näher* als der erste, und der dampfende Teekessel flog in Fetzen vom Herd. Dampfend heißes Wasser spritzte durch die Luft, das Licht flackerte, und ein Mann schrie.

Seine doppelläufige Schrotflinte zum Schlag über den Kopf erhoben, beide Mündungen noch qualmend, stürzte der eben noch bewusstlose Besitzer des Bungalows auf die drei Flüchtenden in der Küche zu. Die Augen des Mannes waren stumpf und leer wie die Mattscheibe eines ausgeschalteten Fernsehers, zeigten weder Wut noch Angst oder sonst etwas, als er keinen Sekundenbruchteil später von Carpenter außer Gefecht gesetzt am Boden lag, die Arme auf den Rücken gedreht, das Gewicht des Ex-FBI-Mannes ihn auf die Küchenfliesen nagelnd.

»Ein Seil, Fred! Schnell - fesseln Sie ihn!«

Fred riss eine Vorhangschnur herunter, wickelte sie ein paar Mal um die zuckenden Handgelenke des Hausbesitzers und wich dann hastig zurück, obwohl sich sein Gegner nicht mehr wehren konnte.

Nachdem der Amokläufer kaltgestellt war, kniete sich Carpenter neben die Leiche seines Begleiters. In seinem Gesicht, das ansonsten soviel Gefühlsregungen zeigte wie eine jener geheimnisvollen Steinskulpturen auf der Osterinsel, brannten auf einmal Zorn und Bekümmerung.

»Seppi, o Scheiße!«, flüsterte der Agent und kniff für ein paar Momente die Augen zusammen, dann stieß er ein grimmiges Knurren aus und sprang auf die Füße.

»Na los!«, rief er und winkte Andra und Fred zu. »Rückendeckung oder nicht, wir können nicht länger hier bleiben. Vielleicht schaffen wir es auch s-«

Das Rattern eines direkt vor dem Haus stoppenden Schneemobils unterbrach ihn jäh.

Einen lautlosen Fluch ausstoßend zog er seine Waffe und warf Fred einen kurzen Blick zu.

»Haben Sie noch den Revolver, den ich Ihnen gegeben habe?«, fragte er. »Ja? Dann sichern Sie die Hintertür. Schießen Sie auf alles, was sich bewegt - *das war ein Befehl!*«

Nickend, beinahe salutierend, kroch Fred auf den Knien hinüber zum Hinterausgang des Bungalows und verschanzte sich seitlich neben dem Türrahmen. Vorsichtig spähte er hinaus in den blendend hell erleuchteten Garten. Und dort erhaschte er tatsächlich eine Bewegung ... oder er glaubte zumindest, etwas gesehen zu haben. Er war nicht sicher. Jedenfalls zuckte er instinktiv zurück und verkroch sich, den Griff der Waffe so fest umklammernd, dass die Knöchel seiner Hand weiß hervortraten, wieder hinter den Türrahmen.

*O Gott, hol mich hier heraus,* dachte er voller Inbrunst und spürte wieder Tränen der Wut und Furcht über seine glatten, rosigen Wangen rollen. Wie auf einem Endlostonband hallte immer wieder eine dumpfe, verzweifelte Litanei durch seinen Kopf: *Ich kann nicht glauben, dass ich dies wirklich tue. Ich kann nicht glauben, dass dies wirklich passiert, o Gott, ich kann es nicht glauben. Ich will nach Hause, verdammt ... das kann einfach nicht passieren ... Nein, ich kann doch nicht auf einen Menschen schießen!*

*Was, wenn das wirklich unsere Jungs sind?*

Diese Zweifel spalteten jede Gewissheit, das Richtige zu tun, und ließen nichts als eine verkohlte Furche aus Schuld und Schmerz zurück. Für ein paar irrationale Momente wollte er aufspringen, die Waffe wegwerfen und in den Garten rennen, immerhin war er sicher, *völlig* sicher, dass alles nur ein großes, ja, gigantisches Missverständnis war und sich die ganze Geschichte mit ein paar netten Worten und einer freundlichen Geste aus der Welt schaffen lassen würde ...

Dann schoss ihm etwas Ungutes durch den Kopf: keine Gewehrkugel, aber ein Gedanke, der nicht weniger Schaden anrichtete. Er erinnerte er sich an den Ausdruck diese völlige roboterhafte Leere in den Augen des Hausbesitzers, mit der er Carpenters Begleiter erschossen und die Flüchtenden angegriffen hatte.

Mit großer, schmerzhafter Intensität sank der Gedanke in ihm ein, dass sich dies nicht nach ein paar netten Worten in Wohlgefallen auflösen würde, nein. Dies war tatsächlich eine kalte, fremde Welt auf nur scheinbar vertrautem Terrain dort draußen.

Und der weißgekleidete Kämpfer, der sich mit seiner Waffe im Anschlag dem Hintereingang des Hauses näherte, würde ihn nicht verschonen, weil er vielleicht zu 'eigenen Seite' gehörte.

*Dieser Fremde würde auch Andra nicht verschonen!*

Ohne zu denken rollte sich Fred mit der Eleganz eines gestrandeten Walfischs auf den Bauch und feuerte zweimal in Kniehöhe durch die geschlossene Türe. Im selben Moment, der zweite Mündungsknall war noch nicht verhallt, fror ein greller Blitz auf der Vorderseite des Hauses seinen zusammengekauerten Schatten für ein paar Momente wie ein Blitzlicht ein. Der einem Phantom gleichende Umriss vor der Tür verschwand ebenso abrupt, wie er gekommen war. Dann hämmerten Projektile von außen kleine, ausgefranste Löcher in das Holz der Hintertüre.

Stöhnend warf sich Fred hinter das Buffet, seine Augen geblendet von der Explosion vor dem Haus, die Ohren taub und zugleich dumpf klingelnd vom Krach des eigenen Revolvers. Panisch krabbelte er auf den Durchgang in den Hausflur zu. Glassplitter rieselten auf seinen Rücken, und ein kleines, zylinderförmiges Ding flog vielleicht dreißig Zentimeter an seinem Gesicht vorbei, bis es an die gegenüberliege Wand krachte und in einer grauen Rauchwolke detonierte.

*Tränengas!*

Mit angehaltenem Atem rappelte sich Fred irgendwie auf die Beine und spurtete ins Wohnzimmer. Hinter Andra her stolperte er zurück ins Freie, in die Kälte, wo Carpenter seitlich am Haus vorbei auf die Soldaten in engelhaft weißen Uniformen feuerte. Im Vorgarten lag ein toter Angreifer in einer Lache aus seinem eigenen Blut.

Ein lichterloh brennendes Kettenfahrzeug hinter sich lassend, hetzten Fred und die junge Frau auf die andere Seite der verschneiten Straße, passierten dabei vier oder fünf weitere zerschossene Körper. Carpenter war dicht hinter den beiden, mit Maschinenpistolen in beiden Händen auf die letzten Verfolger feuernd.

Als wenige Minuten später zwei weitere mit Soldaten voll gepackte Schneemobile vor dem Reihenhaus abbremsten, hatten die drei Flüchtenden zumindest einen geringen Vorsprung vor ihren Häschern.


# 7

Die Stimme des obersten Cherubim am anderen Ende der Funkstrecke war leise und gedämpft, als er verkündete:

»Sir ... wir haben einen Verlust. Es ist Rafael.«

Der Erzengel, der gerade in der Computerzentrale gearbeitet hatte, ließ ein dumpfes, kraftloses Ächzen vernehmen und sank in sich zusammen.

»Wie?«, fragte er. »Wie ist es passiert?«

»Es hat ein Feuergefecht mit dem Ex-FBI-Mann gegeben«, antwortete der Vizekommandant der *Cherubim*. »Ihr Bruder gehörte zu der ersten Gruppe, die sich dem Haus, in dem sich das Gefäß und seine Begleiter verschanzt hatten, genähert hat ... Aber etwas ... etwas hat ihre Scanner gestört. Carpenter konnte das Einsatzteam überrumpeln. Rafael geriet in seine Schusslinie.«

*Rafael ... o Rafael. Er war praktisch blind gewesen – seine Scanner waren gestört. Das konnte nur Leviathan gewesen sein, dieser Verräter. Nur er hatte die Möglichkeiten, das Netzwerk so zu sabotieren. O dieser gottlose, gefallene Verräter! Zur Hölle mit ihm ...*

Zur Hölle!

Gabriel ballte seine Hände zu Fäusten. Mehr sichtbare Zeichen des Zornes gönnte er sich nicht; in seinem Inneren hingegen brodelte es wie in der Caldera eines Vulkans. *Mutter. Wie soll ich es Mutter sagen?* durchzuckte es seinen Kopf. *Wie kann ich Mutter sagen, dass einer ihrer Söhne seinen Bruder auf dem Gewissen hat? Dieser Ketzer. Dieser Häretiker!*

»Choriel«, sagte er. »Bergen Sie den Körper und bringen Sie ihn zurück. Dann will ich, dass Sie den Detektiv und seine Begleiter finden. Sie können den fetten Buchhalter ausschalten, aber bringen Sie Mister Carpenter zu mir. Ich *will* ihn, und wehe, ihm wird auch nur ein Haar gekrümmt. Das *muss* ich selbst tun, ist das klar? Dasselbe gilt für das Gefäß. Es ist absolut perfekt, ein Glücksfall, wie es ihn nur ein einziges Mal geben wird. *Es darf nicht beschädigt werden.* Sie haften mit Ihrem Leben dafür.«

»Ich habe verstanden.«

»Wir müssen auch weiterhin auf die Stadtbewohner setzen als unsere Augen und Ohren, so lange das Scannernetz noch von außen gestört wird. Was ist mit den Hubschraubern?«

»Wir werden alles versuchen, aber es ist die Frage, ob das Wetter mitmacht ...«

»Sie werden nicht alles versuchen, sondern alles *tun!*«, rief er. »Amen!«

Er schaltete das Funkgerät aus und stapfte mit großen, wütenden Schritten aus der Computerzentrale. Zurück in seinem Arbeitszimmer betrachtete er lange das Foto von

Rafael, dem jüngsten der drei Erzengel (*nein - zwei!* korrigierte er sich wütend. *Es waren nur noch zwei! Leviathan ist nicht mehr mein Bruder! Er ist es nicht mehr, er hat mich verraten!*)

Eine seltsame Welle von Emotionen wogte durch den Verstand des Mannes: *Hass, Wut, Liebe, Pflicht, Verantwortung, Gottesfurcht* ... Er *konnte* gar nicht anders, als die Blutrache das Kommando über sich ergreifen zu lassen. *Auge um Auge, Zahn um Zahn!* Alles andere würde gegen jegliche Prinzipien seiner Erziehung verlaufen. Und so spürte er den brennenden Wunsch in sich, Carpenter für das, was er getan hatte, leiden zu lassen ... *lange und bitterlich* leiden zu lassen!

Doch bevor dies geschah, gab es noch viel Arbeit zu erledigen. Denn wie er wusste, konnte nur derjenige, der gottesfürchtig, bußfertig, konsequent streb- und gehorsam und auch frei von SÜNDE war, ins Himmelreich aufgehen.

Alle anderen Sünder würden auf ewig in der Hölle brennen, wo ihnen jeden Tag von neuem die Haut bei lebendigem Leibe abgezogen wurde ... eine Strafe, die allerdings für manche Leute noch immer zu gering war.

## 8

Die schützende Dunkelheit umfing die Flüchtenden so plötzlich wieder, wie die gleißende Helligkeit die Stadt nur kurze Zeit davor in ihrem Würgegriff genommen hatte. Fred und die anderen waren vielleicht, zwei, dreihundert Meter Luftlinie von dem unheimlichen Bungalow entfernt, als die Straßenbeleuchtung zuerst zwei-, dreimal aufflackerte und dann erlosch. Zunächst war Fred froh darüber, dass ihr mysteriöser Helfer wiederholt seine Fähigkeiten unter Beweis gestellt hatte.

Dann aber verlor er zum wiederholten Mal die Orientierung, und dieses Gefühl war sogar noch schlimmer als die bleierne Erschöpfung in seinem Körper. Er hatte keinen Schimmer, wie weit oder in welche Richtung sie sich nach ihrer Flucht aus dem geheimnisvollen Bungalow bewegt hatten. Erst, als sich Carpenter hinter einen Schneehaufen duckte, der Blick wie immer wach, aufmerksam und misstrauisch, die rechte Hand den Griff der Maschinenpistole mit aller Kraft umklammernd, wollte Fred einen Versuch wagen, seine Position zu bestimmen.

Als er sich umschaute, stellte er fest, dass ihm hier in der Gegend irgendwas *bekannt* vorkam. Vielleicht lag es daran, dass sich sowieso alles in dieser Stadt ähnlich sah; Fred glaubte dennoch, dass es von hier aus nicht mehr weit zu der Polizeistation sein würde. Hoffnung keimte in ihm heran, noch zerbrechlich und vage, aber immerhin. Also kämpfte er sich tapfer weiter durch den Schnee, sobald Carpenter voran ging. Mehr Sorgen als um sich selbst machte er sich jedoch um Andra. Diese verfluchte Stadt, der ganze Wahnsinn, die Gefangenschaft im Schnee ... Er selbst konnte dies alles kaum verkraften, wie musste erst sie sich fühlen?

Für ein paar Augenblicke verspürte er nichts als Abscheu für diejenigen, die all dies zu verantworten hatten; jene gesichtslose Masse von Verfolgern, die daran schuld war, dass seine geordnete Existenz in nur drei Tagen in Stücke gefallen war, die ihn nun um sein Leben kämpfen ließ, Menschen tötete und Andra etwas antun wollte. Dieser Zorn war so stark, dass Frederick Wendt (der vorher nicht geglaubt hätte, zu so etwas fähig zu sein), ihn nur mühsam unter Kontrolle halten konnte! Heiliger Strohsack, dies war eine völlig neue Seite an ihm, und er fragte sich, ob er sie jemals entdeckt hätte, wenn er nicht hier hergekommen wäre?

Nicht eine Bewegung, sondern das Fehlen einer Bewegung riss ihn wieder aus seinen Gedanken: Carpenter war stehen geblieben und lauschte mit leicht hochgerecktem Kopf nach verdächtigen Lauten in ihrer Umgebung. Als er nichts vernahm, deutete er nach vorne - eine Geste, die Fred fast dazu gebracht hätte, verzückt aufzustöhnen. Denn höchstens noch hundert, hundertfünfzig Meter vor sich konnte er die Flaggenmaste der Polizeistation sehen.

Dort gab es Munition, vielleicht sogar ein Funkgerät, und sie konnten sich verstecken. Atem schöpfen. Ausruhen. *Allmächd, wir haben es geschafft ... ja, wir haben es wirklich soweit geschafft!* Fred konnte die Freude in sich kaum noch unterdrücken, als Carpenter plötzlich herumfuhr.

Keinen Moment später hörte auch Fred den Gegner: Ihnen näherte sich ein Hubschrauber. Der tieffliegende Helikopter überquerte zuerst die Stadt, schien dann einen Bogen zu machen und direkt auf die drei Flüchtenden zuzukommen.

Carpenter winkte seine Komplizen eilig hinter sich her; selbst mit den Verletzungen, die er bei dem Kampf im Wohnhaus abbekommen hatte, war er um einiges schneller und gewandter als Fred. Dieser lag etwa fünfzehn Meter hinter Carpenter und Andra, aber es erschien ihm fast wie eine Meile. Nur das Adrenalin und die Todesangst trieben ihn noch weiter. Sterne tanzten vor seinen Augen umher. Schmerzen in der Brust.

*Obacht!,* dachte er, *wenn das nun ein Infarkt ist?*

Nun, dann war es vorbei. *Vorbei!* Im Moment erschien dies fast wie die angenehmere Alternative.

Der Detektiv und das Mädchen hatten den überdachten Eingang der Polizeistation erreicht, als der Hubschrauber nur noch zwei Häuserblocks Luftlinie entfernt war, Fred konnte schon die Schneewolke sehen, welche die Rotoren der dicht über dem Boden schwebenden Maschine aufwirbelte. Andra winkte ihm zu, während

Carpenter begann, am Schloss der Türe herumzufummeln.

Fred versuchte, abrupt die Richtung zu wechseln, glitt aus und stolperte. Tief wurde er in den Schnee getaucht (wie damals, als ihn ein paar seiner Mitschüler 'eingeseift' hatten.) Er schnappte nach Luft, strampelte wie ein Ertrinkender, dann waren da plötzlich zwei Hände unter seinen Schultern. Erst mit dieser willkommenen Hilfe schaffte er es, sich auf den Rücken zu rollen und wieder auf die Füße zu kommen.

Carpenter packte Freds Jacke und schleifte ihn in Richtung eines kleinen, summenden Generators an der Rückseite des Bungalows, wo Andra bereits wartete, dicht an den Stromerzeuger gedrückt.

Der Helikopter fegte über das Wäldchen neben der Polizeistation und glitt dann über die Straßenkreuzung vor dem Gebäude. Für Fred sah die Maschine mit all ihren Scheinwerfern, Positionslichtern und dem beleuchteten Cockpit aus wie etwas, das nicht von dieser Welt war ... etwas *bedrohlich* Außerirdisches.

*Jetzt haben sie uns,* dachte er. *Jetzt ist alles zu spät ...*

Doch die Maschine schwebte unbeeindruckt weiter und folgte der Straße, die in Richtung Stadtmitte führte. Erst als sie außer Sichtweite war, richtete sich Carpenter wieder auf. Gleichmütig und mit einer Coolheit, die Fred zutiefst bewunderte, klopfte er sich Schnee von der Jacke.

»Ich schätze, unser Freund aus dem Radio hat sein Wort gehalten; er *hat* ihre Scanner gestört, sonst hätte man uns längst erwischt«, sagte Carpenter. Danach musterte er das Schloss der Hintertüre: »Dieses Ding hier dürfte kein Problem werden ... Schlösser zu knacken gehört zwar nicht unbedingt zur Standartausbildung, aber wie mein seliger Onkel Ryan schon immer sagte: Wissen kann nie schaden.

Halten Sie das hier«, flüsterte er Andra zu und zeigte ihr ein kleines Drahtstück, das ein paar Zentimeter aus dem Schloss herausragte. »Aber seien Sie um Gottes Willen vorsichtig, sonst wird Alarm ausgelöst und ...«

*Klick!* Langsam glitt die Türe nach innen auf. Carpenter hielt noch für ein paar Sekunden inne, aber als nichts geschah, beruhigte er sich wieder.

»Tja«, sagte er. »Gelernt ist eben gelernt.«


## 9

Andra verschwand in der dunklen Polizeistation. Fred hingegen schleppte sich mühsam hinter ihr durch die Türe und ließ sich dann schnaufend auf eine Wartebank im Vorzimmer nieder. Im ersten Augenblick war es fast unerträglich warm in dem Gebäude. Freds Gesichtshaut begann zu pochen und ziehen, bis er sich sehnlichst eine Hautcreme wünschte. Als er seinen rechten Arm hochhob, um sich über das Gesicht zu reiben und die Blutzirkulation wieder in Gang zu bringen, schienen alle seine Glieder plötzlich mit Blei gefüllt zu sein, wie auch sein ganzer Körper.

Beschwerlich versuchte er, den Schal aus seinem Gesicht zu entfernen, doch der Stoff war noch fest angefroren. Erst nach gewisser Zeit fiel der Stoff dann ganz von selbst herab und landete auf Freds Kugelbauch, der sich bei jedem Atemzug rasch hob und senkte.

Carpenter schaute sich zunächst um und ging dann daran, das Schloss an der Türe ins Innere des Reviers zu knacken. Es verstrichen ein paar Sekunden, bis er es geschafft hatte, was er nur teilweise seiner Fingerfertigkeit zuschrieb. In einer anscheinend so perfekt kontrollierten und auch konditionierten Stadt wie dieser war es kaum nötig, für die Polizeistation, die nicht viel mehr als eine Theaterkulisse darstellte, so großartige Sicherheitsmaßnahmen einzurichten. Fremde kamen sowieso nur selten in die Stadt, bevor sie bald wieder verschwanden, und keiner der Bürger würde es wagen, hier einzubrechen.

»Kommen Sie«, sagte der ehemalige FBI-Agent zu seinen Begleitern. »So leid es mir tut, aber wir können uns hier nicht ausruhen. Es kann nur noch ein paar Minuten dauern, bis sie unsere Spuren entdecken und wissen, wo wir hingegangen sind. Bis dahin müssen wir wieder weg sein. Kommen Sie.«

»Nur ein ... paar ... Sekunden ...«

»So gerne ich sie Ihnen gönnen würde, Freddie, es geht nicht.« Erbarmungslos zog er den Buchhalter von der Bank hoch und schleifte den rundlichen Mann mit sich. Erschöpft, fast wie trunken, schwankte Fred hinter dem Detektiv her.

Im inneren Teil der Station sah sich Carpenter erneut um, hielt dann zielstrebig auf die Ausrüstungskammer zu. Die Türe war zugezogen, aber nicht abgeschlossen. Im Zimmer selbst war es stockfinster, aber vom Flur aus fiel nun genug Licht ein, dass Carpenter sehen konnte, was in den Regalen gelagert wurde.

Zuerst nahm er drei Taschenlampen mit Akkus an sich, eine behielt er selbst, die beiden anderen reichte er Andra und Fred. Mit dem Daumen schaltete er seine Leuchte ein.

»He, dort drüben!«, sagte Andra und zeigte auf einen Glasschrank an der anderen Raumseite. In dem Schrank befanden sich fünf Schrotflinten und einige Revolver.

»Sehr gut«, sagte Carpenter. Er untersuchte den Schrank auf Alarmanlagen, entdeckte aber keine.

Wer die Beherrscher dieser Stadt auch immer waren, sie fühlten sich vollkommen sicher ... und das schlimmste war, dass sie auch allen Grund dazu hatten. Diese ganze Stadt war normalerweise eine Festung, ein hermetisch abgeschlossenes Gebilde, das durch Psychobeeinflussung und wahrscheinlich ein fast lückenloses Kamera- und Scannernetz vollkommen unter fremder Kontrolle stand.

Nur ihrem unbekannten Helfer verdankten sie es, überhaupt soweit gekommen zu sein - das durften sie nie vergessen.

Schon hackte er mit dem Schulterstück seiner inzwischen fast leergeschossenen Maschinenpistole auf das dicke Glas an der Vorderseite des Schranks ein. Nachdem er die Öffnung von allen Splittern gereinigt hatte, nahm der frühere FBI-Mann die Waffen an sich - drei Schrotflinten, sowie alle Revolver, gefolgt von Päckchen mit Munition: 12/76'er-Schrotpatronen für die Flinten, 38'er und .357-Magnum für die Revolver.

Fred starrte die Waffen ablehnend an. Nur zögernd ergriff er eine der Schrotflinten und begutachtete sie von allen Seiten. Sie war groß, schwarz, schwer und lang und hatte einen geriffelten Holzschaft an der Unterseite des Laufes. Der Pistolengriff und die ausklappbare Schulterstützte fühlten sich kalt und tödlich an.

»Das ist ab jetzt Ihr bester Freund, Fred - eine Franchi, Typ PA 7-Vario, Kaliber 12/76 Magnum«, sagte Carpenter. »Siebenschüssig, sechs im Magazinrohr, eine im Lauf. Laden Sie alle Flinten mit sechs Patronen ... das geht so, sehen Sie?« Er führte es langsam vor. »Dann pumpen Sie die Waffe einmal durch - sehr kräftig! - und schieben eine weitere Ladung hinein. Die restlichen Patronen stopfen Sie in Ihre Taschen. Alle Waffen sind gesichert, es kann nichts passieren, selbst wenn Sie auf den Abzug kommen. Der Sicherungshebel hier muss auf 'F' stehen, bevor Sie schießen können. Beeilen Sie sich, Freddie.«

Fred nickte und begann mit zitternden Fingern, die Waffen zu laden, so wie es ihm Carpenter gezeigt hatte.

»Sie nehmen die Revolver«, sagte Carpenter zu Andra an und zeigte ihr rasch, wie man die Trommel aus der Waffe ausschwenken konnte. »Passen Sie auf, dass das Kaliber stimmt. Dies sind zwei .38'er-Special-Revolver, und dies sind die passenden Patronen.« Er zeigte auf eine Packung mit der Aufschrift 'Remington'.

Danach nahm er die andere, größere Waffe. »Dies ist eine .357-Magnum, und in diesen Revolver passen sowohl die .38'er wie auch die .357'er-Projektile, aber laden Sie sie mit der .357'er-Munition, die ist stärker. Ich werde so lange versuchen, ob ich das Funkgerät zum Laufen bringen und Hilfe alarmieren kann.«

Damit ließ er die beiden in der Waffenkammer zurück.

«O Gott«, flüsterte Andra. »O Gott, Fred, ich will nach Hause. Ich will nur noch nach Hause, in meine kleine Wohnung, zu meinen Katzen ...« Sie sah auf, Tränen in den Saphiraugen glitzernd. »Fred, ich hab' solche Angst.«

»Ich auch«, sagte er mit einer Ruhe und Ernsthaftigkeit, die ihn selbst erstaunte. »Aber wir schaffen es. «

Krampfhaft überlegte er, was er jetzt noch tun könnte. Auf der einen Seite wollte er nichts anderes als zu ihr hinübergehen, sie fest in die Arme nehmen und, so gut er eben konnte, vor allem Übel dieser Welt beschützen.

Doch dann wurde ihm klar, dass es einfach nur maßlos lächerlich sein würde, wenn er das tat, ein tapsiger, pummeliger, unattraktiver Versicherungsbuchhalter aus Chicago, der zu allem Überfluss noch Kuckucksuhren sammelte. Andererseits konnte er es nicht mehr ertragen, Andra so zu sehen. Und so ging er zum ersten Mal in seinem Leben - und zum Glück noch bevor er richtig wusste, was er tat -, auf das Mädchen zu.

Sie rutschte zu Fred hinüber, als hätte sie nur auf ihn gewartet, und drückte sich dann ganz impulsiv gegen ihn. Fred blieb fast die Luft weg. Er schloss seine rundlichen, weichen Arme um Andras Oberkörper und begann dann, ihr beruhigend über das Haar und ihren Rücken zu streichen.

Sie seufzte ein letztes Mal, und endlich beruhigte sich ihr Atem; sofort zitterte sie auch nicht mehr so stark.

Ein seltsames Gefühl von Frieden breitete sich in Fred aus; etwas, das er nie wahrgenommen hatte (oder sich nicht dran erinnern konnte, es je wahrgenommen zu haben.) Es war etwas, das er nicht wieder loslassen wollte, aber genauso etwas, das nicht für ihn bestimmt war, immerhin war er nicht wie Carpenter der Typ, der am Schluss das Mädchen bekam. Und trotzdem ... So lange es dauerte, genoss es Fred.

Doch schon nach ein paar viel zu kurzen Momenten löste sich Andra schließlich von ihm und gab ihm einen sanften, freundschaftlichen Kuss auf die Wange, der dennoch seinen ganzen Körper kribbeln ließ, als stünde er unter Strom.

»Danke, Freddie«, sagte sie.

»He, wozu sind denn Freunde da, hm?«, fragte er und zuckte unsicher lächelnd mit den Schultern.

## 10

Gabriel stand vor der Leiche seines jüngeren Bruders. Mit verwirrender, wenn auch nur oberflächlicher Ausdruckslosigkeit schaute er die leblose Hülle mit den blutigen, ausgefransten Schusswunden in der Brust lange an. Schließlich nickte er den Trägern zu.

»In Ordnung«, sagte er. »Bringt ihn nach oben. Ich werde das Mausoleum vorbereiten.«

Die Träger hievten die Kiste mit der Leiche hoch, während sich der Mann abwandte. Zurück in seinem Büro stellte er sich vor eines der Bücherregale und zog einen speziellen, besonders kunstvoll gestalteten Band heraus; es handelte sich um die Chronik seiner Familie, der *heiligen* Familie.

Dann berührte er den Sensor, der hinter dem Buch versteckt war. Er wartete, während das Regal surrend nach hinten aufglitt und den Weg zu einem schmalen, kleinen Treppenhaus freigab, dessen Stufen nach oben führten. Er zog den Kopf ein und folgte der Treppe, die direkt im Familienmausoleum endete, dem schönsten Raum des ganzen Hauses.

Für den Mann war es eine Oase der Ruhe und des Friedens, ein geweihter Dom, wo immer der Geruch von Salbe und Weihrauch die Luft durchwob und Gottes Aura so stark zu spüren war wie sonst nirgends.

Den Anfang der Ahnenreihe bildeten die leider vollkommen zerstörten Körper seiner Urgroßeltern, die noch konventionell beerdigt worden waren, bevor die Einbalsamierungstechnik solche Fortschritte gemacht hatte. Ein paar Sekunden verharrte er ehrfürchtig von den Glaskästen, in denen die beiden Skelette aufgebahrt waren, und wie jedes Mal salutierte er für Colonel Cyrus Vandenberg, seinem Urgroßvater väterlicherseits, einem Helden der Sezessionskriege, dessen Menschennamen er stolz und selbstbewusst wie eine hohe Auszeichnung getragen hatte, bevor er seinen Engelsnamen annahm. Danach passierte er die Überreste seines Großvaters, des Eisenbahnpioniers, sowie seines Vaters, dessen Haut er gerade noch vor dem Verfall hatte bewahren können.

Schließlich weiteten sich seine Augen angesichts des frischesten Körpers, den die heiligen Mauern des Mausoleums beherbergten: es war die Hülle seiner Mutter, der *Wunderbaren,* der *Einzigartigen.*

»Hallo, Mommy«, sagte er mit dieser eigentümlichen, leisen Kinderstimme, die er an diesem Ort ganz automatisch annahm. »Ich war auch ein ganz, ganz braver Junge, ehrlich, Mommy. Ich habe jeden Tag gebetet. Du wirst es ja sehen, wenn du wieder hier bist, das verspreche ich.«

Er drückte sich an das Glas, spürte wieder jene seltsame Gefühlsaufwallung in seinem Inneren und genoss das Gefühl der Kälte, des klaren Kondenswassers, das außen an den Behältern hinab perlte, weil im Inneren eine Temperatur von unter Null Grad Celsius herrschte. Kurz darauf erreichte er den Teil des Dachgeschosses, wo die Truhen noch leer waren.

In kurzer Zeit würde eine dieser Cryokammern Rafael gehören. Welche vor kurzem noch völlig undenkbare Tatsache.

Ein leises Summen riss ihn aus seinen Gedanken. Mit einer düsteren Vorahnung zog er das Funkgerät aus seinem Holster; zu oft hatte er gesagt, dass er auf *keinen Fall* im Mausoleum gestört werden wollte ... außer, natürlich, es war etwas besonders wichtiges.

»Ja?«, sagte er.

»Hier ist Choriel«, sagte der oberste *Cherubim.* »Wir haben das Gefäß und die beiden anderen Flüchtigen aufgespürt. Sie halten sich im Polizeihauptquartier verschanzt ... Dort gibt es ein Waffenlager.«

Der Mann stieß ein wütendes, dumpfes Schnauben aus. *Hörten die Hiobsbotschaften denn nie auf?*

»Versuchen Sie sie dort herauszuholen, aber das Gefäß darf auf keinen Fall beschädigt werden - haben Sie das kapiert, Choriel?«, rief er.

»Ja, Herr, wir w-«

Gabriel schrie: »Sie werden so leiden, dass Sie mich *anbetteln* werden, sterben zu dürfen, wenn das Gefäß nur in der *geringsten* Art und Weise beschädigt wird. Auch Carpenter darf nichts passieren, ich will ihn selbst. Nur was Sie mit diesem Buchhalter machen, ist mir gleich.«

Er unterbrach die Verbindung ohne jedes weitere Wort.


## 11

»Fertig?«, fragte Carpenter, als er die Türe zur Waffenkammer wieder aufstieß.

Fred und Andra sahen nickend zu ihm auf. Vor den beiden lagen die Schrotflinten, die Revolver und ein paar geöffnete, leere Schachteln mit Munition verschiedener Kaliber. Carpenter wirkte zufrieden.

»Was war mit dem Funkgerät?«, wollte Andra wissen.

Der Ex-FBI-Mann schüttelte den Kopf. »Unsere Gegner benutzen Störsender. Ein künstlich erzeugtes Funkloch, das alle Funkgeräte und Handys lahm legt. Keine Chance, durchzukommen. Wie zu erwarten war. Aber jetzt nichts wie weg hier. Ich habe so ein Gefühl, dass wir nicht mehr lange alleine bleiben werden. Wenn sie es nicht schon wissen, dann ahnen unsere Gegner spätestens in ein paar Minuten, dass wir in der Station sind. Bis dahin müssen wir wieder verschwunden sein.«

»Aber ... wohin können wir gehen?«

»Ehrlich gesagt: Ich weiß es noch nicht«, sagte Carpenter. »Wir können nur hoffen, dass unser Helfer uns ein Zeichen gibt oder sonst irgendwie Kontakt mit uns aufnimmt.«

»Müssen wir zu Fuß gehen?«, fragte Fred, während er zwei Schrotflinten hochnahm. Tunlichst vermied er es, die Abzüge zu berühren. Gesichert oder nicht Fred traute den riesigen, schweren Kanonen nicht einmal so weit, wie er sie werfen konnte.

»Wie sonst?«, fragte Carpenter. »Da draußen würde uns nur ein Schneemobil nützen, und unsere Gegner werden uns freiwillig wohl keines überlassen.«

Grelles Licht flammte außerhalb des Gebäudes auf, fror die Umrisse des lang gestreckten Bungalows wie ein riesiges Blitzlicht ein und schnitt sie förmlich aus der Umgebung heraus. Auch das Brummen des Hubschraubers schwoll wieder an, kam näher. Freds Herz setzte einen Schlag aus, und seine Körpermitte füllte sich explosionsartig mit glühender Furcht.

Bar jeder Schrecksekunde fuhr Carpenter herum und lief geduckt in den Korridor, um einen Blick nach draußen zu werden. Dort sah er sah zwei der keilförmigen Schneemobile ihrer Verfolger mit eingeschalteten Such-

146

scheinwerfern vor dem Gebäude parken. Gestalten huschten dahinter umher.

Augenblicklich wandte sich der Ex-FBI-Mann wieder zu Fred und Andra um, Entschlossenheit im Blick.

«Okay», sagte er mit für Fred unverständlicher Gelassenheit. »Die haben uns entdeckt, aber keine Panik, wir können uns verteidigen. Gebt mir Feuerschutz, ich werde so lange versuchen, an eines der beiden Schneemobile heranzukommen. Ihr müsst ihr die Typen da draußen mindestens zwei Minuten in Schach halten, okay? Verschanzt euch hinter der inneren Türe, das Glas dort ist Kugelsicher und wird euch genügend Deckung geben. Viel Glück.«

Er nickte noch einmal, dann verschwand er im Hauptkorridor auf der rechten Seite, wo es eine nur von innen zu öffnende Türe in den Hinterhof gab. Für ein paar verrückte Momente befürchtete Fred, Carpenter würde diese Chance nutzen und einfach verschwinden, sie hier ihrem Schicksal überlassen würde, ausgesetzt wie Katzen oder Hunde in der Urlaubszeit. Aber das war dummes Zeug. Carpenter würde nie so etwas tun. Nicht *er*.

»Also schön«, sagte Fred, um Andra und auch sich selbst Mut zu machen. »Dann wollen wir mal. Das schaffen wir schon, ganz sicher.«

»Auf jeden Fall«, sagte die junge Frau und schlich geduckt zu den inneren Doppeltüren hinüber. Wie es Carpenter geraten hatte, benutzten sie und Fred jeweils zwei .38'er-Patronen als Gehörschutz, warfen immer wieder vorsichtige Blicke nach draußen. Das Scheinwerferlicht blendete Andra, als sie nach dem Sicherungshebel ihrer Waffe tastete.

Mit dem Lauf seines Gewehres stieß Fred die Türe aus kugelsicherem Glas währenddessen so weit auf, dass er den Lauf einer Flinte durchschieben konnte, und zuckte jäh zurück, sobald die ersten Zielpunkte von Laservisiersystemen wie wütende Glühwürmchen über das Glas zu krabbeln begannen.

Nur aus Schreck krümmte er seinen Zeigefinger um den Abzug der Waffe, als er die elektronisch verstärkte Stimme hörte, die seinen Namen rief: »Hallo, Herr Wend-«

*WUMM!*

Ein faustgroßes Loch wurde in die Wand der Eingangshalle gerissen, der Mündungsknall war sogar trotz Freds improvisiertem Gehörschutz fast unerträglich laut. Rasch wollte er die Waffe durchladen, was ihm jedoch erst nach ein paar panischen, misslungenen Versuchen gelang. Klackernd fiel eine qualmende Plastikhülse zu Boden.

»Herr Wendt, Miss Merrick, Mister Carpenter, wenn Sie die Station jetzt verlassen, wird Ihnen nichts geschehen!«, rief der Fremde, so als wäre nichts passiert. »Wir wollen Ihnen nichts tun, alles ist nur ein bedauerliches Missverständnis. Wir sind auf derselben Seite. Werfen Sie Ihre Waffen weg! Es ist nur eine Verwechslung! Noch können wir alles besprechen ...«

Wie gerne Fred ihm geglaubt hätte. O, *wie gerne* Fred dem Mann, der mit erhobenen Händen auf den Eingang der Polizeistation zukam, geglaubt hätte. Er wollte es so sehr, dass der glühende Hass in seinem Inneren wieder bohrendem Zweifel wich.

»Lieber Herr Wendt ... legen Sie die Waffe weg!«, bat der Fremde erneut. »Wir sind auf Ihrer Seite. Alles ist nur ein Missverständnis, hören Sie? Wir können alles erklären. Lassen Sie uns reden!«

Fred biß sich auf die Unterlippe und nahm unwillkürlich den Finger vom Abzug.

»Freddie, glauben Sie ihm nicht«, sagte Andra. »Er blufft.«

»Aber was, wenn er recht hat? Was, wenn das alles *wirklich* nur ein Fehlschluss ist? Was ...«

»O VERDAMMT, FRED!«, rief Andra.

Instinktiv wirbelte Fred herum. Mit weit aufgerissenen Augen sah er einen weiß gekleideten Soldaten, der wie aus dem Nichts auf der anderen Seite des Korridors in der Polizeistation erschien und eine Waffe auf ihn richtete.

Erneut machte die Franchi machte einen riesigen Satz in seinen Händen, als er abdrückte. Die Brust des Soldaten explodierte förmlich, Blut und weiße Knochensplitter spritzten über die Wand dahinter. Der Getroffene flog keine zwanzig Meter rückwärts, wie es Fred nach all den Filmen, die er gesehen hatte, erwartete; nein, der Soldat stolperte nur zwei, drei Schritte zurück und sackte dann vornüber zusammen.

Fred fürchtete ein paar Sekunden lang, sich übergeben zu müssen, doch er bekämpfte den Drang erfolgreich. Er pumpte die Waffe durch, diesmal schon geübter, wandte sich wieder nach draußen und gab einen weiteren ungezielten Schuss in Richtung des Schneemobiles ab.

Der Mann mit dem elektronischen Megaphon machte einen Hechtsprung seitlich hinter die Hauswand. Die Gestalten um das mattweiß lackierte Fahrzeug herum warfen sich ebenfalls zu Boden und erwiderten das Feuer ein paar Augenblicke lang, bevor wieder Ruhe einkehrte. Die Arme und Schulter des Buchhalters schmerzten vom harten Rückstoß der schweren Waffe.

*Wo, zum Teufel, blieb Carpenter denn nur?*

Wieder wirbelte Fred herum, hob die Flinte und hätte beinahe eine Garderobe erschossen, an der eine Mütze und eine Jacke hingen. Dennoch war er sicher, dass er eine Bewegung im Augenwinkel gesehen hatte. War da etwa ein weiterer Eindringling? Rasch tippte Fred der jungen Frau auf die Schulter, deutete auf sich und den Munitionsraum und stand dann auf. Mit mitleiderregend knackenden Kniegelenken torkelte über den Korridor, in den Lagerraum hinein und sah, was er befürchtet hatte:

*Ein Gegner hangelte sich durch das enge Dachfenster!*

Zuerst dachte Fred, dass er es nicht tun konnte ... aber dann erschien das Abbild Andras in seinem Geist, und alles andere wurde völlig nebensächlich. Der Schuss röhrte in der engen Kammer wie eine Explosion. Blut spritzte auf Fred nieder. *Das* war zu viel für ihn. Er schaffte es noch wie in Trance, ein paar neue Munitionsschachteln aus dem Schrank zu reißen, dann stolperte er nach draußen ... und für ein paar Momente wurde alles pechschwarz vor seinen Augen.

## 12

Carpenter teilte die Baumreihen hinter der Polizeistation, bewegte sich behutsam durchs Unterholz. Der Widerschein der Suchscheinwerfer, welche auf der anderen Seite des Bungalows glimmten, verwandelte die Nacht um ihn herum in einen milchigen, seltsam unwirklichen Quasi-Tag. Der kondensierte Atem vor seinem Mund schien aus solidem Eis zu bestehen, als er geduckt über die Straße hetzte und hinter einem der Reihenhäuser verschwand, um sich auf diesem Wege wieder an den Bungalow heranzuschleichen. Die Schrotflinten donnerten wie ein weit entferntes Gewitter, ab und zu konnte Carpenter dazwischen das hellere, schärfere Krachen eines Revolvers ausmachen. Fred und Andra hielten sich gut.

Der Hubschrauber schwebte über der ganzen Szenerie wie ein beobachtendes und zugleich bedrohliches UFO, und Carpenter verwettete seinen Hintern darauf, dass im Inneren der Maschine gerade eine Granate mit Betäubungsgas klargemacht wurde. Alles andere würde nicht zum Vorgehen der Verfolger passen.

Noch etwa dreißig Meter von den zwei Pistenraupen entfernt duckte sich Carpenter hinter die Garage eines Reihenhauses. Aus seiner Deckung heraus observierte er, dass ein Soldat aus dem Hubschrauber sprang und auf dem Dach landete. Dann verschwand er sofort aus seinem Gesichtsfeld.

*Verflucht noch mal!* schimpfte er, und als einen Moment später das Sperrfeuer aus dem Polizeihauptquartier abebbte, rechnete er bereits mit dem Schlimmsten. Also musste er eingreifen. Er machte eine Rolle vorwärts, ging hinter einem Baumstamm in Deckung und legte den Lauf seiner .357'er auf der untersten Latte eines Holzzaunes ab. Dann visierte er über Kimme und Korn die verschanze Crew des ersten Schneemobils an. Die Pachmayr-Griffschalen der schweren Waffe lagen perfekt in seiner Hand, und obwohl die Waffe nicht auf ihn eingeschossen war, erwischte er den ersten Soldaten direkt und präzise am Kopf.

Noch während sich dessen Kollegen in Deckung warfen, ließ der frühere Bundesagent den Hahn der Waffe einrasten, atmete aus und krümmte seinen Finger erneut um den Abzug. Doch das Projektil verfehlte sein Ziel, wurde von irgendeinem Metallteil an der Uniform des Soldaten abgelenkt und prallte funkensprühend gegen die Karosserie des Schneemobils, knapp unterhalb des Treibstofftanks ... mit fatalen Folgen.

Eine Stichflamme schoss kerzengerade in die Luft und blähte sich zu einem lodernden Ball aus Feuer und Rauch auf. Das Dach des Schneemobils wurde abgerissen, der Wagen machte einen Satz in die Höhe und krachte in zwei Hälften gerissen wieder auf die verschneite Straße zurück. Durch die Druckwelle der Detonation driftete der Helikopter ein paar Meter zur Seite, bis der Pilot die Maschine wieder abfing und zurück über das Dach der Polizeistation brachte.

Die Schrecksekunde nach der Explosion ausnutzend, spurtete Carpenter mit der Waffe in beidhändigem Anschlag auf die zweite Pistenraupe zu; zuerst zweimal, dann noch einmal feuerte er gezielt auf die Gegner in seiner unmittelbaren Nähe, schaltete sie erbarmungslos aus. An die Seite des Schneemobils gedrückt riss der Detektiv die Beifahrertüre auf und richtete die Waffe ins Innere der Kabine. Der Mann auf dem Fahrersitz langte ächzend nach seinem Revolver, dann traf ihn schon der Kolben von Carpenters Waffe seitlich am Kopf. Der Ex-FBI-Mann wuchtete den leblosen Körper nach draußen, kletterte auf den Fahrersitz und startete den Motor. Die Feuerzungen aus dem Wrack des zerstörten Schneemobiles loderten hoch, als Carpenter den Rückwärtsgang ins Getriebe der zweiten Maschine würgte, es von der Flammenhölle wegbrachte und dann in Richtung des Haupteinganges der Polizeistation steuerte.

## 13

»*Fred, da ist Carpenter!*«, sagte Andra und deutete nach draußen. Noch besudelt vom Blut des erschossenen Soldaten polterte Fred zu der jungen Frau hinüber und sah, wie das zweite Schneemobil über den Vorplatz der Polizeistation rumpelte und genau auf den Eingang des Reviers zuhielt; nur ein paar Meter vor den gesicherten Doppeltüren kam es zum Stehen.

Geistesgegenwärtig packte Fred seine Schrotflinten und sprintete dann auf die geöffnete Seitentüre des Fahrzeuges zu, Andra dicht neben ihm. Er warf sich auf die Ladefläche, packte die Hand des Mädchens und zog sie nach. Im selben Augenblick fuhr das Schneemobil auch schon an. Mit einem Aufschrei fiel Andra zurück, ihr rechtes Bein nur Millimeter von der Raupenkette entfernt, doch der pummelige Buchhalter nahm alle Kraft zusammen, die noch in seinem Körper finden konnte, und zerrte das Mädchen mit einem verzweifelten Ruck zu sich. Kopfüber purzelte sie ins Innere der Ladebucht.

Das Raupenfahrzeug machte einen Satz über eine Schneeverwehung und raste dahinter in eine kleine Talsohle. Fred fühlte sich wie in einem Flugzeug, das in ein Luftloch fiel.

»Ist jemand hinter uns?«, wollte Carpenter wissen.

Sofort warf Fred einen vorsichtigen Blick aus dem Heckfenster der schlingernden Maschine, wobei er sich mit beiden Händen an der Sitzlehne vor sich festklammerte. Zuerst konnte er nichts erkennen. Dann jagten plötzlich aus zwei Nebenstraßen mehrere weitere Kettenfahrzeuge auf die zugeschneite Chaussee und hängten sich ans Heck von Carpenters Maschine.

»Zwei Wagen«, rief Fred. »Genau hinter uns.«

»Kümmern Sie sich um unsere Eskorte!«, sagte Carpenter und lenkte die Raupe um eine Straßenecke. »Wir müssen die loswerden.«

Fred nickte, bevor er überhaupt wusste, was er da tat. Dann hatte er auch schon wieder eine der Schrotflinten in der Hand und feuerte aus dem Heckfenster der Maschine. Mit einemmal erzitterte das Schneemobil unter einem harten Schlag, und Fred sah einen Lichtblitz an der linken Seite des Fahrzeuges. Von der Wucht des Treffers wurde ihm die Schrotflinte aus den Händen gerissen, flog aus dem Wagen und wurde von einem der Verfolger plattgewalzt. Wie ein Blitz raste der Helikopter in diesem Moment über die Kettenraupe hinweg, voraus explodierte etwas, Schnee stob in die Höhe, und das Fahrzeug raste genau in die Wolke hinein.

Andra feuerte noch zweimal auf den linken Verfolger, dann war der Magzinschaft ihrer Franchi leer, und sie duckte sich automatisch und ließ ihre Hand auf dem

Boden umhertasten. Doch sie griff ins Leere. Die Munitionsvorräte waren aufgebraucht.

Wiederum flammte eine Blendgranate vor dem Wagen auf, doch Carpenter steuerte die Raupe stur weiter, denn er hatte sein nahes Ziel schon vor Augen. Er rumpelte durch den Krater und rammte ein am Straßenrand geparktes, vollkommen zugeschneites Auto, durchbrach eine dichte Hecke ... Dann tauchte die Maschine in den Sichtschutz des Waldes ein.


## 14


Der Erzengel hob das Skalpell, senkte es wieder und vollendete den Y-förmigen Schnitt auf Rafaels Oberkörper. Die beiden oberen Abzweigungen des Ypsilon lagen oberhalb der Brustwarzen des Mannes, auf dem Brustkorb, der untere Strich zog sich bis zum Bauchnabel herab. Gabriel schluchzte leise. Für ein paar Momente unterbrach er die Gebetslitaneien, die er während des Rituals unablässig vor sich hinmurmelte; und er musste daran denken, dass es vielleicht noch eine Rettung für seinen kleinen Bruder gegeben hätte, wenn nicht zwei Projektile Rafaels Kopf getroffen und wichtige Hirnsektionen zerstört hätten. *Das* war Rafaels Todesurteil gewesen, nicht die Schussverletzungen. Aber um den Konjungator einzusetzen, musste noch eine messbare neurale Aktivität im Zerebrum vorhanden sein; erst der völlige Gehirntod, das absolute Versiegen aller elektrischen Impulse, war das wirkliche und *unumkehrbare* Ende.

Nun begann der Erzengel, seinen jüngsten Bruder feinsäuberlich auszuweiden. Mit fachkundigen Griffen *(immerhin hatte er dieses heilige Ritual ja schon oft genug praktiziert, seit es ihm sein Vater damals beigebracht hatte)* trennte er die Organe ab, nahm sie heraus und legte sie in eine

Urne. Sie würden später verbrannt, und die Asche dann mit einem Flugzeug in zwanzig Kilometern Höhe verstreut werden, während der mumifizierte Körper die Ewigkeit neben seiner Familie in den Kühlboxen des Familienmausoleums verbringen durfte.

Ein paar Tränen quollen aus seinen Augen, als der Mann seine unbehandschuhte Hand in Rafaels muskulösen Körper tauchte, unter den Rippenkäfig langte und mit einem Ruck das Herz seines Bruders in den Fingern hatte. Er betrachtete das Herz eine Weile, dann küsste er es zärtlich und legte es zu den anderen Fleischklumpen in die Urne.

Als schließlich die Nähr- und Konservierungsflüssigkeit Rafaels Hülle nach und nach umflutete und dann einhüllte, bekam der Gesichtsausdruck des Mannes vor dem Glasbehälter einen leicht wehmütigen Eindruck. Erneut kam die Gebetsmühle ein wenig ins Stocken, während er sich für ein paar Atemzüge zurückerinnerte, was er alles mit seinem kleinen Bruder erlebt hatte. Dann begann er erneut mit dem rhythmischen Sprechgesang seiner Lobpreisungen.

Nach Beendigung des Rituals trat er einen Schritt zurück, betrachtete das Grabmal und nickte zufrieden. Dabei schweifte sein Blick auch über den Container daneben, in dem seine Schwester Ruth ruhte, die wunderhübsche, zarte Ruth, die wie ihre Mutter in jungen Jahren ausgesehen hatte, und die sich nach Mutters körperlichem Verfall als erste den Forschungen zur Verfügung gestellt hatte ... Ruth, die wie eine echte Vandenberg für die Sache und die Familie gestorben war.

Sinnend verließ er das Mausoleum, begab sich gemäßigten, würdigem Schrittes durch den Geheimgang in sein Arbeitszimmer hinab und wollte gerade nach dem Status des Einsatzes fragen, als das Funkgerät wie durch telepathische Kräfte von alleine zu summen begann.

»Die Zielpersonen sind uns entkommen«, sagte der Anführer der Cherubim, fügte aber eilig hinzu: »Zumindest für jetzt. Wir haben Sie bald eingekreist!«

»Choriel, Wie konnten sie Ihnen entwischen?«

»Herr, sie haben ein Schneemobil erbeutet ...«

»Ich werde dich *auslöschen*, du Häretiker«, rief der Mann und stapfte zu dem zentralen Schaltpult hinüber. Auf dessen Monitor leuchteten schematische Vektorgrafiken auf, die den momentanen Aufenthaltsort des gestohlenen Schneemobils zeigten, sowie die Position der Verfolger. Der Erzengel kniff die Augen zusammen.

»Haltet sie auf, verstanden? Ihr *müsst* sie aufhalten, bevor sie die Schlucht erreicht haben. Dann sind sie in Leviathans Reichweite«, sagte er. »Das Gefäß darf nicht entkommen oder beschädigt werden, sonst werde ich persönlich jedem von euch die Augen ausstechen.«

Er hieb auf das Funkgerät ein, bis es verstummte, und ließ sich dann in seinen Sessel fallen. Der Verzweiflung nahe vergrub er das Gesicht in den Händen. Zuerst bekamen sie durch göttliche Fügung das perfekteste Gefäß aller Zeiten, und dann geschah *das*. Gottes Wege waren unergründlich, aber der Mann war dennoch krank vor Sorge. Er würde es nicht ertragen, wenn dem Gefäß etwas passierte ... denn das würde unweigerlich Mutters Todesurteil bedeuten.

Sie war schon zu lange im biotronischen Speicher von EDEN gefangen, und es war ein göttliches Wunder, dass sie bereits diese Zeitspanne durchgehalten hatte. Länger konnte und *durfte* er ihr die Stufe zehn nicht mehr zumuten. Nein, sie sollte wieder leben! Atmen! *Da sein!* Das Gefäß durfte nicht verloren gehen. Und er würde alles dran setzen, um es zu bekommen.

Krachend zertrümmerte ein Ast das Seitenfenster des Schneemobils. Ein glitzernder Splitterregen ging auf Fred nieder, so dass er schützend die Hände vors Gesicht reißen musste.

Keinen Atemzug später drückte Carpenter die Raupe in eine scharfe Kurve, was Fred auch noch von den Beinen riss. Ächzend rappelte er sich wieder auf und versuchte herauszufinden, wo der zweite Verfolger abblieb. Der erste war schon kurz nach der Einfahrt in den Wald frontal gegen einen Baum geprallt und hatte sich überschlagen; von seiner Unterstützung fehlte im Moment jede Spur.

*Vielleicht waren sie ja irgendwo zurückgeblieben ...?!*

»Sie sind wieder da!«, rief Andra plötzlich und deutete auf die im Hintergrund hin- und herzuckenden Frontscheinwerfer einer oder mehrerer Verfolgermaschinen. Fred stieß ein enttäuschtes Grunzen aus.

»Wie weit weg?«, fragte Carpenter.

»Fünfzig Meter«, antwortete Andra und hob wieder die Flinte, schob sie schussbereit aus dem zersplitterten Heckfenster. »Sie kommen schnell näher, Tony ... o Gott! Dreißig Meter!«

Mit einem Rumpeln wurde die Karosserie des Schneefahrzeuges durchgeschüttelt, als Kugeln das Fahrwerk trafen. Die Maschine machte einen heftigen Satz nach vorne und beschleunigte weiter in die Nacht hinein, doch die Verfolger hatten bedrohlich aufgeholt. Ein dürrer Ast peitschte durch die zerbrochene Frontscheibe und schien nach dem Detektiv zu greifen, wurde dann plötzlich zurückgezogen; nur ein paar Blätter blieben zurück.

»Carpenter«, sagte plötzlich eine bislang nur dem Ermittler bekannte Stimme aus dem Funkgerät – *es war ihr Helfer!* Freudig versetzte Carpenter dem Lenkrad einen Hieb mit der Faust; er hatte *gewusst*, dass der Fremde sie nicht im Stich lassen würde. »Sie steuern jetzt genau auf eine Schlucht zu. Halten Sie sich davor links, verstehen Sie? Links. Dann sind Sie endlich in der Reichweite meines Schutzwalls - dahinter können Ihnen die *Cherubim* nicht folgen. Ich lotse Sie dann zu mir.«

»Verstanden!« Carpenter zog das Raupenfahrzeug in eine Kurve, bis Lichtstrahlen der Frontscheinwerfer ihrer Verfolger sein Gesicht streiften. Also riss Carpenter die Maschine reflexartig wieder in die andere Richtung – aber es war die falsche.

Einen Moment später geriet alles außer Kontrolle. Ein heftiger Schlag gegen den Unterboden ließ das Schneemobil einen weiteren Satz in die Luft machen. Der Motor heulte auf. Während der Hubschrauber über den Baumwipfeln kreiste und den Leuchtkegel seines Suchscheinwerfers hin- und herzucken ließ, schrammte die Seite der Maschine noch bevor sie wieder zu Boden gekracht war, an einem skeletthaften Baum entlang, was sie jäh zuerst nach links, dann wieder nach rechts schlingern ließ.

Das letzte, was Fred sah, war ein heller Lichtblitz, dann wurde die Maschine hochgeworfen, er flog gegen die Seitenwand, und die Raupe krachte mit der Schnauze voran wieder auf den Boden. Die Wucht des Aufschlages riss sie herum, so dass unten und oben ihre Plätze tauschten, Trümmer flogen durch die Luft, und die Maschine kugelte mit der linken Flanke voran in den Abgrund, bevor der Sturz nach einem dumpfen Knirschen ein plötzliches Ende an einem Felsvorsprung fand.

Stille, entsetzliche Stille ... nur ab und zu das Geräusch von Metall, das über Stein kratzte. Die umgestürzte Raupe glitt immer wieder mit einem hässlich knackenden Ruck ein paar Zentimeter weiter in die Tiefe.

Der Hubschrauber schwebte über der etwa dreißig, vierzig Meter tiefen Felsspalte, ohne ihr jedoch zu nahe zu kommen. Er beleuchtete die ganze Szenerie nur mit sterilem, grellem Suchscheinwerferlicht.

158

»Keine unnötige Bewegung«, flüsterte Carpenter, als könnten nur seine Worte das Fahrzeug ganz zum Absturz bringen. Seine Stimme schien irgendwo *unterhalb* von Fred zu kommen. »Können Sie die Hecktüren erreichen? Können Sie sie öffnen?«

Benommen streckte Fred seine Hand aus. Im selben Moment ruckte die keilförmige Pistenraume wieder einen Zentimeter weiter nach unten, und Fred zog seine Hand etwas zurück. Nur unter Aufbringung sämtlicher körperlicher Kräfte schaffte er es, sich aus der panikerfüllten Lähmung zu befreien und die Hand erneut nach dem Türöffner auszustrecken.

Endlich hatte er ihn erreicht, drückte ihn sanft. Wieder neigte sich das Wrack bedrohlich ächzend ein paar Zentimeter nach unten. Andra atmete scharf ein, als Fred die Türen ein weiteres Stück aufstieß, nur ein paar Millimeter, aber immerhin.

»Gut so! Ganz, ganz langsam!«, sagte Carpenter.

Als Fred die rechte Türe weit genug geöffnet hatte, um hinaus zu fassen, fragte der Ermittler: »Können Sie draußen etwas erreichen? Fred? Andra?«

Die junge Frau steckte sich vorsichtig. Sie schaffte es tatsächlich, in einer kleinen Felsspalte Halt zu finden und sah, dass es nur achtzig, neunzig Zentimeter bis zum sicheren Boden waren.

Knarrend neigte sich das Fahrzeug noch ein wenig mehr.

»Geben Sie mir Ihre Hand«, sagte Carpenter in stoischer Ruhe zu Fred und hielt sich an den runden Fingern fest, die ihm der Buchhalter entgegenstreckte.

Fred klammerte sich mit der anderen Hand in einer kleinen Ritze im Fels fest und spürte, wie sich Carpenter ein wenig an ihm in die Höhe zog. *Lieber Gott,* dachte er verzweifelt, *ich kann doch nicht mal einen Klimmzug, wie soll ich da unser beider Gewicht tragen ...?*

Mit einem peitschenähnlichen Knall brach in diesem Augenblick der Felsvorsprung, an dem das verbeulte Fahrzeug hing. Fred und Andra schrieen auf, als ihr Gewicht jäh ihre Arme belastete und die Pistenraupe unter ihnen in die gähnende Tiefe raste, die Menschen regelrecht ausspie. Im Sturz krachte das Schneemobil seitlich gegen die Felswand, wurde herumgerissen, überschlug sich einige Male in der Luft und barst auf dem Boden der Schlucht schließlich in seine Einzelteile.

Gelassen, als wäre dies eine herausfordernde sportliche Übung, nicht mehr, hangelte sich Carpenter etwas zur Seite, bis er besseren Halt gefunden hatte, und zog und stemmte sich dann geschmeidig nach oben. Auf dem Plateau angekommen half er zuerst der jungen Frau, den Felsvorsprung zu erreichen, dann packte er Freds rechte Hand. Am Boden der Schlucht bedeckten knisternde kleine Flammen bereits eine Hälfte des Trümmerfeldes, das von dem Schneemobil übrig geblieben war, und näherten sich unaufhaltsam dem lecken Treibstofftank.

»Sie schaffen es!«, sagte Carpenter zu Fred an. »Mann, kommen Sie ... ja, gut so ... Sie können das!«

Fred, vor maßloser Anstrengung ächzend, als er sein rechtes Bein nach oben brachte, kämpfte sich irgendwie weiter. Andra umklammerte den Gürtel seiner Hose und zog ebenfalls aus Leibeskräften. Der Leuchtkegel des Suchscheinwerfers strich über die Felswand, Fred endlich auf dem Felsvorsprung, sich zur Seite rollend, als am Boden der Schlucht der Treibstoff des Raupenmobils explodierte und eine Feuersäule den Fels versengte.

Dann war der Hubschrauber direkt über ihnen

Etwas fiel zu Boden, und noch bevor Fred die letzte Warnung des Ermittlers hörte, dämmerte ihm auch schon, dass alles zu Ende war.

Mit einem dumpfen Knall barst die Granate, die der Hubschrauber abgeworfen hatte, und alles war plötzlich voller schiefergrauem Rauch, der Carpenter und Andra keinen Atemzug später bereits verschluckt hatte. Hustend versuchte Fred, sich aufzurappeln, stolperte jedoch über seine eigenen Füße und stürzte wieder in eine kleine, zugeschneite Furche. Schnee, Gehölz und steifgefrorenes Laub begruben ihn, noch bevor er Andras letzten entsetzten Aufschrei hörte, dann war der Dunst über ihm und hüllte seinen Körper ein ...

Und schon war er tief weg.

# DAS INSTITUT

Ich bin das Jesaja und das Omega,
der Erste und der Letzte,
der Anfang und das Ende.

*(Offb 22,13)*

# 1

Gabriels Nervosität hielt sich in Grenzen ... oder zumindest versuchte er sich einzureden, dass er *nicht aufgeregt* war. In Panik zu geraten untersagte schon der Familienkodex, Angst – außer vor Gott - war nur etwas für den wertlosen Abschaum der Straße. Aber der Erzengel war knapp, o ja, *wirklich sehr dicht* davor, echte Furcht zu empfinden.

»Heilige Mutter Gottes, gegrüßet seist du«, sagte er grimmig immer und immer wieder, drehte dabei das warme Wasser der Dusche noch weiter auf, bis es beinahe kochend heiß aus der Brause quoll. Seine Fingernägel gruben sich tief in die Handballen. Der Schmerz, der sein Bewusstsein durchloderte, als das Wasser seinen Körper verbrühte, klärte seinen Kopf, läuterte ihn, und ließ ihn rasch wieder in die Realität zurückkehren. Mit einem unterdrückten Knurren, für das er sein Gebetsritual kurz unterbrach, machte er das Wasser schließlich wieder kälter.

Das Gefäß musste einfach unbeschädigt sein, *es musste!* So viele Experimente waren schon fehlgeschlagen, so viele Probleme und Enttäuschungen hatte es gegeben, bis die Technik des Systems ausgereift war. Und nun, als der EDEN-Transfer endlich so funktionierte, wie er sollte, war das letzte brauchbare Gefäß zerstört worden. Eine böse Ironie!

Bis der nächste Körper reif war, würde es Monate dauern ... Und die Frage, ob Mutter eine so lange Zeit noch im Speicher von EDEN sicher war, ohne beschädigt zu werden, wurde dringender denn je.

Doch dann war der riesige Schneesturm wie vom Herrn geschickt über das Land hereingebrochen, und jener Passagierzug musste ausgerechnet in Nightfall Rapids diesen Notstopp einlegen. Und in ihm kam Andra Merrick mit ihren faszinierenden, funkelnden, lebendigen Augen. Sie war schlicht eine Offenbarung ...

*Eine göttliche Offenbarung!*

Mutter würde so stolz auf ihn sein. Die Erregung ließ den Mann erschaudern. Er wollte gerade nach dem Handtuch greifen, als die Funksprechanlage in der Duschkabine ansprang. Der Mann drehte das Wasser ab, streckte seine Hand aus, um die Sprechtaste zu drücken, und stellte fest, dass er zitterte. Das war nicht gut. Er *hatte* Angst, unleugbar. Er war schwach. *Gott vergib mir!*

»Ja, Choriel?«

»Grünes Licht, Herr!«, sagte der Chef der *Cherubim.* »Wiederhole, grünes Licht. Gefäß unbeschädigt. Carpenter unbeschädigt. Wir bringen sie zurück. Wie haben acht Cherubim bei Gefechten verloren, ebenso zwei Schneemobile.«

Der Mann war für ein paar Sekunden so froh, dass er einen Schrei loslassen und nackt, wie er war, durch die Kathedrale tanzen wollte. Dann schalt er sich für diese unwürdigen und un*keuschen* Gedanken.

»In Ordnung«, sagte er. »Ich werde alles vorbereiten. Was ist mit dem Buchhalter?«

»Wir haben ihn nicht gefunden, Herr«, antwortete Choriel. »Er ist wahrscheinlich mit dem Schneemobil in die Schlucht gestürzt und dort umgekommen. Sollen wir eine Suchaktion starten, Sir?«

»Nicht nötig«, sagte Erzengel Gabriel. »Wir haben das Gefäß, das ist alles, was zählt. Selbst wenn er noch lebt, wird er sowieso in kurzer Zeit erfrieren. Bringt das Gefäß und den Detektiv hier her, und zwar schnell. Die Vorbereitung des Gefäßes dauert auch seine Zeit, und vorher ist sie nicht aufnahmebereit. Wir dürfen keine Zeit mehr verlieren. Amen!«

»Verstanden, Herr. Amen!«

Der Mann trat aus der Duschkabine, trocknete sich rasch ab und schlüpfte dann in seine Kleidung. Mit einem intensiven Dankesgebet auf den Lippen hastete er aus dem Badezimmer des weiträumigen Apartments, über dem sich das Familienmausoleum befand, und verließ die Kemenate durch einen Seitenausgang. Mit Hilfe zweier Geheimkorridore gelangte er in sein Kontor.

Hier angekommen, öffnete er die Rollos an den Panoramafenstern und blickte hinunter in den OP-Saal des Institutes. Noch herrschte dort kaum Aktivität. Aber in knapp einem Tag würde dort unten, angeschlossen an das aufwendige Transfersystem, das Merrick-Gefäß liegen und Mutters triumphaler Rückkehr dienen.

*Halleluja*! Gabriel rief die Kurie zu sich, um sie über die neusten Ereignisse aufzuklären, und die ganze Zeit über verspürte er das größte Glücksgefühl in seinem Herzen, denn nun - endlich! - würde er das tun können, auf das er all die Zeit gewartet hatte.

## 2

Carpenter konnte sich nicht mehr bewegen, blieb aber halbwegs bei Bewusstsein. In diesem seltsamen Dämmerzustand erlebte er mit schrecklicher Gewissheit, was um ihn herum vor sich ging, ohne dass er etwas tun konnte, um sich oder seine Begleiter zu verteidigen.

Nachdem er und Fred voneinander getrennt worden waren, dauerte es nur ein paar Atemzüge bis die Soldaten in ihren weißen Schneeanzügen durch die wabernde weiße Wand aus Gasnebel traten.

Carpenter hatte noch versucht, Gegenwehr zu leisten und Andra zu beschützen, doch das Betäubungsgas ließ seine Bewegungen immer langsamer und traniger werden, bis er schließlich einfach hilflos umkippte. Mit einer

Seilwinde hievte man ihn und Andra an Bord des Helikopters, und dann begann ein kurzer, unruhiger Flug mit unbekanntem Ziel.

Der Ermittler ließ seinen Blick in der Kabine umherwandern und sah, dass Andra im Gegensatz zu ihm völlig bewusstlos war; offensichtlich hatte das Gas stärker auf sie gewirkt als auf ihn. Einer der Bewacher behielt derweil die zwei Geiseln ständig im Auge, die Hand immer auf dem Griff seiner Pistole im Holster.

Weit unter dem Helikopter konnte Carpenter die verschwommenen Beleuchtungen von Nightfall Rapids hinweghuschen sehen (und es erinnerte ihn seltsamerweise daran, wie er zum ersten Mal des Nachts die lebensechte, bei der FBI-Akademie von Quantico errichtete Trainingsstadt für Verfolgungen und Festnahmen aus der Luft gesehen hatte.)

Erst, als der Pilot die Maschine kurz darauf in eine sanfte Kurve drückte, konnte Carpenter durch das Seitenfenster den Widerschein von anderen Lichtern in weiter Ferne erkennen. Schließlich kamen diese mysteriösen Leuchtquellen näher, und Carpenter bemerkte, dass es sich um ein etwa fünfstöckiges, lang gezogenes Gebäude handelte, das versteckt und irgendwie lauernd in ein Waldstück eingearbeitet war. Die Fassade des Hauses war finster, nur auf dem Dach glimmte eine weithin sichtbare Landebefeuerung. Der Helikopter steuerte genau darauf zu, vom Wind ein wenig gebeutelt, und setzte schließlich hart auf. Augenblicklich erloschen die Scheinwerfer wieder.

Carpenter und Andra wurden aus dem Hubschrauber geholt und zusammen in einen kleinen, bis auf zwei harte Liegen leeren Raum in der dritten Etage gesperrt. In der nächsten, unbestimmbaren Zeitspanne *(der Ex-FBI-Mann schätzte, dass es etwa ein, zwei Stunden waren, aber er konnte sich auch täuschen; sein Geist war noch vom Gas umnebelt, und seine Uhr hatte man ihm weggenommen)* ließ die

Wirkung des Gases soweit nach, dass Carpenter aufstehen und mit taumelnden, unsicheren Schritten sein Gefängnis genauer inspizieren konnte. Er fühlte sich noch wie in dicke Watte gepackt, wie nach dem Erwachen aus tiefem Schlaf, konnte aber wenigstens einigermaßen klar denken, und das war gut. Nein, sogar das Wichtigste!

Die stählerne Türe war mit einer harmlosen, aber schmerzhaften Stromladung versehen, die jede Berührung unmöglich machte. Auch ein Großteil der Wände stand unter Elektrizität, genau wie die Lüftungsgitter und die Rohre dahinter, obwohl sie sogar für ein Kleinkind viel zu eng gewesen wären.

Missmutig kehrte Carpenter wieder zu seiner Liege zurück. Auf dem anderen Lager stieß Andra ein leises Seufzen aus. Der Ex-FBI-Mann war erleichtert, als sie endlich wieder auf ihre Umwelt reagierte. Verstört blickte sie auf, die Augen zusammengekniffen, ihre Bewegungen fahrig und unkoordiniert.

Carpenter setzte sich neben sie und legte seinen rechten Am um ihre Schultern.

»Was ... ist ... denn ... passiert?«, murmelte die junge Frau. »Wo ... sind wir?«

»Ich weiß es nicht«, sagte er. »Wie geht es Ihnen?«

»Kopfweh«, sagte Andra. »Halsweh. Mir ... ist übel.«

»Das ist nur eine Nachwirkung des Gases, mit dem man uns betäubt hat«, antwortete Carpenter. »Das hört in ein paar Minuten auf.«

Sie sah sich um und schreckte auf, als sie registrierte, dass sie in einem geschlossenen Raum eingesperrt waren.

»Tony, wo ... so sind wir?«, flüsterte sie.

Carpenter nahm ihre Hände in seine. »Ich weiß es nicht«, sagte er dumpf.

»Und Fred?!«, rief Andra plötzlich. »Was ist mit Freddie? Ist er ...?!«

»Wir wurden getrennt«, sagte Carpenter. »Man hat nur uns in den Helikopter geladen, vielleicht haben sie ihn nicht gefunden, keine Ahnung.«

»Er wird erfrieren, oh Gott!«

»Er wird es sicher in Richtung der Stadt zurück schaffen«, sagte Carpenter, obwohl er selbst nicht daran glaubte. Schließlich wusste er, dass man Andra aus einem bestimmten Grund noch brauchte und sie deshalb am Leben gelassen hatte. Zwar hatte er keine Ahnung, wieso er selbst noch auf diesem Planeten weilte. Aber zumindest argwöhnte er, dass sich jemand mit ihm unterhalten wollte, auf die *eine* oder *andere* Weise. Freddie hingegen, dieser arme Kerl aus Deutschland stellte nur einen Störfaktor dar, der beseitigt werden konnte.

»Ihm wird nichts passieren, da bin ich sicher«, sagte er dennoch. Er nahm Andra in die Arme, als sie vor Angst und Ungewissheit zu zittern anfing.

### 3

[ »Bald schon ist es soweit «, sagte der Erzengel und sah dabei die gesichtslose Lichtgestalt im Mittelpunkt des hochherrschaftlich eingerichteten Wohnzimmers liebevoll an. »Nur noch wenige Stunden, und du wirst wieder leben! «

*ICH KANN ES KAUM GLAUBEN*, antwortete seine Mutter. *SAG MIR, WIE SIEHT SIE AUS?*

»Oh, sie ist so wunderschön «, berichtete der Mann, bevor er hastig hinzufügte: »Nicht so schön wie du ... aber sie ist dir trotzdem *so* ähnlich, dass sie es wert ist, dein Gefäss zu werden. «

*WO HAST DU SIE GEFUNDEN?*

»Das ... das war ein Geschenk Gottes. Ein Geschenk des Herrn und ausserdem ein Dienst meiner unendlichen Liebe für dich. Ich habe so lange gesucht, bis ich sie gefunden hatte, aber nun ist es soweit. «

*ICH WERDE WIEDER SEHEN KÖNNEN? LEBEN ...? FÜHLEN ...?*

»Ja, natürlich wirst du das «, lachte er. »Und viel mehr noch. Du wirst jung sein, und du wirst wieder Kinder haben können, um die Familie weiterzuführen, und du wirst wunderschön sein, Mutter ... wunderschön und unsterblich. «

*WIRKLICH UNSTERBLICH?* fragte sie – fast ein wenig ungläubig.

»Gesegnet bist du, Mutter «, sagte er und klickte mit der rechten Hand ein Gadget auf der Menüleiste vor sich an.]


# 4


Zurück auf der physischen Realitätsebene riss der Erzengel den großen, goldenen Schlüsselbund aus dem Geheimschränkchen hinter Onkel Beaufords Portrait. Dann stapfte er mit großen, stolzen Schritten hinüber in den anderen Flügel des Instituts, wo jene Türe lag, die vor über zwei Jahren zuletzt geöffnet worden war.

Das Schloss ließ sich problemlos öffnen, und außer dem etwas miefigen Geruch abgestandener Luft lag im Inneren der Wohnung alles ganz genauso da, wie es damals, nach dem Beginn von Mutters schwerer Krankheit, hinterlassen worden war.

Er schaltete die Lüftung ein, deckte das Bett auf und begann dann, wie selbstverständlich, hier und da aus einer seltsamen Art von Vorfreude heraus ein wenig sauberzumachen. Natürlich gab es die Putzkolonne, die jene Arbeit später übernehmen würde, aber es machte ihm so viel Spaß, dass er beinahe die Zeit vergaß.

Erst, als man ihn in die Computerzentrale rief, wurde er wieder aus seinem seltsamen Trancezustand gerissen, und so er verließ die Wohnung, um dem Anfang der Vorbereitung zu beobachten.

»Holt das Gefäß!«, befahl er. Es war schwer, die Erregung in einem Inneren zu unterdrücken. »Wir beginnen mit der Implantierung des *Cerebral-Imprints*.«


## 5

Zischend glitt das elektrisierte Schott zur Seite, und ein paar Männer in weißen Uniformen betraten die Zelle.

*Nein, das war nicht ganz richtig,* korrigierte sich Carpenter: *Sie marschierten in die Zelle ein.*

Sofort war der Ex-FBI-Mann auf den Füßen. Auf seltsame Weise wusste er bereits, was geschehen würde, bevor es geschah: *Einer der Soldaten packte Andra und riss sie von ihrer Liege.*

Ohne zu denken, nur von seinen geschulten Instinkten getrieben, machte Carpenter einen Satz nach vorne. Er täuschte rechts einen *Uppercut* vor und landete stattdessen mit links einen Treffer in die Leber seines Angreifers, ein Hieb, der für ihn aufgrund seines lädierten Armes genauso qualvoll war wie für seinen Gegner. Mit einem gezielten Tritt setzte er noch einen zweiten Wächter außer Gefecht, dann schlug ihm auch schon eine weitere Wolke Betäubungsgas ins Gesicht.

Er taumelte mit gesenktem Kopf vor, wurde mühelos zur Seite gestoßen und sah, wie einer der Soldaten schon seinen Schlagstock hob, um damit zuzuschlagen, doch der erwartete Schmerz blieb aus. Die Gegner zogen sich zurück. Das hatte Carpenter nicht erwartet, aber es war zu spät für weitere Gegenwehr. Andras Hilferufe wurden leiser und leiser und entfernten sich immer weiter, während man das Mädchen erbarmungslos wegbrachte. Als sich die elektrisch gesicherte Schleuse wieder schloss, wurden ihre Hilferufe wie mit der Schere abgeschnitten.

# 6

Der Mann, der sich Harden nannte, war zunächst den Fußspuren im Schnee gefolgt, nachdem er vor dem Hotel ziemlich rasch die markanten Stiefelabdrücke seiner Zielpersonen entdeckt hatte.

Er wusste, dass er etwa zwei bis drei Minuten hinter der Gruppe mit Carpenter und Di Maria lag, und das war eine Menge. Also beeilte er sich. Er glaubte gerade, seine Zielpersonen endlich wieder in Sichtweite zu haben, als das Dorf urplötzlich und völlig unerwartet in die gleißende Helligkeit der anspringenden Straßenbeleuchtung getaucht war. Doch damit noch nicht genug - das Röhren der Dieselmotoren von großen, schweren Kettenfahrzeugen schwoll an und kam unleugbar näher.

Harden hatte keine Ahnung, was hier vor sich ging ... was vor sich gehen *konnte*. Aber sein in vielen Jahren des Kampfes und der Jagd geschulter Instinkt musste nicht schwer arbeiten, um ihm klarzumachen, dass es besser war, nichts zu riskieren und kurzzeitig unterzutauchen.

Selbst die unverwechselbaren Geräusche mehrerer Feuergefechte in einiger Entfernung konnten ihn zunächst nicht aus seinem Versteck locken. Erst, nachdem sich endlich wieder die schiefergraue Finsternis einer Winternacht über die weiße Stadt gesenkt hatte, wagte er es, aus dem Schneeloch, in das er sich eingegraben hatte, hervorzukommen und die Verfolgung seiner Zielpersonen wieder aufzunehmen.

Keinen Moment zu früh, denn etwas geschah - gefolgt von einem dumpfen Schlag wallte der Feuerpilz einer gewaltigen Explosion in den tiefliegenden Wolkenhimmel hinauf. Die Detonation war nicht weit von Harden entfernt passiert. Zu kurz danach, um nicht in Verbindung mit der Detonation stehen zu können, rumpelte zuerst ein einzelnes Schneemobil nur zwei Querstraßen vom Killer entfernt vorüber, dann donnerte ein Hubschrauber über die Straße, am Boden gefolgt von zwei weiteren Pistenraupen.

Das war eine Verfolgungsjagd, keine Frage. Und es war nicht schwer zu mutmaßen, dass sich im ersten der Schneefahrzeuge Carpenter und seine Begleiter befinden mussten. *Aber wer waren ihre Jäger?*

Harden konnte sich kein Bild machen. Trotzdem folgte er hastig den Furchen, welche die rasenden Raupenfahrzeuge in den Schnee gegraben hatten. Immer wieder erblickte er dabei am Horizont die Positionslichter des Helikopters, der auch zum Verfolgertross gehörte, und hörte das heisere Stottern von hin- und herpeitschenden Gewehrschüssen.

Irgendwo hinter dieser für Harden zutiefst vertrauten Geräuschkulisse vernahm er plötzlich noch etwas anderes: ein helles, aggressives Knattern, das sich ihm von hinten näherte. Keinen Atemzug später bogen auch schon fünf kleine, wendige Icecats um eine Straßenecke.

Instinktiv machte Harden einen Satz zur Seite, hatte in seiner Deckung nur einen Sekundenbruchteil, um zu reagieren. Dann brachte er seine Beretta hoch und visierte den Piloten des letzten Schneemobils an. Bis zum Schuss dauerte es keine Zehntelsekunde. Rückwärts kippte der leblose Fahrer von seiner Maschine und überschlug sich noch zwei, dreimal, während die Icecat führerlos gegen eine Schneewehe donnerte und umkippte.

Ohne Verschnaufpause schleifte Harden den Toten von der Straße weg und grub ihn tief in eine Schneewehe ein, danach hastete er hinüber zu der wie ein hilfloser Käfer auf dem Rücken liegenden Icecat, wuchtete sie wieder auf die Kufen und schwang sich auf ihren Ledersattel. Sich weiter an den Fährten der Verfolgungsjagd orientierend, steuerte Harden in einen lang gezogenen, verschneiten Wald hinein. Tief im Unterholz glimmte der Leuchtkegel eines Suchscheinwerfers auf und wanderte wie ein Waldgeist über die Lichtungen, tauchte den nächtlichen Forst in bläuliches Zwielicht.

Harden stoppte die Icecat abrupt, versteckte sie hinter einen Baumstamm und näherte sich nun wieder umsichtig zu Fuß der Kampfzone. Was er sah, machte das Schauspiel hier nicht gerade verständlicher: Noch zwei weitere der weißen, keilförmigen Raupenfahrzeuge rumpelten von der anderen Seite heran und spuckten weißgekleidete Soldaten aus, die sofort mit einer Art von Suchaktion begannen. Die Frontlichter der Maschinen bohrten sich wie glühende Eisenstäbe in die Nebelschwaden, die sich rasch auflösend durch den Wald waberten.

Wieder musste er sich diese eine, drängende Frage stellen: *Wo waren er und seine Zielpersonen nur hineingeraten?*

Harden ahnte, dass es nur einen Weg gab, das herauszufinden. Er schlich näher an die Schneemobile heran und spähte geduckt um einen Baumstamm. Die Männer aus den Transportern, die in ihren weißen Schneeanzügen und mit den Gesichtsmasken wie imperiale Soldaten aus dem Film KRIEG DER STERNE aussahen, waren immer noch dabei, die Gegend zu durchkämmen.

Dann tat sich plötzlich etwas: der Helikopter senkte sich herab, und etwas, das unzweifelhaft wie ein Transportkorb aussah, wurde an einer Seilwinde nach unten gelassen. *Etwas Entscheidendes musste passiert sein!* Fix bewegte sich Harden näher an das Geschehen heran, ein Zweig knackte unter seinen Füßen, und er erstarrte augenblicklich. Keiner der weißgekleideten Fremden schien sich zwar für das Geräusch zu interessieren, aber Harden war über seinen Fehler zutiefst verärgert, immerhin konnte jeder Schnitzer, den er beging, sein letzter sein.

Aus etwa zwanzig, fünfundzwanzig Metern Entfernung sah er dann etwas, das ihm bei aller Kälte und Professionalität das Blut in den Adern gefrieren ließ: *Einer der beiden leblosen Körper, die in den Transportkäfig der Ma-schine verfrachtet wurden, war Carpenter.*

Verdammt. Es gab keine Spur von Di Maria, also konn-te sich Harden vorerst nur an den Ex-FBI-Mann halten, der nun die einzige Verbindung zu seiner primären Ziel-person darstelle. Doch das würde nicht einfach werden, denn nachdem Carpenter und dieses Mädchen – der Killer glaubte sich zu erinnern, dass sie ebenfalls eine Reisende aus dem Zug war – in den Helikopter verladen worden waren, drehte der Luftquirl sofort ab und ließ die Kampfzone hinter sich.

Das bedeutete, dass sich auch Harden wohl oder übel an jenen Ort begeben musste, wohin man den Ermittler gerade verschleppte. Und dazu gab es nur eine Möglich-keit. Also robbte er das letzte Stück in Richtung seines Zieles, einer der futuristischen Schneeraupen, und warte-te flach zwischen deren Ketten in den Schnee gedrückt auf seine Chance. Erst als er sicher war, dass sich nie-mand in der Pistenraupe befand und niemand ihn sah, glitt er lautlos ins Innere der Maschine. Dort verschanzte er sich hinter ein paar Kunststoffboxen mit Ausrüstung und war gespannt, was nun geschehen würde.

Er musste nur ein paar Minuten ausharren, dann er-wachte surrend der Motor der Maschine zum Leben. Nachdem sie gewendet hatte, setzte sie sich an die Spitze zweier oder dreier anderer Einheiten. Der Convoy be-wegte sich in südlicher Richtung durch die Stadt und bog dann auf einen sauber geräumten Korridor ab, der noch weiter vom Ort weg führte.

Als Harden vorsichtig aufblickte, sah er durch ein schmales Fenster in der Flanke der Pistenraupe, dass der Transporter auf eine riesige, verschwommen erkennbare Lichtquelle in vielleicht einem Kilometer Entfernung zuhielt. Je näher die Maschine dem Leuchten kam, desto besser konnte er erkennen, um was es sich handelte:

Es war eine Tunneleinfahrt, deren Seitenwände von hellen, rotierenden Gelblichtern gesäumt wurden. Links und rechts der Einfahrt glimmten, wie auf einer Flughafenlandebahn, unzählige kleine rote Lämpchen. Gegen diese Beleuchtung konnte Harden das wuchtige, schwarze Gebäude dahinter nur schwer erkennen.

Der Komplex mutete riesig an; er hatte einen pyramidenähnlichen Aufsatz in der Mitte und mochte fünf oder sechs Stockwerke hoch gewesen sein. Geduckt lag er in einem dichten Waldgebiet und wurde links und rechts von unzähligen Bäumen umarmt, die das Licht zusätzlich noch verschluckten oder verfremdeten. Hier und da erkannte Harden Anbauten an dem Block, bei denen es sich um Satellitenantennen oder ähnliche Systeme handeln konnte, aber in der Dunkelheit war es schwer, sie richtig zu interpretieren.

Schließlich verschluckte der Tunneleingang das Raupenfahrzeug auch schon, und die Baumreihen wichen einem kahlen, vielleicht einhundert Meter langen Tunnel, der etwa dreißig Fuß unter die Erde führte und in eine Halle mündete, deren Details Harden allerdings aus seinem Schlupfwinkel heraus nicht erkennen konnte.

Einige Minuten, nachdem das Schneemobil auf seinen Parkplatz geschwenkt war, verborgen in einer engen Lücke zwischen zwei anderen zur Wartung teilweise demontierten Maschinen, befreite sich Harden lautlos aus seinem Versteck. Er glitt nach vorne, hin zur Fahrerkabine des Schneemobils, und spähte aus der Frontscheibe. Was er sah, machte ihn fast sprachlos: Die Halle war riesig, etwa zehn Meter hoch und hundert bis hundertfünfzig Meter lang und breit. Mindestens dreißig andere Pistenraupen waren hier stationiert und wurden von Technikern und Mechanikern gewartet. Am anderen Ende der Halle war eine riesige Monitorkonsole in die Wand eingelassen, auf der in raschem Wechsel Informationsbulletins abzulesen waren. Wo konnte er hier nur gelandet sein?

Harden war klar, dass er dieses Rätsel nur mit einer Exkursion klären konnte. Sämtliche Techniker hier unten trugen allerdings - wie auch die Soldaten, die Harden im Wald gesehen hatte -, schneeweiße Overalls mit rätselhaften Symbolen auf den Schulter- und Brustteilen. Der Killer würde in seiner normalen Kleidung sofort auffallen, zumal es ziemlich sicher war, dass auch Kameras diese rätselhafte Installation überwachten. Denn so einen Ort baute man nicht, ohne ihn auch zu sichern. Harden musste also etwas organisieren.

Und er hatte nicht viel Zeit dazu.


# 7

Der Techniker schob mit festgelegten, systematisch einstudierten Bewegungen seinen Ausrüstungswagen an dem Spalier geparkter Pistenraupen entlang. Als er schließlich die Maschine mit der Registriernummer 123/17 erreicht hatte, bog er von seinem ursprünglichen Weg ab, umkreiste das Fahrzeug und betätigte dann mit dem Fuß die Feststellbremse seines Werkzeugtrollis.

Er klappte das oberste Ausrüstungsfach zur Seite, um an die Elektrowerkzeuge in der Etage darunter zu gelangen und hatte gerade mit seinem Akkuschrauber die Schrauben der Getriebeabdeckung entfernt, als er links von sich ein ungewöhnliches Geräusch hörte: Es klang wie ein Zungenschnalzen aus dem Inneren eines der Schneefahrzeuge.

Nach ein paar Momenten vernahm er es wieder.

Der Techniker legte seinen Akkuschrauber zur Seite. Ein paar Momente lang wirkte er völlig unschlüssig, was jetzt zu unternehmen sei, fast so, als würde ihm die entsprechende Programmierung für diese Situation fehlen.

Dann ging er bedächtig hinüber zu der Maschine, von wo aus der seltsame Laut immer wieder erklang. Hinter seiner Gesichtsmaske war seine Miene nicht zu erkennen, doch schon seine Gesten wirkten reichlich ungesichert, als er in den Laderaum der kürzlich von einer Mission zurückgekehrten Raupe spähte und nur ein paar leere Ausrüstungsboxen dort sah. Doch vor ihm glitzerte etwas auf dem Boden: Es war eine Centmünze.

Als er sich bückte, um das Geldstück aufzuheben, entging ihm der Schatten, der sich aus dem Sichtschutz der Kunststoffboxen löste und auf ihn zuschnellte. Dann wurde er auch schon ins Innere des Laderaumes gezogen, und der Mündungskreis einer schallgedämpften Waffe auf seiner Stirn war die letzte Empfindung, die der Techniker noch hatte, bevor der Mann, der sich Harden nannte, den Finger um den Abzug der Pistole krümmte und sein Opfer auslöschte.

Im Sichtschutz des Laderaumes entledigte sich Harden rasch seiner Kleidung und schlüpfte dann in die Uniform des Technikers. Der Overall hatte in etwa die richtige Größe, war aber aus einem sehr dehnbaren Material, das sich etwa wie Fliegerseide anfühlte und auch einem größeren Träger vermutlich perfekt anpasste. In der Maske, die der Techniker getragen hatte, verbarg sich ein hoch entwickeltes Multifunktionssystem mit Funkgerät, Restlichtverstärker und Atemfilter.

Nun perfekt getarnt, von den anderen Männern in ihren weißen Overalls nicht zu unterscheiden, legte Harden zuerst das Knöchelholster seiner Beretta an und stieg dann aus dem Wagen. Ohne zu hetzen hob er seinen Cent auf, holte den Ausrüstungstrolli des Technikers und verstaute in aller Ruhe den Leichnam, sowie auch seine alte Kleidung im geräumigen Bauch des Rollwagens. Als er das Schneefahrzeug hinter sich zurückließ, imitierte er genau die langsamen, roboterhaften Schritte der anderen Arbeiter.

Nachdem Harden den Trolli im anschließenden Ausrüstungslager in einem Spalier etwa 30-40 identischer Wagen verstaut hatte, bewegte er sich auf eine grünlackierte Stahltüre am anderen Ende der Halle zu. Überall passierte er Regale und Schränke voller Rüstzeug: Nachtsichtmasken, Steyer-AUG-Schnellfeuergewehre, Scanner, Tarnanzüge für den Feld-Einsatz. Hier war ein perfektes Ausrüstungslager, top gepflegt und benutzt von Profis, organisiert wie bei einer guten Armee. Welcher auch immer.

Hinter dem grünen Metalltor führte ein kleiner Treppenaufgang genau zehn Stufen in die Höhe, bevor er in eine kleine Halle mit zwei Liftschächten mündete. Harden wollte auf keinen Fall eine der bereitstehenden Liftkabinen benutzen, so verlockend und offen sie sich ihm auch darboten. Doch die Gefahr, darin gefangen zu werden, war viel zu groß.

Also ging er durch das stählerne Treppenhaus ins Erdgeschoß hinauf; es erschien ihm am logischsten, von dort aus eine Erkundungstour durch dieses mysteriöse Gebäude zu starten. Seine Neugierde, um was es sich bei dieser riesigen Anlage im Niemandsland handeln könnte, schien im Moment fast größer zu sein als der Drang, seinen Auftrag auszuführen.

*Aber vielleicht konnte er ja beides sogar verbinden.*

Denn Carpenter befand sich mit hoher Wahrscheinlichkeit ebenfalls irgendwo hier in diesem Bauwerk, und der Killer musste ihn nur finden.

## 8

Als der Erzengel den Kontrollraum betrat, warf er sofort einen Blick hinüber zu jenem Monitor, auf dem das Gefäß zu sehen war. Ihr Oberkörper steckte bereits in einem röhrenförmigen Apparat, der vage an einen Kernspintomographen erinnerte.

»Wie weit ist das cerebrale scanning?«, fragte er.

»Zweiundfünfzig Prozent«, sagte Tamiel, der für EDEN und das Zentralprogramm zuständige Systemoperator. »Bislang gab es keine Komplikationen. Wenn es nicht noch im hinteren Bereich Probleme gibt, was ich nicht glaube, dann können wir sie in kurzer Zeit mit dem Imprint versehen. Danach bringen wir sie auf Level 10, und der Transfer kann beginnen.«

»Also morgen Abend?«

»Wenn wir das Programm beschleunigen, ja. Aber das wird sie verkraften, keine Frage. Sie ist stark.«

Der Erzengel nickte.

»O ja, sie ist *perfekt*«, sagte er und klang ehrfürchtig.

Es konnte es noch immer kaum glauben. Nur noch vierundzwanzig Stunden, wenn er Glück hatte sogar etwas weniger, und dann würde es nach all den unendlichen Jahren des Arbeitens und des Wartens endlich so weit sein: Mutters Bewusstsein würde in diesen jungen, wunderschönen, aber noch *unreinen* Körper zurückfluten, wie das Wasser in ein seit langer Zeit stillgelegtes Flussbett, und ihn mit ihrer Präsenz weihen. Dann würde sie wieder atmen, sprechen, beten ... *Sie würde hier sein!*

Er ballte seine Hände zu Fäusten, verließ das Kontrollzentrum mit seinem Lichtermeer aus Kontrolldioden, Bildschirmen und Neonröhren und ging in einen kleinen, schallisolierten, fast unbeleuchteten Raum hinüber, wo ein dunkelhaariger Mann auf einem zahnarztstuhlähnlichen Sessel festgeschnallt war. Mit großen und wütenden, aber auch von Unsicherheit und Furcht erfüllten

Augen verfolgte der Gefangene das Geschehen um sich herum; seine Muskeln und Sehnen waren gespannt, die Adern an den Schläfen und am Hals pochten.

Bedacht langsam zog sich der Erzengel Gummihandschuhe an. »Und nun zu uns beiden«, sagte er und riss seinem Gegenüber das Pflaster vom Mund.

»Mister Carpenter«, sagte der Erzengel lächelnd und nahm ein kleines Skalpell in die Hand. »Wissen Sie, wer Rafael gewesen ist?«

Der Mann schwieg. Gabriel wusste jedoch: Bald würde er nicht mehr schweigen.

## 9

Schon nach den ersten Schritten beschlich Harden das Gefühl, in einem Museum gelandet zu sein - einem Museum, das niemals von den Augen der Öffentlichkeit gesehen werden konnte und wohl auch durfte.

Die Halle mit den schwarz lackierten Wänden war mindestens vier Stockwerke hoch, und schien den Mittelteil des gesamten Gebäudes zu bilden. Auf den Terrassen der verschiedenen Etagen herrschte Hochbetrieb: überall Leute in weißen Kitteln - mit Sicherheit Wissenschaftler - und diese seltsamen Soldaten, deren Uniform er im Moment trug.

Keine Zivilisten. Keine Unordnung. *Keine Unruhe.*

Im rechten Flügel des Erdgeschosses begann Harden eine Tour durch die unheimliche, deplaziert wirkende Pinakothek.

Seinen Rundgang eröffnete ein riesiger Röhrencomputer, der dem ENIAC-System ähnelte, jenem ersten Elektronenrechner der Welt, der 1946 von John Eckert und John Mauchly an der Pennsylvania-Universität gebaut wurde, und dessen 18.000 Elektronenröhren und 1500

Relais man über Schalttafeln und Steckern hatte programmieren müssen.

Auf der Tafel neben dem Ausstellungsstück konnte Harden ein paar Informationen ablesen:

**Programmgesteuerter Elektronenrechner**
**Trinity Cybernetics Prototyp 001**
**Entstehungsdatum 1944**
*Entwickelt für das US-Verteidigungsministerium.*
*zur Überwachung des Projekts 'Rainbow One'*

Der Mann stutzte. Der Name Trinity Cybernetics war ihm durchaus vertraut, noch mehr verdatterte ihn aber das Geburtsjahr dieses Rechners: *1944!*

Das war unglaublich. Er wusste so einiges über Computer und deren Technik und Geschichte, nachdem er vor einigen Jahren, um sich einer Zielperson in Silicon Nightfall nähern zu können, in die Identität einen Programmierers geschlüpft war. Dafür hatte er zwangsläufig bei seinen Recherchen tief in die Materie einsteigen müssen. Wenn es also stimmte, was dort stand, würde dies bedeuten, dass dieses System bei Trinity Cybernetics bereits *zwei Jahre* vor dem Urvater aller heutigen Computer existiert hatte, und dennoch niemals etwas darüber bekannt geworden war.

Mit einer Mischung aus Erstaunen und Beunruhigung ging Harden weiter.

Und bei jedem Exponat, an dem ihn sein Weg vorüberführte, erkannte er von Neuem, dass die Systeme dieses verborgenen Riesen unter den Elektronikindustriellen der übrigen Computertechnik kontinuierlich um mindestens fünf, in den späteren Jahren sogar *zehn bis fünfzehn* Jahre voraus waren. Die meisten Maschinen waren, der Dokumentation nach, für die Regierung entwickelt worden, etwa die CIA oder die NASA.

Das deckte sich mit dem, was Harden von Trinity Cybernetics wusste: Gegründet wurde der Konzern Anfang der 40'er Jahre von Christopher Joseph Vandenberg, einem der wenigen Menschen, deren Reichtum sich mit dem der Rockefellers oder Gettys messen konnte. Die Firma war anfänglich als Elektroniklieferant für Radarsysteme der Regierung konzipiert gewesen, was sich auch in ihrem ersten Namen niederschlug: Trinity Radionics. Danach wuchs der Konzern jedoch in diverse verschiedene Richtungen, von denen der Ast, der sich mit Computertechnik – Trinity Cybernetics – bald zum Flaggschiff wurde. Im Gegensatz zu vielen anderen Computerfirmen war Trinity Cybernetics jedoch nie in die Massenproduktion gegangen, sondern entwickelte einzigartige Großsysteme für die Administration oder das Militär. Ein Entwicklerposten bei Trinity galt unter Fachkräften als der Gipfel, den ein Systemdesigner erreichen konnte.

Harden zermahlte ein imaginäres Objekt zwischen den Zähnen, als er überlegte, was Trinity bewogen haben konnte, hier dieses Museum hinzuklotzen? Was der Konzern mit dieser Stadt zu tun haben konnte, und was es mit der weißgekleideten Soldatentruppe auf sich hatte?

Ohne eine plausible Antwort zu finden ging Harden weiter, bis er den Mittelpunkt dieses skurrilen Museums erreichte: Es war eine Nachbildung des EDEN Eins, Codename *Kanaan*, laut seiner Informationstafel der erste arbeitsfähige biologisch/nanotronische Verbundrechner der Welt. *Unfassbar,* dachte Harden.

Das war momentan der Gipfel der menschenmöglichen Technik. Sowohl die Nanotechnologie, bei der es um die direkte Manipulation der molekularen Struktur ging, wie auch die Bioplasmatechnik, die eine direkte Verbindung von Elektronik und Biologie suchte - den *lebenden* Chip gewissermaßen - galten als die Computertechniken der Zukunft. Doch beide steckten noch in den Kinderschuhen. Und es hieß, dass es lange dauern würde, bis ein Versuchssystem der einen oder anderen Art betriebsbereit sei.

Aber nun stand Harden direkt vor einem Computer, der angeblich nicht nur eine, sondern gleich *beide* der Zukunftstechniken verwendete, sie miteinander verschmolzen hatte, als sei dies das einfachste der Welt.

*Wie viel Geld und Möglichkeiten musste dieser Konzern besitzen, um seine Forschungen dermaßen erfolgreich betreiben zu können?*

Unverwandt starrte Harden die Maschine mit ihren kleinen, flachen Tanks auf der ihm zugewandten Seite an, jene Behälter, die mit einer pulsierenden, sanft rosafarbenen Flüssigkeit gefüllt waren und wohl das vom Computer verwendete Bioplasma enthielten.

Wenn irgendetwas auf diesem Planeten jemals dem Begriff künstlicher Intelligenz nahe gekommen war, musste es wohl diese Maschine sein. Die Kontrolldioden an der Seite schienen indessen zurückzustarren, und er hatte das irrationale Gefühl, dass die Maschine *ahnte*, er war hier und einen Fremdkörper darstelle ... und dass sie sogar noch *viel, viel mehr* wusste.

## 10

Harden war gerade am Ende der Ausstellung angekommen, als er mit seinen in all den Jahren des Kampfes geschärften Instinkten plötzlich spürte, dass ihn jemand anstarrte. Langsam wandte er sich um und erkannte eine Laborassistentin von etwa fünfunddreißig Jahren, die von ihrem Balkon in der dritten Etage herunter sah. Egal, ob seine Tarnung aufgeflogen war oder es sich nur um einen Zufall handelte, nun war es an der Zeit, zu verschwinden!

Ohne zu rennen oder unnötig Tempo zu machen (obwohl der Boden unter den Füßen immer heißer wurde), hielt er auf einen Durchgang zu, der in die äußeren Bereiche führte. Der Korridor dahinter mutete seltsam in sich verdreht und leicht gekippt an. Die Türen zu den einzelnen Räumen waren wie Löcher in die Wand eingelassen und bildeten den einzigen Orientierungspunkt in der verwirrenden Umgebung. Das Treppenhaus war nicht anders angelegt, und wohin sich Harden auch bewegte, überall verfolgte ihn dieses seltsame, auf eine unbeschreibliche Weise lebendige Brummen. Das ganze Areal machte den Eindruck einer metallenen Hi-Tech-Version der Dekors aus dem alten deutschen Stummfilm *'Das Kabinett des Doktor Caligari'*.

Harden musste sich an der Wand abstützen, weil er spürte, dass ihm schwindelig wurde. Die Schräglage des Korridors verstärkte sein Unwohlsein nur noch. Und genau damit erfüllte die surreale Bauweise ihren Zweck. Harden, der Eindringling, fühlte sich desorientiert und verwirrt. *Wie, um alles in der Welt, schafften es die normalen Arbeiter, sich hier ohne Probleme entlang zu bewegen?* Waren sie so sehr daran gewöhnt, dass sie die optischen Täuschungen bereits nicht mehr wahrnahmen, oder hatte man sie dazu konditioniert oder gar *programmiert?* Nach allem, was er in den letzten Minuten hier gesehen hatte, erschien ihm gar nichts mehr ungewöhnlich.

Doch er kam nicht dazu, sich über dieses Problem den Kopf zu zerbrechen. Denn in dieser Sekunde hörte er die Schritte hinter sich. Jemand kam in seine Richtung: zwei maskierte Soldaten und ein etwa einssechzig großes, stämmiges Kraftpaket mit glänzendem, kahlrasiertem Schädel und einem Stiernacken, auf dem man den oberen Rand einer Tätowierung erkennen konnte.

*Verdammt. Alles begann, aus dem Ruder zu laufen!*

Auch wenn er im ungünstigsten Fall nun auf sich aufmerksam machte, war eine kontrollierte Flucht immer noch besser als hier gestellt zu werden. Wenn man ihn überprüfte, war er verloren. Also bewegte sich Harden den Korridor entlang auf eine Weggabelung zu.

Und nun musste eine Entscheidung getroffen werden, von der möglicherweise sein Leben abhing: *der linke oder der rechte Seitengang?* Beide bogen identisch im 90-Grad-Winkel vom Hauptkorridor ab, und bei keinem gab es den geringsten Hinweis, wohin er führte. Harden entschied sich spontan für den rechten Flur, so wie die meisten Menschen, die sich unbewusst während einer Richtungswahl nach ihrer dominierenden Körperhälfte orientierten.

Doch der Gang war nur etwa zehn Meter lang und die drei Türen auf der linken Wand, alle mit römischen Ziffern versehen, waren fest verschlossen. Seine einzige Fluchtmöglichkeit stellte ein Aufzugsschacht am Ende des Durchganges dar. Sonst vermied er Aufzüge wie der Teufel das Weihwasser, nun blieb ihm nichts anderes übrig.

Sich zwingend, nicht schneller zu laufen obwohl die Schritte der drei Soldaten immer dichter und knapper hinter ihm waren, stiefelte er also auf die erhoffte Fahrkarte in die Freiheit zu.

Endlich hatte er den Lift erreicht und glitt ins Innere. Die Hand hatte er schon in Richtung der Etagensensoren ausgestreckt, berührte mehrmals das Feld mit der Aufschrift SUB4m, doch nichts tat sich. Harden wusste, dass er es auf keinen Fall zu einer Konfrontation kommen lassen durfte ... doch der Teufel sollte ihn holen, wenn er auch nur den Hauch einer Ahnung hatte, was er sonst unternehmen konnte. Er versuchte, sich nichts anmerken zu lassen, so hölzern und unbeteiligt zu wirken wie alle anderen, aber zur selben Zeit spürte er auch, dass sich ein ziemlich unübersehbarer Hauch von Angstschweiß auf seiner Stirn bildete. Das war unprofessionell und töricht, wenn man bedachte, was Harden schon durchgemacht hatte, ohne dass sein Pulsschlag ins die Höhe gegangen wäre. Doch *dies* alles war neu, selbst für ihn.

Mit Sicherheit musste er nun reagieren ... aber was konnte er tun? *Rasch abwägen - kämpfen oder aufgeben?*

Kämpfen, keine Frage. Aber vielleicht kam er ja darum herum. Er schaute sich um und entdeckte im Dach der Liftkabine einen quadratischen Notausstieg. *Das war sein Fluchtweg!* Im Extremfall konnte er versuchen, von dort aus in den Aufzugsschacht zu gelangen und in den Eingeweiden des Gebäudes einen Fluchtweg zu suchen ...

Doch in diesem Moment verstummten die Schritte der Soldaten. Stattdessen war das Zischen einer schweren Tür zu hören, und der Korridor war leer. Harden konnte sein Glück kaum fassen. Gerade wollte er die Kabine wieder verlassen, als wieder eines der Stahlschotts zur Seite surre und sich rasch ein dunkelhaariger, mit einem hellen Laborkittel bekleideter Mann zu ihm in den Lift gesellte, ein paar Ausdrucke unter dem rechten Arm. Ohne Harden auch nur eines Blickes zu würdigen legte er zuerst seinen Daumen auf eine Scannerplatte und berührte dann die Etagentaste des dritten Untergeschosses. Schon glitten die Lifttüren zu.

*Eine biometrische Sicherheitsabfrage,* schoss es Harden durch den Kopf. Kein Wunder, dass der Lift bei ihm keinen Ruck getan hatte.

Der Mann neben ihm stierte derweil einen imaginären Punkt auf den Lifttüren vor sich an, ohne auch nur einmal den Blick abzuwenden. Er atmete gleichmäßig ein und aus, seine Augen waren leer und stumpf. So stand er da, regungslos wie eine Statue ... bis plötzlich mit einem Ruck Leben in seinen Körper kam: Auf einmal wandte er sich zu Harden um und musterte den Killer gründlich und durchdringend.

Was danach geschah, passierte völlig instinktiv und ungeplant. Es war dieser prüfende Blick, der Harden zum handeln brachte. Er ließ seine rechte Faust nach oben zucken, traf knirschend und mit tödlicher Wucht die Nasenwurzel des Wissenschaftlers. Knochensplitter zerfetzten die vorgelagerten Regionen seines Gehirnes. Bevor der Tote in sich zusammensinken konnte, packte Harden den Mann unter den Schultern.

*Das war nicht nötig gewesen,* ärgerte er sich.

Verdammter Mist. Womit hatte er sich nur verdächtig gemacht? Wodurch hatte ihn dieser Wissenschaftler sofort als Eindringling erkennen können?

Er wusste, dass er seine Zeit nicht mit diesen Fragen verschwenden durfte, immerhin galt es nun, so schnell wie möglich die Leiche des Wissenschaftlers verschwinden zu lassen und sich dann selbst in Luft aufzulösen. Beides würde nicht einfach sein, aber Harden hatte zum Glück schon eine Ahnung, was er unternehmen konnte.

Er drückte den Daumen des Toten auf den Scanner, befahl den Lift zuerst ganz nach oben und untersuchte währenddessen den Notausstieg im hinteren Drittel der Kabine. Er fand nichts, was darauf hindeutete, dass es ein mit dem Notausstieg verbundenes Alarmsystem gab. Das war keine Garantie dafür, dass tatsächlich kein Sensor dort lauerte; leider jedoch blieb ihm in diesem Moment nichts anderes übrig, als das Risiko einzugehen.

Folglich stieß er die kleinen Halterungen, durch welche die Klappe an der Decke befestigt war, mit den Handflächen zur Seite. Dann gab er dem Plastikquadrat einen Schubs. Stickige, nach Öl und Metall muffelnde Luft strömte Harden aus dem Aufzugsschacht entgegen.

Er warf einen Blick auf das Display - *Level 5* - und schickte den Lift wieder in die tiefste der unterirdischen Etagen. Die Sekunden, die ihm verblieben, im Geiste mitzählend - *zwanzig, neunzehn, achtzehn* - wuchtete er zuerst die Leiche des Wissenschaftlers durch das Loch -

*dreizehn, zwölf, elf* -, und klammerte sich dann selbst an den Rändern des Notausstieges fest. Als er gerade bei *'fünf'* angekommen war, zog er seinen Körper mit einer flüssigen, scheinbar mühelosen Bewegung nach oben.

Hastig schloss er die Ausstiegsklappe. Er hörte beruhigt, wie sie nur Sekundenbruchteile, bevor der Lift ruckartig stoppte - *eins, null!* -, mit einem leisen Klicken wieder einrastete. Dann öffneten sich die Schotts.

Im jenem Moment, in dem sich Dunkelheit um Harden gelegt hatte, schaltete sich ohne zutun des Killers das Nachtsichtgerät in seiner Gesichtsmaske ein. Die Umgebung, ein karger, stählerner Aufzugsschacht, offenbarte sich ihm in geisterhaftem grünem Glimmen. Nur in einiger Entfernung, wo der Strahl der ebenfalls in die Maske integrierten Infrarotlampe schwächer wurde, verschwamm das deutliche Bild. Am Rand des Displays blitzen verschiedene Daten auf: Systemstatus, Außentemperatur, Luftfeuchtigkeit, Schadstoffwerte und eine Entfernungsmessung des im Moment anvisierten Zieles.

Und dank seiner Maske erkannte er jetzt, dass es sich bei »Sub 5«, obwohl es das letzte der anwählbaren Stockwerke im Lift gewesen war, nicht um die unterste Etage dieses Gebäudes handelte. Denn der Schacht ging noch um einiges tiefer. Und das bedeutete: *Dort unten lag noch eine Etage!* Ein Geheimnis in einem Enigma.

Dies machte Harden sofort neugierig. Angestrengt lauschte er nach Schritten in der Kabine unter sich, doch alles blieb ruhig. Also schulterte er die Leiche des Wissenschaftlers und langte nach der Notleiter an der gegenüberliegenden Wand. Mit voller Kraft klammerte er sich an einer der Sprossen fest, stieß die Tritthilfe mit dem linken Fuß zurück und fuhr zusammen, als sich der Lift hinter ihm just in diesem Moment wieder in Bewegung setzte. Die Wand der Kabine sauste etwa fünfzehn Zentimeter von seinem Rücken entfernt nach oben.

Dann kletterte er die Leiter herab.

Vor dem äußeren Liftschott des ominösen verborgenen Untergeschosses durchsuchte er die Sachen des toten Wissenschaftlers, fand jedoch nichts, was ihm auch nur eine Antwort auf seine vielen offenen Fragen gegeben hätte. Kein Ausweis. Keine Notizen. Kein nichts.

Danach fuhr er mit den Fingern in die Ritze zwischen den zwei Türen und versuchte, sie auseinander zu zwängen. Die beiden Halterungen links und rechts an der Unterseite der Schotts machten dies jedoch unmöglich. Kurz entschlossen zog er also seine schallgedämpfte Beretta und richtete sie gerade auf der erste der Halterungen, als er den Lift wieder nach unten kommen hörte. *Perfekt!* Der Lärm des Aufzuges würde die Geräusche des getroffenen Metalls übertönen. Seine Chance nutzend drückte Harden sofort ab: vier Schüsse, vier Treffer, wie auf dem Rummelplatz.

Aus alter Gewohnheit sammelte der Killer die Hülsen ein (*oberste Maxime: Keine vermeidbaren Spuren hinterlassen!*), ließ sie in eine der Taschen seines Overalls gleiten und schob dann die linke der beiden Schotthälften vorsichtig etwa dreißig Zentimeter zur Seite.

Als er sich durch die Öffnung zwängte, verrutschte seine nicht ganz festgezurrte Multifunktionsmaske, und ein schier überwältigender Gestank aus dem Inneren der Etage ließ Harden zusammenschaudern.

Er kannte den Geruch aus eigener Erfahrung: *Tod. Verwesung. Exkremente. Angst. Hilflosigkeit.* Fast zwei Jahre lang hatte ihn nichts als dieser Geruch umgeben, als er damals, noch in Staatsdiensten, nach einem missglückten Einsatz für die CIA im Kerker eines Gefangenenlagers in Bolivien vermoderte, bevor er freigekauft wurde.

Wo *war* er hier nur hineingeraten? Sofort nahm er die Beretta in Anschlag und bewegte sich voran, so überlegt und sicher, wie es ihm in all den Jahren seines Berufes in Fleisch und Blut übergegangen war. Vor ihm war ein Geräusch, das sich wie das Tappen von nackten Füßen anhörte. Und es wurde mit jedem Meter, den Harden zurücklegte, lauter.

Wenig später war sich der Killer ganz sicher, eine Bewegung gesehen zu haben, und das Analysesystem der Maske bestätigte seine Vermutung: Hier unten war noch jemand außer ihm.


## 11

Nie, wirklich *niemals* hätte der Profikiller, der sich zur Zeit Harden nannte, damit gerechnet, jemals etwas derartiges zu sehen, was sich ihm als nächstes darbot: Eine junge Frau torkelte in endlosen Achten durch das Zimmer, den Kopf gesenkt, die Arme wie abgestorben an ihren Seiten herabbaumelnd.

Der Killer glitt einen Schritt weiter, sah nun direkt in das Zimmer hinein und erkannte, dass noch mehr Menschen in diesem Raum waren. Ein paar lagen regungslos auf dem Boden und starrten die Decke an, nur ihr sanftes Atmen zeigte, dass sie überhaupt noch lebten. Eine andere Gestalt stand mit gesenktem Kopf vor der Wand und stieß immer wieder undefinierbare Wimmerlaute aus. Jemand kroch auf allen Vieren wie ein Tier hin und her.

Hardens Beruf brachte es mit sich, dass er einen Panzer der Kälte und Unbeeindruckbarkeit hatte anlegen müssen. Trotzdem traf ihn der Anblick dieser verlorenen Seelen mit unerwarteter Wucht – dieser Ort, ja, das Verhalten der Menschen erinnerte ihn zu sehr an jene von Raunen und Hoffnungslosigkeit erfüllte Vorhölle, in der er selbst eine kleine Ewigkeit vor sich hinvegetiert hatte.

Die Flashbacks an *das Lager der lebenden Toten,* wie die Junta das Konzentrationslager im Dschungel genannt hatte, waren so lebhaft und unmittelbar, dass er die Bewegung im Augenwinkel später registrierte als sonst.

Dann wirbelte Harden auch schon herum. Er war nur noch Millimeter davon entfernt, abzudrücken, als er aus der Dunkelheit jenes Mädchen auf sich zutorkeln sah, das sich gestern Morgen im Hotel einfach in Luft aufgelöst hatte. Ihr Mund stand halb offen, die linke Gesichtsseite war wie in einem Ausdruck entsetzlichen Schmerzes festgefroren. Ihre Augen waren vollkommen leer und matt und ohne Seele. Stumpf reflektierten sie das Licht, das von ein paar kleinen Leuchtdioden an der Wand abgestrahlt wurde.

Harden packte sie am Arm und hielt sie fest. Sie tappte noch ein, zwei Schritte weiter, bis sie merkte, dass es nicht mehr ging, dann blieb sie stehen. Er winkte mit der Hand vor ihren Augen herum, holte aus und bremste seine Hand dicht vor ihrem Gesicht ab, doch sie zuckte nicht einmal zurück. Selbst als er sie wirklich ohrfeigte, zeigte sie keine Reaktion.

»Können Sie mich hören?«, flüsterte er. »Wissen Sie, wer Sie sind?«

Kein Aufflackern auch nur irgendeiner Form von Verstehen in den Augen, die früher sicherlich hübsch gewesen waren und zärtlich und treuherzig dreingeblickt hatten; jetzt glichen sie nur noch trüben und schlammigen Tümpeln. Der Killer ließ sie los. Das Mädchen trottete weiter, stieß am anderen Ende des Korridors gegen eine Wand und stakste dann wie eine Schlafwandlerin zurück.

*Was hatte sie so werden lassen? Was, um alles in der Welt, war nur mit ihr und ihren Leidensgenossen geschehen?*

Harden gab es nicht gerne zu. Und er hatte bislang auch nie viel Gelegenheit gehabt, es zugeben zu müssen. Aber er war ratlos. Nichts von dem, was er bislang gesehen hatte, ergab Sinn: dieses riesige Hauptquartier mitten im Wald; die bestens ausgerüstete und organisierte Privatarmee; das bizarre Museum; dieses grauenhafte Konzentrationslager allesamt offenbar lobotomisierter Menschen.

Doch er kam nicht dazu, sich noch länger mit irgendwelchen Fragen den Kopf zu zermartern. Denn plötzlich geschah etwas Erstaunliches: Als ob jemand einen Schalter umgelegt hätte, begannen einige der Gefangenen, die hier unten vor sich hinvegetierten aufgeregte, dünne Laute auszustoßen. Diejenige, die mitten in dem Zimmer auf dem Rücken lag, rollte sich herum und begann, sich nur mit Hilfe der Arme in Richtung Korridor zu ziehen. Da sie die Neueste war, schien das Mädchen, das der Killer vor ein paar Minuten angesprochen hatte, gar nicht zu registrieren, dass etwas passieren würde ... Ganz im Gegensatz zu den anderen, die Gott-weiß-wie-lange schon hier unten ihr Dasein fristeten und scheinbar ganz genau wussten, was nun folgen sollte.

Harden wich etwas zurück und kniff die Augen zusammen. Er beobachtete, wie sich die unglücklichen Kellerwesen zügig auf das andere Ende des Korridors zubewegten und sich dabei gegenseitig zu behindern versuchten. Unverhofft hörte er ein sanftes Rumpeln, das immer lauter wurde. Er blickte sich um, konnte aber nicht identifizieren, wo die Geräusche herkamen; es klang, als würde irgendetwas durch einen langen Schacht rumpeln und dabei immer wieder gegen die Wände prallen.

Auf der anderen Seite des Korridors, dort, wo sich die Leidensgenossen versammelt hatten, öffnete sich in diesem Moment eine Wandklappe, und etwas plumpste heraus, etwas, auf das sich die Gefangenen sofort gierig stürzten, gnadenlos, wie die Tiere: *Nahrung.*

Getrieben nur noch vom puren Überlebenstrieb, dem einzigen, was in ihren Gehirnen noch zu funktionieren schien, schlugen die lebendigen Toten aufeinander ein, kämpften um jeden Bissen, bis Blut spritzte. Wer zu spät kam, würde hungrig bleiben. Keine Gnade. Kein Mitleid.

Wieso ließ man sie am Leben, sperrte sie hier ein? Offensichtlich *hatte* es einen Sinn, aber welchen?

Der Killer war ratlos; so sehr er sich auch bemühte, er kam nach wie vor zu keinem Ergebnis.

Auf einmal wünschte er sich, so schnell wie möglich hier wegzukommen. Ja, zum ersten Mal wollte er nichts anderes als seinen Auftrag vergessen und dann einfach zu flüchten ... Aber das durfte er ebenso wenig, wie er diesem Horror entkommen konnte.

Denn was hier auch immer vor sich ging - er hatte einen Auftrag zu erledigen. Er war Profi. Und er musste seine Pflicht erledigen. Also würde er das tun, zu was er hergekommen war.

Sobald seine Zeit gekommen war, würde er Carpenter suchen und seinen Auftrag beenden. Bis dahin musste er allerdings noch eine Weile abwarten, immerhin war das anonyme Institut da oben gegenwärtig ein zu gefährliches Pflaster für ihn. Zum Glück war die abgeschiedene Dunkelheit dieses Asyls der verlorenen Seelen der richtige Ort, ein wenig auszuharren.

Also wartete er.


## 12

Zuerst: stürmische Bewusstlosigkeit. Und zwar für eine lange Zeit. *Wie* lange wusste er nicht. Aber das war eigentlich auch völlig egal. Die Realität kam danach nur langsam zurück, tropfte wie ein zäher Sirup in seinen Geist und sammelte sich dort an.

Als erstes war da nur ein wenig *hören:* dumpfe Geräusche, vielleicht Schritte, vielleicht auch nicht.

Dann *riechen:* den beißenden Geruch von Desinfektionsmittel.

Dann *fühlen*: es war warm, wo er sich auch immer befand, und das war gut. Etwas schmerzte, aber er konnte nicht sagen, was es war.

Jetzt *schmecken*: da war ein ganz und gar entsetzlicher, bitterer Hauch in seinem Mund und seiner Kehle.

Schließlich *sehen* ...

Er schlug die Augen auf, wurde jäh geblendet und wandte sich ächzend ab. Danach versuchte er es noch mal, diesmal langsamer.

Er erkannte Umrisse, undeutliche Lichtreflexe und schließlich sogar Formen: Da war ein Fremder, der vor so etwas wie einem Schaltpult saß und mit konzentriertem Gesichtsausdruck den Bildschirm anstarrte.

» ... wobbinnich?«, brachte er hervor.

Der Mann vor dem Schaltpult stand auf und kam zu ihm herüber, einsachtzig groß, mit langem, zotteligem Haar und einen strengen, kantigen Gesicht, das den Mann auf der Liege unwillkürlich an Bilder von Generälen oder Feldherren erinnerte. Der Fremde trug dunkle Sachen, und um seine Augen zogen sich ebenso schwarze Ringe.

»Sie sollten noch nicht sprechen, Fred«, sagte er. Seine Stimme war sanft und angenehm.

» ... werssindssie?«

Ohne große Überraschung fiel ihm ein, dass der Name, mit dem ihn der Fremde angeredet hatte – Fred – sein eigener war. Frederick Wendt, so hieß er.

»Ich bin Joshua Vandenberg. Ich bin derjenige, der Sie und Ihre Freunde gewarnt hat ... oder *versucht hat,* Sie zu warnen«, sagte der Mann. »Ich bin auch derjenige, der Sie gefunden hat.«

Fred stöhnte. »Aber wo ... wo bin ich hier?«

»In meiner KRIPPE«, sagte Vandenberg. »Oder ich sollte besser 'in meinem Gefängnis' sagen, denn ich darf diesen Raum hier nie für länger als eine Stunde verlassen oder mich weiter als tausend Meter von ihm entfernen. Sie haben Glück, dass Sie innerhalb dieses Radius lagen.«

Fred richtete sich ruckartig auf. Dumpfer Schmerz brandete jäh in seinem Körper auf, ein nadelfeines Kribbeln, unterlegt vom Brennen überanstrengter Muskeln und bleiernem Pochen, das direkt aus den Knochen zu kommen schien.

Erst angesichts einer Frage, die so grell wie eine Flutlichtanlage in einem Kopf erstrahlte, schaffte er es, die Pein zurückzudrängen: »Was ist mit meinen Freunden? Wo sind Andra und Tony? Sind die beiden ...?«

Vandenberg schüttelte den Kopf. »Im Gegensatz zu Ihnen habe ich Ihre Freunde gestern nicht mehr vor den Truppen meines Bruders abschirmen können. Aber es ist noch nicht zu spät, die beiden zu retten *und* meinen vermaledeiten Bruder zu stoppen.«

»Gestern?«, sagte Fred. »Das war ... gestern?« *Vierundzwanzig Stunden, Greitzkieseldunnerwedder!*

Der Mann nickte. »Sie waren fast vierundzwanzig Stunden lang bewusstlos. Ich habe Sie gepflegt, und ...«

»Wer ... wer *sind* Sie?«, rief Fred, und es fiel um ein paar Grade lauter und wütender aus, als er es geplant hatte. »Was ist mit dieser verdammten Stadt los, wer sind diese Soldaten in weiß, und wieso hat man uns gejagt, und ... *ooooh!*«

Mit einem Stöhnen sank er in die Kissen zurück.

»Sie sollten sich noch nicht ruckartig bewegen, Fred«, sagte Vandenberg. »Sie müssen sich noch ein wenig ausruhen. Sie brauchen alle Ihre Kraft für später.«

»Allmächd, na! Erzählen Sie es mir!«, sagte Fred. »Was ist in dieser Stadt los?«

Vandenberg nickte. »Wie Sie wollen. Ich weiß zwar nicht, wo ich anfangen soll, aber ich werde versuchen, Ihnen alles zu erzählen, was Sie wissen müssen.«

Dann tat er, was er versprochen hatte. Er erzählte ...

»Mein Name ist Joshua Vandenberg, aber das wissen Sie
ja bereits. Ich bin der Bruder von Cyrus Isaac Vandenberg, demjenigen, der dieser Stadt und Ihnen das alles
angetan hat. Er nennt sich der Erzengel Gabriel, ich bin
sozusagen sein Gegenstück, der gefallene Engel. Unser
Vater war Christopher Joseph Vandenberg; ich weiß
nicht, ob Ihnen dieser Name etwas sagt?«

Ja, das tat er. Aber wieso? Einen Moment lang zermar-
terte sich Fred das Hirn, dann dachte er plötzlich an einen Film, den er neulich gesehen hatte. Darin hatte Kevin
Costner einen brillanten, aber naiven Erfinder gespielt,
und eben jener Christopher Joseph Vandenberg (Furcht
erregend dargestellt von John Malcovich) hatte versucht,
Costner die Erfindung abzuluchsen.

»Das war ein Großindustrieller, ein Tycoon, nicht
wahr?«, erinnerte sich Fred. »Multimilliardär. Hatte irgendwas mit Maschinen und Rechenanlagen und Flug-
zeugen und so zu tun, stimmt's?«

»Das und einiges anderes«, bestätigte Joshua geheimnisvoll. »Damit Sie alles verstehen können, muss ich etwas ausholen: Ich weiß nicht genau, wann dies alles begonnen hat, aber es muss sehr lange her sein. Die Mitglieder unser Familie waren schon immer davon überzeugt, dass unser Clan etwas ganz besonderes ist ... nun,
die Stämme unserer Familie lassen sich direkt bis zur
Mayflower zurückverfolgen, das stimmt. Und schon
immer hat die Linie der Vandenbergs große Männer her-
vorgebracht: Politiker, Krieger, Industrielle. Glauben Sie
mir, unsere Ahnengalerie ist beeindruckend ... aber es
gibt auch mehr als ein dunkles Geheimnis darin.«

Vandenberg schwieg ein paar Momente, bevor er fortfuhr: »Eines davon ist sicherlich, dass sich unsere Linie
seit mehreren Generationen streng an etwas hält, was als
der 'Vandenberg-Kodex' bekannt ist - ein von meinem

Urgroßvater, Colonel Cyrus Vandenberg, im letzten Jahrhundert aufgestelltes Regelwerk darüber, wie sich Mitglieder dieser Familie verhalten müssen und dürfen. Eines der wichtigsten Gebote, dabei ist, dass kein Vandenberg sein Blut mit dem Blut gewöhnlicher Menschen vermischen darf. Das ist der Grund, warum sich diese Sippe seit mehr als hundert Jahren nur durch Inzucht fortgepflanzt hat. Auch mein Vater und meine Mutter waren Cousins.

Ein weiteres Gebot ist absolute Demut und Gottesfürchtigkeit, bis zu einem Punkt der Selbstaufgabe. Ein Vandenberg betet am Tag mindestens fünf Stunden, den Rest der Zeit verbringt er mit Arbeit. Vergnügungen sind untersagt, sogar unter Strafe gestellt. Nicht alle der Regeln sind dermaßen tiefgreifend, aber alle bewegen sich in diese Richtung. Da gibt es zum Beispiel einen grotesken Absatz, der besagt, dass kein Mitglied unserer Familie eine öffentliche Toilette benutzen durfte ... ja, keine Toilette außerhalb unseres Besitzes.«

Fred blinzelte, fühlte sich auf einmal wie in einem schlechten Film gefangen ... Ein Eindruck, der erst von dem nachhallenden und äußerst *realen* Schmerz in seinem Körper langsam zurückgedrängt wurde.

»Cyrus und ich - und später auch unsere jüngeren Geschwister Ruth und Joseph - wurden streng nach diesem Kodex erzogen«, sagte Vandenberg. »Keiner wagte es je, dagegen zu verstoßen. Auch ich nicht. Aber ich sah schon früh auch den Irrsinn, der in dieser Familie herrschte und von Vater ausging. Keine Ahnung, warum ich der einzige war, der *sah*, ganz im Gegensatz zu Ruth, Cyrus und Joseph, die alle diese vollkommene, absolut blind ergebene Loyalität gegenüber älteren Familienmitgliedern mit jeder Faser ihres Körper befolgten. Ich erinnere mich daran, dass Joseph im Park unseres Stammhauses einmal einen kleinen, ausgesetzten Hund fand, der sich zufällig dorthin verirrte. Er brachte den Hund mit nach Hause ... ich glaube, das war das erste Mal, dass Joseph so glücklich mit etwas war. Doch Vater befahl ihm, den Hund zu töten, und Joseph hat dem Tier ohne jeden Widerstand die Kehle durchgeschnitten.«

Fred schluckte, obwohl sein Hals strohtrocken war.

»Ich weiß, das klingt verrückt für Sie, nicht wahr?«, fragte Vandenberg. »Aber Sie müssen bedenken, dass wir in einer völlig anderen Welt aufgewachsen sind und gelebt haben ... einem hermetisch von der Außenwelt abgeschotteten Reich, ohne Fernsehen, ohne Radio oder Zeitungen, die uns hätten beeinflussen können. Wir haben nie eine normale Schule besucht. Der Unterricht wurde von Vater, Großvater und Mutter übernommen. Sie haben uns nichts als mit dem Kodex indoktriniert, morgens, mittags, abends, nachts ...«

Der Mann zuckte die Schultern. »Deswegen dauerte es eine Ewigkeit, bis ich mir darüber klar war, dass ich *der einzige* in dieser Familie zu sein schien, dessen Gedanken sich in anderer Weise bewegten. Ich hielt mich die ganze Zeit für *seltsam,* dabei war ich wohl der einzig *normale.* Am meisten wurde mir dies bewusst, wenn ich meinen Vater beobachtete. Er war ein Genie, keine Frage, aber wie wir ja alle wissen, sind Genie und Wahnsinn oft kaum voneinander zu unterscheiden. Er war einer der ersten, der die grenzenlosen Möglichkeiten erkannte, die in der damals praktisch neugeborenen Computertechnik steckten. Alles, was es dazu benötigte, war ein Zeitungsartikel über den deutschen Computerpionier Konrad Zuse. Danach wusste er, dass dies die Technik sein würde, die unsere ganze Zukunft beherrschen sollte. Sofort steckte er einen großen Teil des Familienvermögens darin, diese Technik zu fördern und weiterzuentwickeln. Und, mein Gott, wie recht er hatte.

Dank seines Vermögens und seiner Verbindungen stellte er irgendwo im Schatten, in der Dunkelheit, mit Trinity - *erkennen Sie den Bibelbezug? Die göttliche Dreifal-*

*tigkeit?* - einen Betrieb auf die Beine, der seinesgleichen gesucht hat und immer noch sucht. Eine Technologiefabrik von unvorstellbarer Leistung. Das, was wir entwickelten, war und ist allem anderen um durchschnittlichen zehn bis fünfzehn Jahre voraus. Und mit diesem technologischen Vorsprung als wichtigsten Verhandlungstrumpf machte er laufend Geschäfte mit der Regierung. Er ließ sie häppchenweise an unseren Forschungsergebnissen teilhaben und fraß als Gegenleistung mehr und mehr Macht, mehr und mehr Einfluss in sich hinein. Unersättlich.«

*Nicht zu fassen!* Langsam schüttelte Fred den Kopf.

»Als Cyrus und ich Trinity übernahmen, konnten wir somit bereits über einen Trust von wahrhaft gigantischen Ausmaßen verfügen. Doch was Vater *wirklich* im Sinn gehabt hat, als er die Computertechnik zu seinem Pfad erklärte, sollten wir viel später herausfinden: Erst kurz vor seinem Tod erzählte er uns von seinem Traum, den er mit all der Technologie verwirklichen wollte - und zwar dem *Up-* und *Downloading.* Das ist nichts anderes als die Möglichkeit, Bewusstseine von Menschen in einen Computer zu übertragen, dort zu speichern und danach in einen neuen Körper zu übertragen – eine digitale Ermöglichung des ewigen Lebens im biblischen Sinne.«

»*Ewiges Leben*«, echote Fred. »Verrückt.«

»Aber technisch durchaus real«, sagte Vandenberg. »Vom Totenbett aus beauftragte uns Vater, dass es nun unser Ziel sein müsse, dieses Projekt so schnell wie möglich zu verwirklichen, damit die Dynastie der Vandenbergs nie aussterben würde. Also arbeiteten Cyrus und ich von nun wie besessen an der Verwirklichung dieses Traumes. Und wir hatten alles zur Verfügung: mehr Geld, als wir ausgeben konnten, Zeit und vor allen Dingen technische Hilfsmittel, von denen andere Firmen nur träumen können. Im Laufe der Jahre gingen unsere Meinungen dennoch in verschiedene Richtungen: während

Cyrus fest davon überzeugt war, eines Tages eine Lösung für alle Probleme zu finden, wurde ich immer sicherer, dass selbst unsere modernsten Maschinen noch nicht ausreichten, um diese Aufgabe zu lösen. Cyrus ... oh, er hingegen wollte mit aller Macht der erste sein, der ein System auf die Beine stellt, mit dem *Up-* und *Downloading* in aller Konsequenz möglich war.«

»Wie dieser Baron Frankenstein«, sagte Fred.

»Wer ist das?«, fragte Vandenberg. »Entstammt der auch einer Familie wie meiner?«

»Das ist nur eine Figur aus einem Film ... und einem Buch«, antwortete Fred. »Er versucht irgendwie, ein künstliches Leben zu erschaffen. Haben Sie das denn nie gesehen oder gelesen?«

»Wir dürfen außer der Bibel keine Bücher lesen«, sagte der Wissenschaftler. »Jedenfalls begann Cyrus voller Ehrgeiz mit Experimenten, und zwar viel zu bald. Er arbeitete am lebenden Objekt ... *an Menschen!* Er benutzte Obdachlose oder Prostituierte, wer auch immer nicht vermisst werden würde, und wer seinen Fängern nicht entwischen konnte.«

Entsetzt wandte sich Fred ab.

»Was er schließlich hervorbrachte«, hörte er Vandenberg weiter sprechen, »war zumindest eine Vorstufe des *Uploading* - ein Computer, der mit dem menschlichen Gehirn vernetzt werden konnte. Cyrus nutzte dabei das Prinzip aus, dass sowohl das menschliche Gehirn wie auch ein Computer mit elektrischen Impulsen arbeiten. Möglich wurde der Datenaustausch dank eines Gerätes, dem so genannten Konjungator, der direkt an das Gehirn angeschlossen wird. Der Konjungator wird zuerst mit Hilfe einer Testreihe auf die individuellen elektromagnetischen Impulse jedes Gehirnes kalibriert und macht sie danach für den Rechner lesbar, er decodiert sie gewissermaßen.

Aber schon damals wusste er, dass ihm mit dem menschlichen Gehirn ein System von unvorstellbarer Leistungskraft zur Verfügung stand und der Konjungator noch nicht einmal an der Oberfläche der Möglichkeiten kratzte. Also ging er daran, den Versuch zu wagen, menschliche Gehirne direkt *in* den Computer zu integrieren und als Teile des Rechners zu benutzen.«

Fred stieß ein ersticktes Würgen aus. »Sie meinen, Ihr Bruder hat ... hat wirklich ...?!« Er brachte es nicht fertig, den Satz zu Ende zu sprechen.

Vandenberg nickte stumm. »Ja – er schaffte eine direkte Verbindung Mensch / Maschine. Die Gehirnmasse, mit welcher der Biocomputer arbeitet, wird dabei in einem Tank mit Nährflüssigkeit am Leben erhalten. Diese Flüssigkeit wiederum wird aus dem Rückenmark von Menschen gewonnen ... meistens jener Versuchspersonen, die bei den Up- und Download-Experimenten lobotomisiert wurden. Cyrus lässt sie noch eine Weile in einem Verlies unter dem Institut hier am Leben, um dann *zu ernten*. Das System war also durchaus ein Erfolg. Trotzdem stand er vor weiteren Problemen. Er konnte zwar nun Bewusstseinsinhalte ... wie soll ich sagen ... *scannen* und dank der unvorstellbaren Leistung seiner Biocomputer sogar eine Zeitlang im System am Leben erhalten. Aber nun musste er es natürlich schaffen, einen im biologischen Speicher gespeicherten Bewusstseinsinhalt wieder in einen neuen Körper zu laden, was sich als unsagbar komplizierter entpuppte als die neurale Verbindung mit dem Rechner überhaupt erst herzustellen. Aber so wie Vater damals erkannte, welche Macht in der noch embryonalen Computertechnik steckte, war es Cyrus, der in einem damals noch in den Kinderschuhen befindlichen Teil der digitalen Technik jenes Bindeglied erkannte, das er brauchte, um auch den zweiten Schritt tun zu können.«

Er machte eine Geste mit der rechten Hand. »Alles begann Anfang der 80'er, als sich wie schon so oft die

Regierung an uns wandte. Diesmal sollten wir ein neues System für die Erschaffung künstlicher Realitäten entwerfen und programmieren. Der Hintergrund des ganzen lag darin, dass die CIA damals an der Perfektionierung ihrer Gehirnwäsche-Techniken arbeitete. Und diese Vervollkommnung sollte mit Hilfe der *Virtual Reality* geschehen.«

Fred nickte. »Tony ... Mister Carpenter ... hat uns auch von diesem Projekt erzählt. Es ging dabei auch um irgendwelche Drogen, nicht wahr? Die Leute sollten diese Computerrealität nicht mehr von der richtigen Welt unterscheiden können.«

»Exakt«, sagte Vandenberg. »Die Basis dieser Droge bildete ein Halluzinogen namens *Citizen Calm*, das in den sechziger Jahren in den Labors der US-Militärs entwickelt worden war. Es macht den menschlichen Geist aufnahmebereit, leicht zu manipulieren. In den 60'ern wurde es bei US-Marines eingesetzt, um ihre Kampfstärke in Vietnam zu verbessern. Auf medizinischem Wege sollte gewissermaßen ein unaufhaltsamer Supersoldat entwickelt werden, der völlig gehorsam, nie müde und immer kampfbereit ist. Doch *Citizen Calm* hatte katastrophale Nebenwirkungen. Um die gewünschten Effekte zu erreichen, musste die Droge immer und immer wieder verabreicht werden, sonst schwächte sich die Wirkung ab, und der Soldat wurde wertlos. Doch diese ständige Verabreichung löste bei den Soldaten Thrombosen, Tumore und Blutgerinnsel im Gehirn aus ... aber noch weitaus schlimmer waren die psychischen Nebenwirkungen. Die Versuchspersonen hatten Halluzinationen und konnten nicht mehr schlafen, bis sie verrückt wurden. Einer ermordete nach zwei Wochen Schlafentzug zwei Kameraden, zwei Pfleger und einen Doktor, bevor er gestoppt werden konnte. Andere begingen Selbstmord. Nach diesen Misserfolgen wurde *Citizen Calm* eingemottet.

Als wir die Arbeit an der künstlichen Realität begannen, wurde uns sehr schnell klar, dass die Computersimulationen alleine nicht ausreichten, um die Menschen gefügig und zugänglich zu machen. Man musste das Gehirn noch zusätzlich ... nun ja, wir nannten es damals 'einweichen'. Wir testeten unzählige Drogen. Wieder und wieder erlitten wir Fehlschläge.« Vandenberg räusperte sich. »Aber dann erinnerte sich jemand bei der CIA an *Citizen Calm* und die Wirkung, welche die Droge besaß ... Aber auch an die Nebenwirkungen. Also arbeitete man in den Labors von *Seventh Day Chemicals*, einer Tochterfirma von Trinity Industries, bis man die Nebenwirkungen von *Citizen Calm* nicht völlig beseitigt, sie aber zumindest im Griff hatte. Diese neue Substanz wurde *Serafim* genannt. Sie versetzt das Gehirn in statischen Aufnahmezustand. Sie haben auch schon damit Bekanntschaft gemacht, Fred. Hier in Nightfall Rapids gibt es keinen Tropfen Flüssigkeit, der nicht mit *Serafim* versetzt ist. Sämtliche Bewohner sind der Droge vierundzwanzig Stunden am Tag ausgesetzt.«

Mit großen Augen stierte Fred den Mann vor sich an. Das Gefühl der Unwirklichkeit, das ihn schon einige Zeit wie ein sanfter Lufthauch immer wieder gestreift hatte, schlug ihm nun ins Gesicht wie ein Orkanwind.

»Was ist mit Nightfall Rapids?«, fragte er. »Warum *diese* kleine Stadt? Wie konnten Sie und Ihr Bruder ... eine ganze Stadt in ihre Gewalt bringen und für Ihre Versuche missbrauchen?«

»Dazu komme ich gleich«, sagte Vandenberg. »Jedenfalls war Cyrus über die Mitarbeit der Regierung ungemein glücklich. Denn dies gab ihm die Möglichkeit, seine eigenen Experimente nicht nur unter dem Deckmantel der Legalität fortzusetzen - schließlich diente alles der nationalen Sicherheit -, sondern auch seinerseits vom Wissen unserer Auftraggeber zu profitieren und es für seine eigene Forschung zu gebrauchen. Ich weiß noch, es war ein drückend heißer Sonntag im August 1987, als Cyrus zu mir kam und mir zum ersten Mal von seiner Idee berichtete, die künstliche Realität wäre *der* Schlüssel zum Auslesen von Bewusstseinsinhalten. Er meinte, mit einer hochintensiven Virtual Reality könnte das Problem der Umkopierung eines digitalisierten menschlichen Wesens endlich lösbar werden. Zuerst war ich skeptisch, ob dies wirklich auf diese Weise durchführbar war, vor allen Dingen, wenn man bedachte, dass die Technik damals noch alles andere als ausgereift war. Die Realitätsstufe, die wir damals erreicht hatten - fünf -, war noch nicht ausreichend, um den gewünschten Effekt zu erzielen.«

Vandenberg verzog grimmig das Gesicht. »Aber es gelang Cyrus und seinem Team, die künstliche Realität immer weiter zu perfektionieren. Wir begannen Anfang der 80'er auf einem Level von eins: Die Intensität der virtuellen Realität, die auf das Gehirn einwirkt, ist niedrig, leicht von der wirklichen Realität zu unterscheiden, und es gibt keinerlei unterschwellige Botschaften. Aber Cyrus und seine Superhirne erhöhten den Realitätslevel und perfektionierten das System immer mehr. Inzwischen haben wir eine Stufe von *zehn* erreicht, die nicht mehr durch Bildschirme und Lautsprecher übertragen wird, sondern direkt per cerebralem Imprint in das Gehirn eingespeist. Ein unvorbereitetes Gehirn ohne cerebralen Imprint würde von Stufe 10 regelrecht getoastet werden, weil es mit der Flut von Reizen und Daten völlig überfordert wäre. Für ein mit dem Imprint versehenes Gehirn allerdings ist diese Stufe der VR nicht mehr von dieser Realität, der Cyrus den Level 'Null' gegeben hat, zu unterscheiden ...«

»Würdet ihr verdammt noch mal alle aufhören, mit mir zu reden, als wäre ich ein *Insider?*«, rief Fred. »Ich bin Versicherungsbeamter aus Zirndorf, kein Spion. Was in *Gottes Namen* ist ein cerebraler Imprint?«

»Eine für den *Download* bestimmte Weiterentwicklung des Konjungators - eine im Hirnstamm verankerte und direkt mit dem Nervensystem sowie dem Gehirn verbundene biodigitale Schnittstelle, die dafür sorgt, dass sich der Netzgänger *direkt* mit dem Computer verbinden kann, anstatt den Umweg über die VR-Monitore gehen zu müssen«, erklärte Vandenberg und ließ Fred einen Schluck Wasser trinken. »Natürlich mussten wir unzählige Fehlschläge hinnehmen, bis wir die Wechselwirkungen endlich richtig aufeinander abgestimmt hatten. So viele unglückliche Versuchspersonen wurde einfach lobotomisiert, weil wir sie zu schnell oder zu unvorbereitet auf einen zu hohen Level gebracht hatten.«

»Aber ... aber was ... was hat denn nun diese Stadt mit all dem zu tun?«, fragte Fred. »Und warum sind Sie jetzt hier und nicht ... na ja, bei Ihrem Bruder?«

»Nachdem die ersten Einzelversuche mit Bewusstseinsveränderung recht erfolgreich verlaufen waren, war es nur eine Frage der Zeit, bis man noch *mehr* wollte«, fuhr Vandenberg fort. »Es ging nicht mehr nur um Individualkontrolle, sondern Massenmanipulation. Das nächste logische Ziel war und ist die vollständige Kontrolle und Manipulation der Bevölkerung mit Hilfe der bewährten Kombination aus Virtual Reality und der *Serafim*-Droge. Aber um diese Technik auf ihre Wirksamkeit zu testen, musste man ebenso folgerichtig noch einen Schritt weitergehen, als in abgeschlossenen Labors zu arbeiten. Man benötigte ein großes Gebiet für einen Feldversuch. Dieses Areal musste verschiedenen Anforderungen genügen: es musste weit abgelegen und leicht zu überwachen sein und dabei einem statistisch genau festgelegten Bevölkerungsquerschnitt entsprechen, durfte zugleich aber auch nicht zu viele Einwohner haben, weil es sonst unübersichtlich werden würde. Weil der Ort allen Anforderungen perfekt entspricht, fiel die Wahl schließlich auf Nightfall Rapids, ein unwichtiges, harmloses Städtchen an der Grenze zwischen dem Phillips und Nightfall County in Montana.«

*Mein Gott, Carpenter hatte mit seiner Vermutung völlig recht gehabt!* Fred bekam kaum noch Luft. Bei all der Gleichgültigkeit und kalten Gewohnheit, mit der Vandenberg von Versuchspersonen und Feldversuchen redete, musste sich Fred immer wieder ins Gedächtnis zurückrufen, dass es der »Gute« war, mit dem er hier sprach.

»Als erstes begann man mit den Bauarbeiten für das so genannte *Institut* - die Zentrale, von der aus dieser Feldversuch überwacht und koordiniert wird. Für die Öffentlichkeit entstand da ein paar Kilometer vor Nightfall Rapids eine Testanlage für neue Telekommunikationseinrichtungen und Satellitensysteme. Das bitterste ist: am Anfang hießen die Bewohner die Firma hier in der Stadt willkommen, denn der Bau sorgte für neue Arbeitsplätze und gab diesem kleinen Fleck, der scheinbar von der Außenwelt völlig vergessen worden war, so etwas wie Selbstbewusstsein. Was sich die Leute dabei wirklich einhandelten, konnten sie nicht wissen.«

Joshua seufzte. »Kurz vor Abschluss der Bauarbeiten am Institut wurde dann Schritt zwei des Planes zur Umwandlung von Nightfall Rapids in ein riesiges, hermetisch abgeschlossenes Testgebiet eingeleitet: Das ganze Dorf wurde Opfer einer genau geplanten und ausgeführten, vom Geheimdienst und Trinity perfekt inszenierten Naturkatastrophe. Ein Waldbrand geriet außer Kontrolle, näherte sich der Stadt und zerstörte sechzig Prozent aller Häuser von Nightfall Rapids und beschädigte weitere fünfunddreißig Prozent schwer. Nightfall Rapids war praktisch von der Landkarte getilgt. Dass es keinerlei Verluste unter der Bevölkerung gab, war der Tatsache zu verdanken, dass die Leute von Trinity - dessen Anlagen übrigens wie durch ein Wunder verschont blieben - schnell reagierten und die Menschen in Sicherheit brachten. Oh, und sofort erklärte sich Trinity Technologies natürlich auch bereit, den obdachlosen Menschen von Nightfall Rapids beim Wiederaufbau ihrer Stadt finanziell und materiell zu helfen. Was keiner der Bewohner des Ortes wusste, war, dass jedes neue Haus insgeheim mit Mikrofonen, Kameras, Scannern und Interfaces für die V/R-Computer voll gepackt wurde. Niemand in Nightfall Rapids konnte noch einen Schritt machen, über den Trinity nicht genaustes im Bilde war.«

»Totale Überwachung«, flüsterte Fred.

»Dabei war all die Überwachungstechnologie nur der Anfang für Nightfall Rapids«, sagte Vandenberg. »Denn als nächstes begann man, die Bevölkerung des Örtchens mit *Serafim* zu behandeln. Es fing mit winzigen Dosierungen an, die langsam erhöht wurden. Zur selben Zeit begann man im Institut, die Fernsehbilder, die in die Stadt geliefert wurden, mit unterschwelligen Virtual-Reality-Daten anzureichern.

Und nun stellen Sie sich vor, was die Kombination aus der Droge und fast fünf Jahre konstanter Behandlung mit unterbewussten Botschaften aus den Menschen von Nightfall Rapids gemacht haben. Die Leute aus Nightfall Rapids, wie auch die meisten derjenigen, die in niederen Positionen im Institut arbeiten, sind nur noch willenlose Zombies, die jeden Befehl von oben völlig bedenkenlos ausführen und sich, was am schlimmsten ist, ihrer Situation keinesfalls bewusst sind.«

Fred musste sich zurücklehnen. Sein Kopf hatte zu dröhnen begonnen. Er wollte aufwachen, nur noch AUFWACHEN, aus diesem grotesken Alptraum. Aber irgendwas hielt ihn hier fest, etwas Grausames, das ihn nicht in seine geordnete fränkische Welt voller Kuckucksuhren, Konten, Aktiva, Passiva und Bowlingkugeln zurücklassen wollte, so sehr er es sich auch wünschte.

»Am Anfang der Entwicklung konnten die Manipulationsdaten nur durch das spezielle Kabelsystem von Nightfall Rapids verschickt werden«, erklärte Vandenberg, als Fred sich ihm wieder zuwandte, »weil die digitalen Impulse viel Speicherplatz benötigten. Doch inzwischen haben Cyrus und seine Leute das Verfahren immer weiter und weiter perfektioniert, so dass die Botschaften jetzt über *jedes* Kabel, ja, sogar terrestrisch über Antenne verschickt und von jedem Fernseher empfangen werden können. Auch dabei hat der Feldversuch hier in Nightfall Rapids enorm geholfen, immerhin konnte jede neue technische Errungenschaft, jede Veränderung und Verbesserung im Signal sofort gesendet und ihre Wirkung unmittelbar und direkt überprüft werden an verschieden Alters- und Berufsgruppen, Menschen aus unterschiedlichen sozialen Schichten und mit verschiedenen Intelligenzquotienten und so weiter und so weiter.«

»Wie ... wie funktioniert dieses Signal? Ich meine, kann man das denn nicht aufhalten? Wird das niemand bemerken?«

Wie Vandenberg schilderte, wurden die Botschaften in der so genannten Auslastlücke des TV-Signals gesendet. Ein Fernsehbild besteht aus sechshundert Zeilen, die der Elektronenstrahl der Kathodenröhre jede Sekunde mit einer Frequenz von 50 bis 100 Hertz immer und immer wieder neu zeichnet, wodurch wie beim Film der Eindruck von Bewegung erzeugt wird. Doch sowohl an der oberen wie auch an der unteren Grenze der vom Kathodenstrahl ansteuerbaren Zeilenzahl befindet sich ein freier Bereich, den die Fernseher nicht darstellen können, und der dadurch gewissermaßen brachliegt.

»Cyrus und seinen Teams ist es gelungen, diese Auslastlücke als Medium für ihre Manipulationsimpulse zu verwenden«, sagte der Gefallene. »Ohne die Verbindung mit *Serafim* ist die Wirkung des Signals natürlich wesentlich schwächer, im Grunde sogar fast nichtig. Aber in

Verbindung mit der Droge, die das Unterbewusstsein für die unterschwelligen Signale empfangsbereit macht, ist dieser Impuls wirkungsvoller als jede andere bislang entwickelte Methode zur Manipulation des Unterbewusstseins. Es würde zu lange dauern, Ihnen die Wirkungsweise in allen Einzelheiten zu schildern, Fred. Wichtig ist nur, dass Sie an eines denken: *Serafim* kann ohne viel Aufwand in Massen produziert werden ... und zwar in so großen Mengen, um Millionenstädte innerhalb weniger Tage gefügig zu machen. In Verbindung mit dem Signal, das jeden Fernseher zu einem mächtigen und gefährlichen Instrument zur Beherrschung und Kontrolle der Bevölkerung macht, haben wir hier ein unschätzbares Machtpotential. Ich weiß, was Sie jetzt denken: *Kann man das aufhalten?* Nun, ich hoffe es. Aber dazu brauche ich Ihre Hilfe, Fred.«

»Meine Hilfe? *Wieso?*«

»Sie werden meine Hände, Fred! In einem streng abgeschotteten Hochsicherheitsspeicher im Netzwerk liegen all die Beweise dafür, wie sehr Cyrus seine Auftraggeber missbraucht und deren Technik und Budget benutzt, um seine eigenen Ziele von digitaler Bewusstseinsverpflanzung voranzutreiben. Es sind die Beweise dafür, dass Nightfall Rapids schon lange kein Regierungsprojekt mehr ist, sondern dass Cyrus völlig die Kontrolle an sich gerissen hat. Jemand muss also ins Innere von Cyrus' Institut – der *Kathedrale* – und mit einem speziellen Passwort versuchen, diese Daten zu finden und in einen nicht gesicherten Speicher abzulegen, damit wir diejenigen benachrichtigen können, die vielleicht die Macht haben, Cyrus zu stoppen.«

Fred schwieg.

»Was würde das nutzen?«, fragte er schließlich. »Eigentlich würden wir nur dafür sorgen, dass Ihrem Bruder das Handwerk gelegt wird ... aber wenn das stimmt, was Mister Carpenter gesagt hat, würden die in ein paar

Wochen eine neue Stadt finden und das ganze wieder von Vorne anfangen.«

»Nicht, wenn wir es richtig machen. Wenn wir aufdecken, was hier geschieht. Wenn wir diejenigen, die alles zu verantworten haben, aus ihren dunklen Ecken und ins Licht der Öffentlichkeit zerren!«, rief Vandenberg und breitete die Arme aus wie ein Priester. »Mit dem Internet steht uns eine der mächtigsten Waffen aller Zeiten zur Verfügung. Das Netz ist so gigantisch, dass es unsere Gegner unmöglich zu 100% kontrollieren können ... auch wenn sie es gerne täten.« Vandenberg machte eine Pause, bevor er hinzufügte: »Und außerdem gibt es da noch etwas, Fred, das auch Sie betrifft ... oder besser, einen Menschen, den Sie sehr mögen: Andra Merrick.«

»Andra? Was ...?!«

Fred setzte sich wieder auf, versuchte, seine Beine aus dem Bett zu schwingen, war aber noch zu schwach. Erst in diesem Moment bemerkte er, dass sein linker Arm an einem Tropf hing. Er warf Vandenberg einen verständnislosen Blick zu, den dieser jedoch ignorierte.

Mit bestimmten Druck zwang er Fred, sich wieder hinzulegen und erzählte, ohne auf die Erkundigung seines Patienten einzugehen: »Cyrus hat das Bewusstsein unser Mutter per Uploading in seinen Superrechner – er nennt ihn EDEN, wie den Garten Eden, das eigentliche Paradies – eingespeichert. Sie war alt und krank, und das war die einzige Chance, sie zu retten. Aber seitdem sucht er nach einem passenden Körper, um ihr Bewusstsein wieder downloaden zu können. *Und Andra ist die Chance, auf die Cyrus all die Jahre gewartet hat!* Ein Körper muss verschiedene genetische und physische Anforderungen bestehen, um an den Konjungator angeschlossen werden zu können. Er hat fast alle Mädchen des Dorfes durch fehlgeschlagene Experimente verloren, und die nächste, die an der Reihe gewesen wäre, ist vorgestern bei einem Zwischenfall ums Leben gekommen. Er hätte nun fast ein

Jahr warten müssen, bis das nächste Mädchen aus der Stadt ins passende Alter - das so genannte Downloading-Fenster - gekommen wäre. Jetzt aber ist da dieses wunderschöne Mädchen, das praktisch der Himmel zu ihm schickt. Sie ist altersmäßig im Umpolungsfenster, hat die passenden Biowerte und sieht unserer Mutter in jungen Jahren nicht unähnlich. Sehen Sie selbst.« Vandenberg reichte Fred ein Foto, das eine junge Frau mit apartem, schmalem Gesicht zeigte. Sie war in ein sackhaftes Kleid aus grobem Leinen gehüllt. Tatsächlich ähnelten ihre Züge deren von Andra.

Fred schaute wieder auf, nur um festzustellen, dass Vandenberg ihn seinerseits durchdringend taxierte.

»Cyrus wird mit dem Download beginnen, so bald sie bereit ist. Das könnte schon heute Abend sein«, sagte der Abtrünnige. Dann jedoch versprach er: »Aber Sie können Andra retten.«

Fred war nicht in der Lage, etwas zu antworten, wusste aber auch, dass er es schaffen musste, sich zu sammeln.

»Jetzt sagen Sie mir noch: Wieso sind Sie ausgestiegen? Wie kommen Sie hierher? Und wo sind wir hier.«

»Ich ging so lange an Cyrus' Seite, wie ich nur konnte«, meinte Joshua Vandenberg, und auf einmal hatte er einen seltsamen Schleier in den Augen, »Selbst als seine Bigotterie und sein Größenwahn immer monströser wurden, hielt ich ihm und der Familie die Treue. Er erließ ein Gebot, dass jeder, der hier im Institut arbeitete, seinen unkeuschen Menschennamen ablegen und stattdessen einen reinen Engelsnamen annehmen musste. Wir Brüder wurden so zu den drei Erzengeln: Cyrus wurde zu Gabriel, mein neuer Name lautete Michael, und Joseph wurde Rafael. Die Schutzstaffel des Instituts benannte er Cherubim, nach jener Engelskaste, die laut des Buches Genesis den Weg zum Baum des Lebens bewacht. Ich wehrte mich nicht einmal dann. Aber vor etwa fünfeinhalb Monaten stellte sich unsere Schwester Ruth zur Verfügung, um nach dem Download als neuer Körper für Mutter zu fungieren. Stellen Sie sich das vor: *Sie wollte freiwillig in den Tod gehen, um Mutter zu helfen* ... Aber was wirklich geschehen ist, war tausendmal schlimmer. Zuerst sah es aus, als könnte das Experiment gelingen. Aber dann ... dann gab es Komplikationen. Ruth wurde lobotomisiert, so wie die anderen Verlorenen.«

Vandenberg schlug die Hände vors Gesicht, sprach jetzt fast so leise, dass Fred ihn nicht mehr verstehen konnte: »Nie werde ich ihre Schreie vergessen. *Nie.* Wenigstens war sie eine derjenigen, die Glück gehabt hatten und sofort danach starben. Die anderen werden noch eine Weile in einem Verlies unter der Kathedrale am Leben gehalten. Man braucht ihr Knochenmark und ihre Gehirnsubstanz für die biologischen Komponenten des EDEN-Rechners. An jenem Tag, als sich Ruth opferte, da erkannte ich, dass ich weg musste. Ich konnte und wollte einfach nicht mehr zusehen bei dem, was mein Bruder tat. Cyrus scheint so etwas befürchtet oder gespürt zu haben – er setzte mich ohne mein Wissen unter verschärfte Beobachtung. Sonst hätte meine Flucht sicher Erfolg gehabt. So aber wurde ich entdeckt und schaffte es nicht aus der Stadt.«

Er riss sich mit einem fast schmerzhaft anzusehenden Ruck aus seiner Trauer. »Seitdem bin ich für ihn Leviathan, einer der gefallenen Engel. Ich konnte mich nur in diese Notzentrale retten und sie zu meinem Refugium machen. Im Gebiet von Nightfall Rapids gibt es vier dieser KRIPPEN, in denen sich Konsolen befinden, mit denen man Zugriff auf die Zentralrechner der *Kathedrale* hat. Diese Bunker wurden für Notfälle gebaut, etwa, wenn es zu einer atomaren oder bakteriellen Verseuchung der Inneren Kreise des Institutes kommt. Hier habe ich Trinkwasser- und Konservenvorräte für fast zwei Jahre, und von der Zweigstelle der Hauptkonsole kann ich

Cyrus mit ein paar seiner eigenen Waffen schlagen. Ich bekomme zwar keinen hundertprozentigen Zugriff auf alle Dateien, weil es Cyrus mehr und mehr gelingt, mich aus dem Netz zu verdrängen. Aber ich habe immer noch die sehr wirkungsvolle Möglichkeit, ihn zumindest digital zu ärgern.«

Vandenberg deutete um sich. »Ich habe mit einem Gürtel aus hochfrequenten Impulsen eine Art Sicherheitszone um den Bunker herum eingerichtet, die es Cyrus' *Cherubim* unmöglich macht, mich direkt anzugreifen. Sonst wäre ich längst vom Angesicht dieses Planeten gefetzt worden. Ich habe auch von hier aus die Scanner und Kameras in der Stadt gestört und ihnen so die Flucht aus dem Hotel ermöglicht. Was ich nicht besitze, ist zum Beispiel Zugriff auf die Codes zur Steuerung des Manipulationssignals, auf EDEN selbst oder die Lebenserhaltungssysteme des Institutes. Und Problem ist: die Technik, die Cyrus' Soldaten von mir fernhält, verhindert, dass ich diesen Bunker für längere Zeit verlassen kann. Da draußen wäre ich schutzlos, ein leichtes Ziel. Es muss also jemand anderes dort hinaus.«

Für ein paar Momente machte Vandenberg eine unheilvolle Pause, bevor er hinzufügte: »Und dafür, Fred, habe ich jetzt Sie. Ich habe Sie, während Sie bewusstlos waren, auf Stufe acht gebracht - das ist die höchste künstliche Realitätsstufe, die Sie ohne cerebralen Imprint erreichen können. Sie werden also im Institut in die künstliche Realität einsteigen und die Arbeiten erledigen, die ich von hier aus nicht tun kann.«

»Nein, hören Sie«, sagte Fred. »Ich ...«

Vandenberg deutete auf seinen Computer.

»Das ist das sekundäre Sicherheitsterminal. Ich werde Ihnen von hier aus Deckung geben, Sie vor den Scannern und Kameras schützen, so wie ich es in der Stadt getan habe, und Sie den ganzen Weg über per Funk leiten«, erklärte er. »Ich kann alle internen Alarmmeldungen unserer Gegner unterbrechen, Fred, Sie werden unsichtbar sein. Ich werde Sie führen und Ihnen ganz genau das sagen, was Sie tun müssen. *Wecken Sie diese schlafende Stadt auf.*«

»Ich bin ein Feigling«, sagte Fred. »Ich traue mich ja nicht einmal mehr nach Fürth 'nei, wenn es Dunkel ist, weil ich Angst vor Räubern und Punks habe. Ich kann doch nicht alleine in dieses verdammte Institut ihres Bruders gehen, und ... und ... Na ja, das alles tun, was Sie von mir verlangen.«

»Ich fürchte, Sie haben keine andere Chance. Sie können die Stadt nicht verlassen, Fred ... nicht, so lange Cyrus noch alles kontrolliert. Denken Sie an die Bewohner von Nightfall Rapids. Oder an Andra.»

Fred schloss die Augen.

»Tun Sie es für sie«, sagte Vandenberg. »Für Cyrus ist sie nur ein Gefäß. Er wird ihr Bewusstsein mit einer Cerebralsonde zerschmettern, um ihr dann mit hochfrequenten Virtual-Reality-Psychoimpulsen das Bewusstsein unserer Mutter einzuprogrammieren. Die Andra Merrick, die Sie kennen und mögen - *sehr* mögen, nicht wahr? -, wird aufhören, zu existieren, Fred!«

Fred kniff die Augen zusammen. Alles drehte sich um ihn.

»Und sie wird Schmerzen haben, unsägliche Schmerzen, während Cyrus ihre Persönlichkeit digital in Stücke reißt«, flüsterte Joshua. »Sie w-«

»Verdammt, ich tue es ja!«, schrie Fred den Abtrünnigen an. »Okay! ICH GEHE! Ist es das, was Sie wollten?«

»Alles, was ich wollte«, sagte Vandenberg und wandte sich ab.

# 14

Erzengel Gabriel lag zu diesem Zeitpunkt in seiner schlichten, mit Stroh gefüllten Bettstelle. Unter der kratzigen Wolldecke versuchte er, ein wenig dringend benötigte Ruhe zu finden, aber er konnte nicht. Viel zu viele Gedanken schossen ihm in jedem Moment durch den Kopf, ließen ihn nicht einschlafen, obwohl er die Ruhe so dringend benötigte. Seit dieser Personenzug im Testareal gestrandet war, hatte sich alles in so rasender Geschwindigkeit entwickelt, dass es ihm kaum mehr möglich gewesen war, richtig zu schlummern; nun bezahlte er dafür. *Er war so müde, dass er nicht einschlafen konnte.*

Aber alles war so zum Greifen nahe vor ihm, schwebte um ihn herum, reizte ihn so sehr, dass es unmöglich für ihn war, nicht in Gedanken die Hände danach auszustrecken und es zu packen und zu sich zu ziehen. Also dachte er an Mutters Rückkehr ...

O Gott, er *musste* daran denken: *Was würde sie wohl sagen, wenn sie sah, was er inzwischen alles auf die Beine gestellt hatte? Wenn sie zum ersten Mal seine neuen Werke sah?* Hoffentlich würde sie zufrieden sein.

Unwillkürlich warf er einen Blick hinüber zu dem kleinen Monitor, der anzeigte, wie weit die Konditionierung des Gefäßes inzwischen fortgeschritten war. Das Gefäß lag apathisch auf der Liege, ihr linken Arm am Tropf mit *Serafim Mk905* angeschlossen, der neusten Weiterentwicklung der Droge. Ihr Kopf lag unter einem V/R-Monitor verborgen. Ab und zu liefen Tränen über ihre Wangen, aber Gabriel wusste, dass auch diese letzte Bastion des Widerwillens bald gefallen sein würde. Denn das Merrick-Gefäß befand sich inzwischen schon auf Stufe acht; Level neun würde in weniger als einer Stunde erreicht sein. Und bis zum Abschluss der Vorbereitungen dauerte es noch hundertachtzig Minuten.

Es *wurde*, kein Zweifel. Es *geschah*.

Gabriel stieß einen glucksenden Laut der Vorfreude aus und sandte ein Dankgebet gen Himmel.

Der Countdown für den Download lief.

## 15

Die Waffe war groß, aber erstaunlich leicht. Sie bestand aus einem Material, das sich wie Plastik anfühlte. Der Griff befand sich fast in der Mitte des Hauptteiles des schlanken Gewehrs, ein zweiter Schaft lag eine Handbreit davor. Der Lauf war vielleicht zehn Zentimeter lang, und ein dickes, rundes Teil, das wie eine Spraydose aussah, war darauf festgeschraubt.

Joshua Vandenberg reichte einem völlig verdutzten Frederick Wendt jenes Ding, das aussah, als könnte Darth Vader es im Film Star Wars benutzt haben.

»Jesus Maria und Josef, der Zimmermann«, murmelte Fred, als er die Waffe zum ersten Mal in die Hand nahm. »Was *ist* das für ein Ding?«

»Das ist ein Steyer Armee Universalgewehr, Kaliber 9mm«, erklärte Vandenberg. »Es ist dasselbe Gewehr, die auch die Cherubim benutzen. Es ist eine vollautomatische Waffe. Das einzige, was Sie zu beachten haben, ist, sie richtig herum zu halten und nur dann zu schießen, wenn der Laserpunkt auf ihr Ziel deutet.«

Fred nahm die Waffe und wiegte sie vorsichtig in seinen Händen. Sie war schwer, aber nicht so sehr, wie er es befürchtet hatte – leichter als die Schrotflinte, die Carpenter ihm vorgestern anvertraut hatte. Tatsächlich war die Schwere der Waffe sogar angenehm. Ihre perfekte Balance ließ ihn die Waffe gut führen.

»Und jetzt?«, fragte er und fühlte sich dumm und hilflos.

»Das Schulterstück kommt hierhin«, meinte Vandenberg und bewegte die Waffe ein wenig. »Spüren Sie, wie sie sich an ihren Körper anpasst?«

»Na ja ... also ... ich ... ich glaube schon.«

»Dann ziehen Sie die Waffe fest an sich ... gut so. Die linke Hand umfasst den Stützgriff, die rechte den Abzugsgriff, visieren Sie über den Lauf der Waffe hinweg. Berühren Sie jetzt sanft den Abzug ... aber auf keinen Fall durchdrücken.«

Fred tat, wie es sein Lehrer ihm sagte. Sobald er den Abzug sanft berührt hatte, blitzte auf einmal ein winziger, roter Punkt an der Wand gegenüber auf, direkt in Schussrichtung der Waffe.

»Das ist der Laserzielpunkt«, sagte Vandenberg. »Er zeigt genau dort hin, wo die Kugeln einschlagen werden. Das System ist mit dem Abzug gekoppelt, sobald sie ihn nur ein wenig berühren, schaltet es sich ein. Lassen Sie ihn los, schaltet es sich ab. Gehen Sie mit dem Punkt auf die paar Blechdosen, die Sie dort drüben sehen, Fred.«

Vorsichtig und langsam schwenkte Fred die Waffe herum. Der Laserpunkt krabbelte emsig über die Wände, die Computerkonsolen und die kleine Küche. Dann zeigte er auf die leeren Konservenbüchsen, die Joshua Vandenberg vor einer der Lehmwände des halb unterirdischen Bunkers aufgebaut hatte.

»Die Waffe ist schallgedämpft«, fuhr Vandenberg fort. »Das mindert den Aktionsradius der Waffe etwas, aber für unsere Zwecke wird es ausreichen. Sie werden die Waffe sowieso nur im Nahkampf einsetzen. Nehmen Sie jetzt die linke Hand vom Stützgriff und bewegen Sie den kleinen Hebel an der Seite des Gewehres. Das ist der Verschlusshebel. Sie werden sofort hören, ob es richtig war; es muss ein sattes, klickendes Geräusch geben.«

»M-hm.« Fred packte den Hebel argwöhnisch und rüttelte ein wenig daran. Er spürte ein wenig Widerstand und war sich zunächst nicht sicher, ob er alles richtig gemacht hatte, aber sobald er dieses scharfe, einrastende *Klick-Klack* hörte, da wusste er, welches satte Geräusch Vandenberg gemeint hatte.

Dann hielt er die Waffe wieder mit beiden Händen.

»Hervorragend«, sagte Vandenberg. »Die Waffe war bis jetzt unterladen, das bedeutet, ein Magazin befand sich zwar im Schaft, aber keine Patrone im Verschluss. Jetzt ist die Waffe durchgeladen und schussbereit.«

»Oje!« Fred schluckte. Auf einmal schien um das bislang leblose Ding in seinen Händen eine heimtückische Aura von Gefahr zu umgeben. Fred wollte die Waffe nur noch weglegen und nichts mehr damit zu tun haben.

»Achten Sie darauf, dass der Laserzielpunkt auf die Dosen zeigt, und drücken Sie dann ab. Die Waffe ist auf Einzelfeuer geschaltet. Das Schulterstück ist ausgepolstert und die Waffe hat einen so genannten Kompensator, also werden Sie nur wenig Rückstoß spüren.«

Argwöhnisch drückte er den Abzug durch, darauf achtend, dass der Laserpunkt tatsächlich auf den Dosen weilte und er sich nicht aus Versehen in den Fuß schoss oder, noch schlimmer, Joshua Vandenberg verletzte.

Und dann war es soweit - *Wapp!* Die Waffe machte einen Satz in Freds Armen und gab einen dumpfen Schlag von sich, als ob jemand mit einer Faust in ein dickes, aufgeschlagenes Daunenkissen schlug. Mit einem hellen, klirrenden Laut flog die oberste Dose vom Stapel.

»ALLMÄCHD!« Fred ächzte.

»Also das war für den Anfang schon sehr gut«, sagte Vandenberg. »Sie müssen versuchen, die Bewegungen und mentalen Aktivitäten des Zielens und Abdrückens noch besser zu koordinieren, alles muss ganz automatisch passieren, aber für den Anfang war das schon erstaunlich. Sie sind ein Naturtalent. Versuchen Sie das ganze jetzt nochmals. Sie müssen versuchen, sich von dem Schuss selbst überraschen zu lassen. Versuchen Sie, die beiden unteren Dosen hintereinander zu treffen.«

Wieder drückte Fred den Abzug durch, die Waffe fest an die Schulter gedrückt, über ihren Lauf hinweg visierend. Der Laserpunkt verharrte etwas unruhig auf der linken Dose – WAPP! WAPPP! –, dann flog der Metallbehälter weg, und Fred wandte zur Seite. Etwas trieb ihn zur Eile an. Wieder spürte er den Rückstoß der Waffe – WAPP! –, aber der Schuss kam zu früh, und das Projektil blieb in der Lehmwand hinter der Dose stecken. Wütend ließ er den Lauf der Waffe sinken und nahm den Finger vom Abzug.

»Wohl doch nicht so einfach, wie ich gedacht hätte.«

»Sie bekommen das schon hin«, sagte Vandenberg aufmunternd. »Jetzt werden wir das Magazin wechseln. Halten Sie die Waffe fest. Nehmen Sie jetzt die linke Hand vom Stützgriff und ziehen Sie den Verschlusshebel zurück. Packen Sie den Griff dann wieder.«

Fred tat, wie ihm Vandenberg befahl. Eine Patrone sprang aus dem geöffneten Verschluss und landete auf dem Boden.

»Halten Sie die Waffe fest an ihre Schulter gedrückt, nehmen Sie die rechte Hand vom Abzugsgriff und drücken Sie auf den Magazinlöseknopf vor dem Magazin selbst. Haben Sie ihn? Gut, drücken Sie jetzt drauf und halten das Magazin gleichzeitig fest ....«

Fred drückte auf den kleinen Knopf und spürte, dass das Magazin aus dem Schaft glitt. Er hielt es fest, zog es langsam heraus und hob den Metallblock dann Vandenberg mit fragendem Gesichtsausdruck hin.

»Gut!«, sagte der Lehrer. »Schieben Sie das Magazin jetzt wieder in den Schaft; tun wir einfach so, als wäre es ein neues. Drücken Sie, bis es einrastet, und schlagen Sie dann nochmals zur Sicherheit fest auf die Unterseite des Magazins. Die Waffe ist nun wieder unterladen.«

Mit seiner geradezu genialen Cleverness konnte sich Fred ausmalen, was nun kam, und schob den kleinen Hebel wieder nach vorne. Mit einem satten Klicken wurde wieder eine Patrone in den Verschluss transportiert. Fred warf Vandenberg einen halb fragenden und halb Beifall erhaschenden Blick zu.

»Das wollte ich als nächstes sagen«, meinte Vandenberg. »Sie lernen schnell. Bis Sie dann später aufbrechen, müssen Sie den ganzen Vorgang noch weiter üben. Danach zeigte ich Ihnen, wie man mit den Sprenggranaten umgeht, die ich Ihnen mitgeben werde, um die CPU von EDEN zu zerstören. Sie werden sich auch in der künstlichen Realität zurecht finden müssen. Sie sehen, wir haben viel zu tun.«

Fred nickte stumm. Er wusste, Andra wartete auf ihn, und deswegen war ihm klar, dass er alles tun würde, was Vandenberg von ihm verlangte.

# BRENNENDE ERDE

An jedem Ort sind die Augen des Herrn,
sie wachen über Gut und Böse.

*(Spr 15,3)*

# 1

Vierundzwanzig Stunden später saß Leviathan vor seinem Terminal. Die sehnigen Hände schwebten über einer der Tastaturen, die um ihn herum ausgebreitet waren, sein Blick starr auf jenen Monitor gerichtet, der eine topographische Darstellung der Umgebung von Trinity zeigte. Ein kleiner gelber Leuchtpunkt bewegte sich über die Karte auf das riesige Gebäude zu.

Dies war Frederick Wendt.

Jetzt gab es kein zurück mehr. Nach so langer Zeit würde sich nun alles wie der Rest eines großen Puzzles zusammenfügen ... und das letzte Teilstück bildete ausgerechnet ein dicker, spießiger Buchhalter aus Deutschland.

»Fred«, sagte Vandenberg in sein Headset. »Sie haben grünes Licht für alle Vektoren.«

»Äh, danke, ja«, antwortete die atemlose Stimme über das Intercom.

»Vergessen Sie nicht, ich werde Ihnen von hier aus Deckung geben«, fuhr Vandenberg fort. »Sie stehen unter einem elektronischen Schutzschirm. Auf den Scannern sind Sie nicht zu erkennen. Und die Videokameras lassen Sie meine Sorge sein. Ich wünsche Ihnen viel Glück.«

»*Allmächd*, das kann ich brauchen«, sagte Fred, dann öffnete sich zischend vor ihm eine getarnte Falltüre im Schnee. Er holte tief Luft, quetschte sich durch die enge Spalte zwischen den in den Boden eingelassenen Gleittürhälften und hastete dann einen lang gezogenen Tunnel entlang. Dies war ein Notausgang, der, wie Vandenberg gesagt hatte, in die unterirdische Wartungshalle für die Schneemobile führte. Die kleine Snowcat, mit der er hergekommen war, hatte er hinter einer Schneeverwehung versteckt und dort eingebuddelt.

Schon glühte Seitenstechen in seinen überanstrengten Lungen, und mit jedem Meter, den er dem Institut näher kam, wurde es stärker. Aber er musste durchhalten - für Andra, nur für sie! Alles andere verbannte er aus seinen Gedanken.

»Passen Sie auf, Fred«, sagte Vandenbergs Stimme im Intercom, als Fred das riesige Technikareal erreichte. »Links von Ihnen sind zwei Ziele. *Es sind Cherubim, ducken Sie sich!*«

Ohne zu denken, warf sich Fred neben einem aufgebockten Schneemobil zu Boden. Einen Atemzug lang kniff er verrückterweise die Augen fest zusammen, als könnten ihn die Feinde auch nicht sehen, wenn er sie nur nicht sah. Dann hörte er, wie die Schritte der Cherubim leiser wurden und schließlich ganz verstummten; als letztes vernahm er den Klang einer Metalltüre, die zufiel.

»Na, da haben wir noch einmal Glück gehabt! Jetzt gehen Sie nach links!«, befahl Vandenberg. »Da ist eine Tür, durch die müssen Sie durch! Alles ist in einem Radius von fünfzig Metern um Sie herum klar ... aber passen Sie auf die Mechaniker da hinten auf, zwanzig Grad rechts.«

Fred warf einen Blick zur Seite, sah aber, dass die Mechaniker so mit dem Motor eines Icecats beschäftigt waren, dass sie ihn nicht wahrnahmen.

Er stieß die Türe vor sich auf, zielte mit der Maschinenpistole in beide Richtungen, wie Vandenberg es ihm gezeigt hatte, und betrat dann das Innere des Institutes. Nie zuvor hatte er sich so alleine gefühlt ... und so überfordert.

»Alles klar, Fred«, sagte Vandenberg. »Nach etwa fünfundzwanzig Metern sehen sie auf der linken Seite eine vergitterte Glastüre.«

»Sehe ich!«

»Dahinter befindet sich ein Treppenhaus. Alles darin wird Ihnen seltsam vorkommen, aber lassen Sie sich dadurch nicht verwirren.«

»Ja, verstanden.«

Dicht, aber nicht *zu* nah an der Wand entlang (so wie Joshua es ihm vor dem Beginn der Aktion gezeigt hatte) stapfte Fred auf die Glastüre zu. »Und die können mich wirklich nicht auf ihren Computern sehen?«

»Ich habe Sie mit einer Art von elektronischen Schutzschirm versehen«, sagte Freds Schutzengel. »Auf Cyrus' Monitoren sind Sie nichts als heiße Luft, nur vor den Bewegungssensoren müssen Sie sich in Acht nehmen, aber ich werde Sie daran vorbeilotsen. Jetzt müssen Sie aufpassen, von vorne nähern sich Ihnen zwei Ziele, sie sind noch etwa dreißig Meter und vier Weggabelungen von Ihnen entfernt ... *Beeilen Sie sich!*«

»Ja, *Greitzkieseldunnerwedder!*«

Fred spurtete durch die Verbindungstüre, die Vandenberg am Terminal für ihn geöffnet hatte. Direkt hinter ihm schloss sie sich wieder wie von Geisterhand.

»Bewegen Sie sich nach oben, und zwar in die dritte Oberetage. *Der Treppenschacht ist frei.*«

Fred machte zwei schnelle Schritte, erstarrte dann aber jäh. Denn die Treppe vor ihm schien in sich verdreht zu sein, mal war die Oberseite die Unterseite, an anderen Stellen schienen die Wände so dicht zusammenzurücken, dass ein Durchkommen unmöglich aussah.

»Da ... da komme ich nicht durch?!«, stöhnte er.

»Fred, ich habe es Ihnen gesagt - das ist nur eine optische Täuschung, um unbefugte Eindringlinge zu verwirren ... Achten Sie nicht drauf«, sagte der Mann hinter dem Terminal. »Die Treppe ist vollkommen normal. Also gehen Sie, Fred - *gehen Sie!*«

Vorsichtig stellte Fred seinen Fuß auf die erste Stufe, bewegte sich voran und realisierte verdutzt, dass Vandenberg vollkommen Recht hatte. Es war wie mit diesen

Rätselbildern, wo man eine Vase oder zwei Gesichter erkennen konnte, oder wo drei Strichmännchen, obwohl sie exakt gleich groß waren, von unterschiedlicher Länge erschienen. Er schloss die Augen, hielt sich am Geländer fest und begann, die einzelnen Treppenabschnitte nach oben zu schnaufen. Der Weg vor ihm war noch lang.

»Gehen Sie den Korridor hinter dem Treppenhaus nach links. Im Moment ist alles in einem Umkreis von dreißig Metern um sie herum sicher.«

»Ich sehe den Korridor ... bin unterwegs ...«

Das Bild rollte zur Seite, als der Fred abbog. Für ein paar Momente drang nur sein japsendes, aufreibendes Atmen durch das Intercom. *Er muss es einfach schaffen,* flehte der Abtrünnige an seinem Terminal und betrachtete konzentriert die Umgebung des Wendt-Signales.

»Achtung!«, sagte er. »Weichen Sie in den nächsten Seitenkorridor nach rechts aus! Vor Ihnen sehe ich eine massive Ansammlung von Feindsignalen.«

»Alles klar!« Fred wechselte die Laufrichtung.

»Sie kommen jetzt zu den Gefangenenquartieren«, sagte Vandenberg. »Den nächsten Korridor nach rechts, dann sind sie richtig!«

»Verstanden«, schnaufte Fred. »Wie ... weit ... noch ...?«

»Etwa dreißig Meter Luftlinie.«


2


Nach vierundzwanzig Stunden entschied sich der Killer, der sich momentan Harden nannte, seine Deckung in dem unterirdischen Konzentrationslager wieder zu verlassen. Die Zeit schien günstig. Wenngleich er gestern einigen Leuten aufgefallen war, inzwischen dürfte die Gefahr vorüber sein. Und selbst wenn nicht - leider hatte er gar keine andere Wahl, als sein Versteck aufzugeben.

Immerhin hielt sich Carpenter noch irgendwo in diesem Komplex auf, und der Auftrag musste unter allen Umständen zu Ende gebracht werden.

Der Lüftungsschacht, in den Harden vor vielleicht fünf Minuten geklettert war, um wieder in den überirdischen Teil dieser mysteriösen Station zu gelangen, endete in einer etwa achtzig Zentimeter durchmessenden Röhre, die ein oder zwei Stockwerke hinauf führte. Obwohl Harden zweimal abrutschte, schaffte er es in verhältnismäßig kurzer Zeit, auch jenes Hindernis zu überwinden. Ein seltsames, grünliches Leuchten, das durch das Innere des Schachtes waberte, schenkte dem Killer dabei genügend Helligkeit, um sich zu orientieren.

An einer Gabelung, hinter der die Röhre in ein verzweigtes System weiterer Lüftungsschächte mündete, fand er einen Ausgang. Mit mehreren Tritten entfernte er das engmaschige Gitter und zwängte sich nach draußen.

Vor ihm lagen nun auf der rechten Seite ein schmaler Korridor, links eine getönte Glasscheibe, durch die jenes pulsierende Leuchten drang, das den Killer regelrecht zu sich gelockt hatte. In der Luft lag der schwere Geruch negativ geladener Ionen. Fast genauso intensiv war jenes dumpfe, bis in die Knochen dringende Summen, das im gleichen hypnotischen Rhythmus zu pulsen schien wie das Phosphoreszieren hinter der Milchglasscheibe

Auf einem eingefassten Schott neben dem Sichtfenster, welches nur schemenhafte Umrisse in dem Saal dahinter erahnen ließ, war in großen, weißen Buchstaben zu lesen:

**EDEN CPU**
**ZUTRITT NUR FÜR AUTORISIERTES PERSONAL**
**CODEGRUPPEN 3 - 1.**

Leise schnurrte das äußere Schott zur Seite, als Harden näher trat. Sobald der Killer die klaustrophobische Kammer dahinter betreten hatte, zischte die erste Gleittüre wieder in ihre Fassung, und ein leises Gebläse im Hintergrund sprang an.

*Eine Druckschleuse,* erkannte Harden, als sich allmählich ein fester Korken in seine Nase und Ohren zu quetschen schien. Also herrschte in dem CPU-Raum leichter Unterdruck, damit dort eine staubfreie Zone entstand. Das war nichts ungewöhnliches, eher das Gegenteil hätte Harden erstaunt.

Etwa zwei Minuten später schaltete sich das Gebläse ab, und das äußere Schleusenschott öffnete sich abrupt. Harden glitt mit gelinder Erleichterung, den engen Raum endlich verlassen zu können, hinaus und schaute sich kritisch um.

Ganz hinten in der Halle befanden sich ein paar Aufbauten, die wie Hochspannungstransformatoren aussahen, und Harden musste sich sehr täuschen, wenn das Summen und Wummern, das hier eher wie ein lang gezogenes metallenes Atmen klang, nicht von diesen mysteriösen Geräten kam. Um diese Apparaturen herum war ein kompliziertes System aufgebaut, bestehend aus zahllosen unförmigen Kästen, Computerterminals und anderen Apparaturen, die er nie zuvor gesehen hatte. Alles war untereinander mit dicken Kabelsträngen verbunden.

Jenes zugleich unerklärliche und betörende grüne Leuchten kam von einem Spalier fast zwei Meter hoher und etwa dreißig Zentimeter durchmessender Glaszylinder, in deren Inneren sich eine transparente Flüssigkeit mit der Konsistenz von Honig befand. Komplexe Stränge von netzartigem Gewebe durchzogen die Tanks wie Nervenbahnen. Diese Walzen waren wiederum mit einem monströsen Container verbunden, der fast ein Viertel der gesamten Innenfläche der Halle ausnahm. Einige armdicke Kabel führten von dem Container direkt in die Seitenwände oder den Boden.

Harden bewegte sich tiefer in die Halle hinein und auf die Zylinder mit der Flüssigkeit zu. Er hatte den Eindruck, dass das grüne Leuchten im Inneren des Tanks ein wenig schneller zu wabern begann, als er näher kam. Vorsichtig streckte er die Hände aus, berührte eine der Röhren.

Noch nie zuvor hatte er so etwas verspürt.

Entgegen seiner Erwartung war das Glas warm – es hatte in etwa menschliche Körpertemperatur - und vibrierte sanft in der Frequenz des aus dem hinteren Teil des Saales kommenden Dröhnens. Es war, wie wenn man zum ersten Mal eine Schlange berührt; anstatt feucht und glitschig zu sein, löste die Sensation der Schlangenhaut unter den Fingern ein angenehm seidiges Gefühl aus ...

Mit diesem Glaszylinder verhielt es sich genauso. Seine Wärme und die schaurig lebendigen Bewegungen der Oberfläche, die sich als sanftes Schauern in Hardens Hände und Arme fortpflanzten, ließen den Killer in seiner seltsamen Haltung fast versteinern. Zu fremdartig und faszinierend war die neue Gefühlswelt, die sich hier vor ihm auftat.

*Lebte* dieses Gerät? Lebte etwas *in ihm?*

Ein absurder Gedanke, und zugleich verlockend. Hypnotisch. Erschreckend. Wie alles in diesem Institut.

Hatte er jetzt ein Geräusch gehört? Einen neuen Laut?

Schwer zu sagen, wo doch dieses Surren und Wispern seinen Kopf und sein ganzes Bewusstsein erfüllte wie eine Schicht Watte. Aber kurz darauf war er ganz sicher: Er hörte fremde Schritte.

*Er hatte Gesellschaft bekommen!*

Mit einem fast schmerzhaften Ruck riss er sich von der Maschine los, warf sich zu Boden und versuchte zu erkunden, ob er in unmittelbarer Gefahr war. Er sah einen Mann mittleren Alters, bekleidet mit einem weißen Laborkittel, Mundschutz und Latexhandschuhen, der in der gewohnt roboterhaften Weise die andere Seite des mysteriösen Systems entlang stapfte.

*Keine Gefahr, aber ein Anlass zu größter Vorsicht.*

Annähernd lautlos robbte er in die Richtung, aus welcher der Wissenschaftler gekommen war, und entdeckte eine weitere Doppelschleuse, deren innerer Schott offen stand.

Zwei Minuten später ließ er den Inneren Bereich mit seinen Tanks und verkabelten Aufbauten zurück, seine Schritte ab jetzt programmiert und abgehackt wirkend. Obgleich er noch keinen direkten Plan hatte, wo er seine Zielpersonen suchen sollte, gab es für ihn doch keinen Zweifel, dass er Erfolg haben würde.

## 3

Manchmal war der Schmerz so gnädig und zog sich zurück, ein wenig wie die Flut, die stetig mehr und mehr Watt entblößt und schließlich nicht einmal mehr ein Schimmern am Horizont ist. Das war ein Fortschritt, denn gestern, nachdem ihn sein Peiniger endlich in Ruhe gelassen hatte, war da keine Stelle in und an Carpenters geschundenem Körper gewesen, die nicht wehtat. Sein Kopf dröhnte, seine Gedanken waren wirr, und seine Zunge war unnatürlich angeschwollen und lag wie ein totes Stück Fleisch in seinem Mund. Am schlimmsten ging es ihm stets, wenn er husten musste, vielleicht wenn ein wenig mit Speichel vermischtes Blut in seine Luftröhre geriet. Bei jedem Zusammenziehen seines Zwerchfelles stieß er einen dumpfen, ächzenden Laut aus und klammerte sich an die Seitenstangen der Pritsche, auf die man ihn geworfen hatte. Danach blieb er einfach liegen; er wollte sich nie wieder in seinem Leben bewegen. Es dauerte einige Zeit, bis er wieder einigermaßen klar denken konnte.

Nun, einen Tag danach, waren die Schmerzen noch nicht völlig verschwunden, aber zum Glück wie von einem Schorf überwachsen, der sich auch über die Erinnerung an die Folter gelegt hatte. Nur manchmal ließ ihn noch ein jäher Schmerzzacken zusammenschaudern, etwa nach einer dummen Bewegung, oder wenn er eine der Wunden unabsichtlich berührte. Aber nach kurzer Zeit fasste er sich wieder. Tatsächlich war er selbst überrascht, wie rasch sich sein Körper und seine Seele mit der Misshandlung zurechtgefunden hatten.

Das stundenlange Warten und Bangen war inzwischen wesentlich schlimmer für Carpenter als der Schmerz. Er hasste es, zur Untätigkeit verdammt zu sein. Als er fast schon die Hoffnung aufgegeben hatte, tat sich plötzlich etwas: Er hörte ein Geräusch. Es kam vom Schloss seiner Zellentüre. *Es wurde geöffnet!* Was passierte nun? Gedanken explodierten in seinem Gehirn wie Feuerwerksraketen am vierten Juli: *Sein Folterer kam wieder, diesmal, um den Job zu vollenden; man brachte Andra zurück; man würde ihn verschleppen wie auch Andra ...*

Bestimmt aber hatte er nicht damit gerechnet, denjenigen zu sehen, der sich keinen Moment später in das Gefängnis schlich.

## 4

»Freddie?«, rief eine maßlos überrascht klingende Stimme. »Fred, sind *Sie* das wirklich?«

Fred blinzelte, kniff die Augen zusammen, um in der dünnen Beleuchtung im Inneren der Zelle etwas erkennen zu können, und konnte einen kleinen Laut des Entsetzens nicht zurückhalten, als er sah, wie übel Carpenter zugerichtet worden war.

»Tony, was ist passiert?« Er streckte die Hand aus und half dem früheren Bundesagenten vorsichtig auf die Beine. Carpenter zuckte mit den Achseln.

»Kleine Meinungsverschiedenheit. Sie sollten erst den anderen sehen. Viel wichtiger ist: wie kommen *Sie* hierher ... und was tun Sie hier?«

»Das ist 'ne lange Geschichte«, sagte Fred und brachte sein Gewehr hoch. »Derjenige, der Sie aus dem Radio heraus gewarnt hat, er hat mich hierher geschickt. Ich hab' keine Ahnung, wie er das macht, aber er kann mich mit seinen Computern aus für die Sensoren unserer Feinde unsichtbar machen. Wir müssen diese Typen hier aufhalten ... Gott, Sie glauben ja gar nicht, was hier alles vor sich geht.«

»Wissen Sie, wo man Andra hingebracht hat?«

»Sie ist irgendwo hier im Institut«, sagte Fred. »Sie hatten Recht, Tony ... es geht hier tatsächlich um Experimente mit künstlicher Realität ... das, und einiges anderes ... O Gott, Andra ist in wirklich großer Gefahr ... Sie müssen sie holen, Tony!«

»Wenn man mir sagt, wo ich sie finde.«

»*Ich* werde ihm erklären, wie er zum Transferlabor kommt«, sagte Joshua Vandenberg. »Fred, setzen Sie ihm den Helm auf, damit er das Intercom hören kann.«

Fred tat, was man ihm gesagt hatte. Nach ein paar kurzen, präzisen Weganweisungen, die Carpenter mit einem scharfen Nicken quittierte, klopfte der Detektiv Fred in einer kollegialen, männlichen Art und Weise auf die Schulter. Es war eine intensive Geste, die Fred seltsam anspornte, weil sie besagte, dass es hier zwei Kämpfer auf ein und derselben Stufe miteinander zu tun hatten, und dies war etwas, was er nie für möglich gehalten hätte.

Rasch nahm Carpenter noch von Fred eine Heckler & Koch P7-Pistole mit Ersatzmagazin entgegen, die Fred in einem Wadenholster bei sich getragen hatte, und hastete davon – nun ebenso unsichtbar für das Computersystem wie Fred.

234

## 5

Ungeduldig trommelte der Erzengel mit den Fingerspitzen gegen die Computerkonsole, warf einen erneuten Blick zu dem Mädchen auf der Liege des Transferterminals. Es machte ihn verrückt - *so dicht* stand er vor der Verwirklichung des größten Traumes der Familie Vandenberg, und trotzdem war er zur Untätigkeit verdammt, solange die Konditionierung nicht abgeschlossen war.

Auf dem Monitor stand:

**Stufe NEUN -- 98% komplett**
**Download Minus 00:14:52**

*Geduld,* zwang sich Cyrus Vandenberg. *Nur ein wenig Geduld, eine Viertelstunde, mehr nicht.*

Noch befand sich das fehlerhafte und *gewöhnliche* Andra Merrick-Ego in dem Gefäß, aber bald schon, bald würde Mutter in all ihrer Erhabenheit das befleckte, gewöhnliche Fleisch mit Leben erfüllen und durch ihre Präsenz adeln und erhaben machen - erhaben über alle anderen Frauen auf diesem Planeten.

»Nicht mehr lange«, flüsterte er und strich über das Gesicht der Frau. Seine Finger zitterten dabei.

## 6

»*Signale in Wegrichtung!*«

Kurzerhand, oder zumindest so schnell er eben konnte, erstarrte Fred und riss wehrhaft die Maschinenpistole hoch.

»Gehen Sie zurück und in den zweiten Seitenkorridor!«, befahl sein Schutzengel. »Ich werde versuchen, Sie um die Cherubim herumzuführen.«

»Ja ... verstanden«, sagte Fred, der bei jedem Atemzug das Gefühl hatte, seine Lunge würde implodieren. »Hier ist es, zweiter Seitenkorridor ... wie ... wie weit noch?«

Das Klicken von Computertasten drang durch die Leitung, dann: «Dreißig Meter Luftlinie, ich muss sie auf ein paar Umwegen ans Ziel bringen«, antwortete der abtrünnige Vandenberg. »Passen Sie auf, Fred, in dem Raum vor Ihnen befinden sich ein paar Personen ... Sie müssen sich leise an ihnen vorbeibewegen. Ich sehe nicht, ob es sich um technisches Personal oder Cherubim handelt ...«

»Okay, okay«, meinte Fred. »Oh, ist mir *schlecht*.«

Sternchen tanzten vor seinen Augen umher, und er hatte das Gefühl, sich keine zwei Sekunden mehr auf den Beinen halten zu können, aber für Andra kämpfte er mit jedem bisschen Kraft, das er in sich finden konnte, dagegen an. *Noch* konnte er dies ...

Schnaufend wich Fred zur anderen Korridorseite hinüber, die Maschinenpistole auf ein imaginäres Ziel vor sich gerichtet. Absurderweise musste er daran denken, dass er wahrscheinlich im Moment eine ziemlich lächerliche Figur abgab: ein pummeliger Buchhalter mit einem Gesicht, das wahrscheinlich nur unwesentlich weniger rot leuchtete als eine Verkehrsampel, der in einem riesigen Tarnanzug mit Schutzhelm steckte und wie Rambos übergewichtiger kleiner Bruder mit einem Hi-Tech-Gewehr herumfuchtelte, das mehr vom Töten verstand als er selbst.

»Alles klar, Fred«, sagte Joshua Vandenbergs stoisch ruhige, tiefe Stimme im Intercom. »Die Zentrale liegt jetzt direkt vor Ihnen. Das ist eines der Systeme, die ich von hier aus nicht kontrollieren kann. Sie werden warten müssen, bis jemand die Zentrale verlässt, um hineinzukommen.«

»Und bis dahin?«

»Halten Sie die Stellung.« Computertasten klickten im Hintergrund. »Aber wenn sich innerhalb der nächsten Minute nichts tut, werde ich Sie umdirigieren müssen, denn eine ziemliche Anzahl von Cherubim nähert sich Ihnen über den Korridor aus nordwestlicher Richtung.«

»Ja, verstanden.« Fred kniete sich hin.

»Bewegen Sie sich nicht«, sagte Vandenberg. »Warten Sie ab, bis ... Achtung, die Cherubim haben sich in zwei Gruppen geteilt. Drei suchen die linke Flanke ab, drei die rechte. Halten Sie noch die Stellung.«

Fred zog das Magazin aus dem Schaft der Maschinenpistole, nickte zufrieden, als er sah, dass er noch genug Munition hatte, und machte die Waffe dann wieder Schussbereit. Er konnte kaum *fassen,* was er hier tat.

»Halten Sie sich bereit«, sagte Vandenberg. »Noch etwa zwanzig Meter ... passen Sie auf das Portal auf!«

»Was ... was ist mit den Leuten in der Zentrale?«

»Sie werden sie ausschalten müssen, Fred«, meinte Vandenberg. »Denken Sie daran, was auf dem Spiel steht! Halten Sie sich jetzt bereit. Die ersten Cherubim werden Sie aus Richtung Zentrale erreichen.«

Fred umklammerte die Griffe der Maschinenpistole mit beiden pummeligen Händen so fest, dass es fast schmerzte.

»Warten Sie!«, sagte Vandenberg im Intercom. »Warten Sie noch ... Der Zeitpunkt ist nicht der richtige ... *Es ist nicht richtig ... warten Sie ...*«

Der Buchhalter zitterte. Das Startkommando war fast wie eine Erlösung: »Das Schott ist offen! *Los, Fred!*«

Er sprang auf, spurtete los und sprang ohne nachzudenken durch die Spalte zwischen den wieder zugleitenden Türhälften.

»Achtung!«, rief Vandenberg. »Direkt vor Ihnen!«

237

Fred riss die Maschinenpistole hoch. Eine ungezielte, breit gefächerte Garbe von Projektilen fegte durch den Raum, mähte einige Gegenstände von den Terminals und erwischte eher zufällig den Oberkörper eines Programmierers, der aus seinem Sessel aufgesprungen war, als Fred in den Raum hastete. Die Wache, die auf der anderen Seite der Computerzentrale in Deckung gegangen war, erwiderte das Feuer sofort.

Fred wollte das Feuer erwidern, doch seine Waffe blieb stumm. Ächzend starrte er die schlanke Maschinenpistole an. Angst und Panik durchströmten ihn wie flüssiges Eis. *Das g'schissene Magazin war leer!*

# 7

Carpenter wusste sofort, dass er aufgespürt worden war, als die drei Wachsoldaten, die eben noch an seinem Versteck vorbeigestapft waren, unverhofft kehrt machten. Ihre Schatten tanzten über die Wände, huschten über Carpenters grimmiges Gesicht, und der Ex-FBI-Mann preschte los. Er wickelte seinen rechten Arm um den Hals des zweiten Soldaten und brachte gleichzeitig mit der anderen Hand die P7 hoch. Mitsamt seiner Geisel ließ er sich zurückfallen, drehte sich im Sturz um und hielt den Körper nun als Schutzschild vor sich.

Vier, fünf Schüsse fuhren in die Brust des namenlosen Soldaten, Carpenter krümmte als Antwort seinen Zeigefinger um den Abzug. Einer der verbleibenden zwei Soldaten wurde von einer sauberen Doublette erwischt und kippte seitlich zu Boden, der andere versuchte, sich mit einem Hechtsprung in Sicherheit zu bringen, bevor ihn eine Kugel in den Kopf traf. Mit vor Anstrengung knirschenden Muskeln schaffte Carpenter die leblosen Körper aus dem Korridor, zog einem der Soldaten Jacke,

Ausrüstungsgürtel und Schuhe aus und legte die Sachen dann selbst an. Schließlich bewegte er sich weiter.

Die Zeit lief ihm davon!


## 8

Fahrig und den Hebel erst beim zweiten Mal erwischend, öffnete Fred den Verschluss der Waffe, riss den Ladestreifen heraus, ließ ihn fallen, und ein Schatten tauchte neben ihm auf! Er rammte ein neues Magazin in den Schaft vor der Schulterstütze, drückte den Verschlusshebel nach vorne, und der Schatten seines Gegners wuchs, verdeckte jetzt sein ganzes Sichtfeld. Fred drückte ab ohne zu denken – WUMP! – und hörte danach den Aufschlag des Körpers des Wache. Das Geräusch war entsetzlich laut und grauenvoll nahe.

Erst nach ein paar Sekunden, in denen er nichts hören konnte als das Rauschen des eigenen Blutes, vernahm er wieder Vandenbergs Stimme über das Intercom:

» ... hören Sie? *Fred, können Sie mich hören?* Verriegeln Sie die Türe, wie ich es Ihnen gezeigt habe.«

»Ja, ja, ja!«, rief er und rappelte sich auf. Er ließ einen Hebel mit der Aufschrift *'Manuelle Überbrückung'* an der Türe umschnappen. »Erledigt.«

Vandenberg war erbarmungslos, als er befahl: »Dann machen Sie sich jetzt an die Arbeit!«


## 9

[Sein Körper, auf der physischen Ebene plump und rundlich, war in der künstlichen Realität jenseits von EDEN schlank und von silberner Farbe. Jede Bewegung, die Fred auf Stufe 'null' machte, übertrug sich sofort auf sein computergeneriertes Gegenstück in der anderen Welt. Er konnte Arme und Beine schütteln, die feingliedrigen Finger zu Fäusten ballen und mit dem Kopf nicken, alles wirkte natürlich und fliessend. Das einzige, was Fred befremdlich fand, war die Tatsache, dass er seine Fü€e sehen konnte, wenn er nach unten blickte; schliesslich war ihm dies seit etwa seinem fünfzehnten, sechzehnten Lebensjahr nicht mehr möglich gewesen.

Ein paar Sekunden nach dem Einklinken ins System (zumindest kam die Zeitspanne Fred so lange vor) verwandelte sich das zerrende Gefühl des freien Falles abrupt in ein angenehm sanftes und schweresloses Gleiten. Er war angekommen.

Sofort erinnerte er sich an Vandenbergs Erklärung:

*Nichts von dem, was Sie in der virtuellen Realität wahrnehmen werden, ist wirklich. Es ist nur ein künstliches Abbild der Wirklichkeit, das dem Netzgänger den Umgang mit dem System erleichtern soll. Im Grunde ist es genauso, wie die Benutzeroberfläche des Computers, mit dem Sie an Ihrem Arbeitsplatz zu tun haben. Jedes Programm oder Hilfsmittel, alles, was im Computer nur aus eine Reihe von Daten besteht, hat hier ein Symbol, eine bildliche und zugleich funktionelle Darstellung. Der Gegensatz zu einer normalem Benutzeroberfläche ist im Netz aber, dass Sie sich als User direkt im System befinden, anstatt nur durch Tastatur oder Maus Ihre Eingaben vornehmen zu können. Alles um Sie herum ist dreidimensional. Ab Stufe acht werden Sie durch gezielte Neuralstimulation sogar das Gefühl bekommen, die Dinge, die Sie im Netz berühren, wirklich anzufassen.*

*Genau deshalb müssen Sie im System aufpassen, als wäre das, was Sie um sich herum sehen, die Realität. Das System hat viele Möglichkeiten, Sie als Netzgänger zu bekämpfen. Besonders aufpassen müssen Sie auf Energiegitter und die so genannten Virustore. Wenn Sie zum Beispiel in ein Energiegitter geraten, versetzt Sie das System für ein paar Sekunden weit über Stufe Zehn hinaus. Ihr Gehirn würde unter der Reizüberflutung kollabieren.*

Es dauerte erneut eine unbestimmbare Zeitspanne (so, wie alle Zeitspannen im System unbestimmbar oder zumindest nicht mit normalen Begriffen messbar zu sein schienen), dann tauchten unter Fred die ersten Pixel auf. Zuerst erinnerten ihn die herumschwärmenden Bildpunkte an eine dünne Windhose, doch je näher sie kamen, desto mehr gewahrte er, dass ihr Wirbeln mitnichten planlos war, sondern dass sie sich auf ein ganz bestimmtes Ziel zubewegten: *IHN!* Rasch hatten sie ihn völlig eingehüllt wie ein lebendiger Teppich aus Glühwürmchen; die Fluchtwege nach oben und unten wurden durch jene gefährlich aussehenden, bläulich fluoreszierenden Gitter aus Energie abgegrenzt, vor denen ihn Vandenberg gewarnt hatte.

*Das ist die Sicherheitsabfrage!* schoss es Fred durch den Kopf. Was hatte Vandenberg dazu gesagt?

*'Die Sicherheitsabfrage wird Sie testen, sobald Sie sich in das Netzwerk eingeklinkt haben. Sie wissen, dass ich Sie für das System konditioniert habe, während Sie bewusstlos waren. Dabei habe ich auch ein Masterpasswort für die VR in ihrem Gehirn verankert; das Passwort war als Noteingang für mich und Cyrus gedacht und ist so tief im System gespeichert, dass es nicht gelöscht werden kann, ohne alle Parameter durcheinander zu bringen. Das Codewort wird Ihnen alle Freigaben schenken, die Sie benötigen, um an die geschützten Datenspeicher heranzukommen, in denen die Dokumente, die wir suchen, abgelegt sind.'*

Fred hoffte mit aller Kraft, dass sich Vandenberg nicht getäuscht hatte, denn in diesem Augenblick glitt aus der wabernden, lebendig wirkenden Membran des Trichters, der Fred umgab, ein dünner Schlauch heraus und näherte sich wie eine angreifende Schlange seinem Kopf. Instinktiv zuckte Fred zurück, hatte aber keine Chance, und der Schlauch erwischte ihn nach ein paar Augenblicken.

Auf seiner Stirn breitete sich ein dumpfes Kribbeln aus, als ihn das Ende der flexiblen Röhre sanft küsste und sich dann festsaugte. Keinen Atemzug später breitete sich das seltsame Tasten auch in seinem ganzen Schädel aus.

*Es liest meine Gedanken,* dachte Fred immer wieder. Ihn schüttelte genau die Angst, die ein Kind vor dem Monster im Kleiderschrank hat: Das Kind weiss, dass das, vor was es sich fürchtet, nicht wirklich real ist. Aber sobald die Eltern das Licht gelöscht haben, macht dieses Wissen keinen Unterschied mehr.

Genau wie hier. Auch Fred wusste, dass der Trichter, der ihn umgab, wie auch der Schlauch an seiner Stirn nicht real war, sondern die Ausgeburt eines Computers. Doch das war gleichgültig ... bis zu jenem Moment, in dem sich der Schlauch in einen Schwarm aus davonstobenden Bildpunkten auflöste und auch die summenden Energiegitter nach einem letzten Aufleuchten deaktivierten.

Die Pixel, die eben noch den Schlauch geformt hatten, vereinigten sich nun zu einem wundervollen Schriftzug vor Freds Kopf:

ZUGANG GEWÄHRT!]

## 10

»Neurosonden programmieren!«, sagte Cyrus Vandenberg. Seine Stimme klang angespannt, und sein Herz pochte bis zum Hals hinauf, so stark, dass er fast Kopfweh bekam. »Leistung auf hundert plus fünf erhöhen.«

Der Assistent starrte konzentriert auf seine Bildschirme. »Cerebrale und spinale Vaporisations-Sonden startbereit«, berichtete er. »Sektorale Kontrollen und Messungen für Myelencephalon, Metencephalon, Mesencephalon, Diencephalon und Telencephalon abgeschlossen ... Startadresse und Vektoren auf Jesaja-Parametern, Leistung mit hundert plus fünf bestätigt. Download Minus Sieben Minuten.«

Vandenberg warf einen Blick auf sein Chronometer, dann nickte er.

*Es war so weit.*

*Herr im Himmel, es war soweit.*

»Nun gut«, sagte er feierlich, »Barchiel, bringen Sie die Sonden in Position.«

»Bestätige!« Der junge Mann berührte eine große, rote Taste auf seinem Keyboard. »Cerebrale und spinale Son-

den werden in Position gebracht ... drei ... zwo ... eins ...
zero. Wir haben *go!*«

Sirrend nahm das System seine Arbeit auf.

## 11

[Erfüllt von einem Gefühl der unendlichen Erleichterung verfolgte
Fred, wie sich der Trichter, in dem er gesteckt hatte, zu einer Art
Tunnel verformte. Die Bahn endete in einer Art Knotenpunkt, von
dem aus sternförmig mindestens achtzig oder hundert transparen-
ter Röhren in alle Richtungen verliefen, gelegentlich aufblitzten
und dann wieder erloschen.

Nachdem der Tunnel mit dem Gebilde verschmolzen war, bewegte
sich Fred abrupt auf das fragile Gateway zu. Das schwerelose
Gleiten nach dem ersten Einklinken war nun durch einen aufregen-
den Eindruck des Vorwärtskommens vertauscht worden, als würde
man in einem auf Hochtouren beschleunigenden Sportwagen sitzen.

Es dauerte ein paar Augenblicke, bis Fred erkannte, dass dieser
Eindruck von Geschwindigkeit im Gegensatz zu dem Fallgefühl nur
eine von ihm selbst hervorgerufene Illusion war; etwas ähnliches
hatte er einmal im IMAX-Kinos des Cinecitta mit seiner Riesenlein-
wand wahrgenommen, jedoch lange nicht so intensiv.

*O Mann!*, dachte er, während der Knotenpunkt näher und näher
raste. Dieser Komplex musste wenigstens vier, fünfhundert Meter
Durchmesser haben, erkannte Fred atemlos, bevor er sich daran
erinnerte, dass dieses Gateway eigentlich überhaupt keine Grö€e
hatte, sondern nur eine Computergrafik war ... Wenn auch eine sehr
realistische und äu€erst beeindruckende, keine Frage.

Im Inneren der Verbindungsstation spürte Fred einen sanften
Ruck, dann materialisierte sich um ihn herum eine kugelförmige Arma-
tur, auf der Symbole mit Leitern die Verbindungen in die anderen
Bereiche des Systems darstellten.

Er schwebte ein paar Sekunden unschlüssig im Inneren der Kugel herum, bevor er endlich den Knopf gefunden hatte, den er suchte: *Input/Output-Terminal*

Vorsichtig berührte er das Symbol. Die Sensorfläche leuchtete unter seinem Finger auf, glitt dann zur Seite und entblö€te den Zugang zu einem weiteren Röhrensystem, das seitlich und nach unten (auch wenn solche Richtungsangaben in diesem schwerelosen System praktisch sinnlos waren) von dem Knotenpunkt wegführte.

Wie in die Düse eines riesigen Staubsaugers wurde Fred durch den geöffneten Sensor gezogen und jagte einen der transparenten Tunnel entlang, auf ein weit von den anderen Bereichen entferntes Ziel zu. Erst nach und nach begriff Fred auf seiner Reise die Struktur des ganzen Systems. Der Aufbau erinnerte ihn vage an dieses Denkmal irgendwo in Frankreich, in Brüssel, ODER WO auch immer.

Wie beim Atomium waren alle unzähligen Abschnitte, die im Netzwerk als riesige, halb pyramiden- und halb Kugelförmige Planeten dargestellt wurden, durch diese transparenten Kanäle entweder untereinander oder mit Gateways verbunden. Immer wieder – wahrscheinlich, wenn sie jemand bereiste –, leuchteten einzelne Röhren für ein paar Atemzüge in hellem gelb auf und schimmerten danach wieder so sanft milchig und transparent wie vorher.

Eine unmessbare Zeitspanne später hatte Freds Fahrt kurz vor dem Gebilde, auf das er zusteuerte, ein abruptes Ende.

Wie ein verkanteter Rohrpostbrief steckte er für ein paar Momente regungslos in seinem Verbindungskanal fragte sich dabei mit zunehmender Angst und Sorge, was passiert sein Könnte dann bauten sich vor und hinter ihm wieder Energiegitter auf, und er musste eine weitere Sicherheitsabfrage über sich ergehen lassen.

Schliesslich liess ihn das System passieren, und er Kam in der Eingabe/Ausgabe-Kontrolle an.

Fred hatte sein erstes Ziel erreicht.]

## 12

Der Mann, der sich Harden nannte, zuckte zurück, als einer jener weißgewandeten Gegner genau den Korridor entlangkam, den der Killer gerade hatte betreten wollen. Er kauerte sich etwa einen Atemzug lang zusammen, dann ließ ihn eine innere Stimme plötzlich aufsehen.

*Etwas stimmte nicht ...* es war die Art und Weise, wie sich der feindliche Kämpfer bewegte: keine roboterhaften, harten Bewegungen wie bei den anderen Soldaten in ihren blendweißen Overalls, sondern gleitende, wachsame Schritte ... wie bei Harden. Und wie absurd der Gedanke auch sein mochte - Harden *kannte* die Art und Weise, wie sich der Fremde bewegt hatte.

*Zuletzt hatte er sie vor dem Hotel gesehen, als er Zeuge geworden war, wie Carpenter und seine Begleiter vom Rapids Inn flüchteten.*

Dieser »Soldat« war Carpenter, kein Zweifel!

Harden starrte den Mann mit ungläubigen, weit aufgerissenen Augen an, während er hier in einem Treppenschacht kauerte und über die Kante des kleinen Fensters im Stahlschott hinweglinste. Er konnte sein Glück nicht glauben.

*Verdammt,* dachte er, *es gab also doch noch einen Gott, und der mochte ihn.* Nach dieser Odyssee durch das riesige und abgründige Gebäude lief ihm nun zumindest *eines* seiner Ziele einfach über den Weg. *Perfekt!*

Harden zog die Beretta aus seinem Gürtel, nahm sie in Anschlag und stieß die Türe des Treppenschachtes mit der Schulter auf. In derselben geschmeidigen Bewegung machte er eine Rolle nach draußen und visierte sein Ziel an, doch der Detektiv reagierte instinktiv eine Millisekunde schneller. Sofort nach dem Krachen der Türe warf er sich seitlich zu Boden und feuerte seine Pistole ab, doch das Projektil verfehlte Harden.

Der Killer zog sich hinter eine Korridorbiegung zurück; er hatte jetzt nur noch fünf Schuss und nichts zum Nachladen. Er musste also vorsichtig sein und durfte nur schießen, wenn er sich absolut sicher war.

Er spähte hinter seiner Deckung hervor, sah eine rasche Bewegung ein paar Meter vor sich und holte tief Luft, bevor er sich mit aller Kraft von der Wand abstieß. Nach einer seitlichen Rolle presste er sich flach auf den Stahlboden und visierte über die Waffe hinweg, starrte jedoch ins Leere. *Statt dessen Mündungsexplosionen links von ihm!* Zwei Projektile prallten gegen die Wand. Lautlos fluchend glitt Harden wieder zurück, diesmal auf die andere Korridorseite, und hielt den Atmen an.

## 13

[Der sechseckige Verbindungsgang wirkte, als wäre er vier- oder sogar fünfhundert Meter lang; wegen seiner aus sirrenden und flackernden Waben bestehenden Wänden war es jedoch unmöglich, eine genaue Schätzung zu machen. Als sich Fred eine der Wände näher betrachtete, erkannte er, dass jede dieser Waben in Wirklichkeit eine Art von Bildschirm war, der Datenketten oder anderen Wirrwarr aus Zahlen, Buchstaben und Grafiken darstellte. Laut Vandenberg war dies hier eines der Kontrollzentren des Netzwerkes. Hier wurden der gesamte Datenverkehr und sämtliche Ein- und Ausgänge im System überwacht und gesteuert.

Schwerelos glitt Fred durch den Korridor, über unzählige Screens, Anzeigen und glimmende Lichtflächen hinweg, die ihm stumm und eifrig ihre Daten projizierten. Sein Ziel musste sich auf der linken Seite des Durchgangs befinden, wenn er sich richtig daran erinnerte, was ihm Vandenberg gesagt hatte. Es handelte sich um einen abgetrennten Teil der Eingabe/Ausgabe-Kontrolle, in dem die Verbindungen mit externen Systemen verwaltet wurden, etwa dem Internet oder anderen Computern von Trinity, und ...

Plötzlich stutzte Fred. Er sah auf.

Quer durch den Korridor zog sich in Wegrichtung ein schillernder Vorhang, der aus einem träge wabernden Gas zu bestehen schien und nur von einem hauchdünnen, bläulichen Häutchen, ähnlich einer riesigen Seifenblase, zusammengehalten wurde. Dieses faszinierende, aber auch Furcht erregende Ding musste das sein, was Vandenberg ein Virustor genannt hatte.

Wenn alles gut ging, würde Fred diese Barriere problemlos passieren können. Sollte das Netzwerk aber einen illegalen Zugriff feststellen, würde diese Seifenblase sofort platzen und einen Schwarm tödlicher Virusprogramme freisetzen, die den Eindringling sofort angriffen und ihn löschten, sofern es sich ein Computerprogramm war. Handelte es sich bei dem Störenfried um einen unerlaubten Netzgänger, konnten ihn die Viren ähnlich eines Energiegitters binnen Millisekunden durch V/R-Impulse weit über Stufe zehn ausschalten.

Fred betete mit aller Inbrunst, dass das Passwort, das Vandenberg ihm gegeben hatte, noch eine Weile sicher sein würde. Er zwang sich, nicht an die Konsequenzen einer Entdeckung zu denken, sondern stattdessen immer eines im Auge zu behalten: die Anwesenheit dieses Virustores bedeutete, dass er nun unmittelbar vor seinem Bestimmungsort war, denn nur die wichtigsten Systembereiche wurden von solchen Virustoren geschützt.

Zweimal holte er tief Luft, dann streckte er den rechten Arm in die Richtung, die er einschlagen wollte, und formte Daumen und Zeigefinger so, wie kleine Kinder beim Cowboy-und-Indianer-Spiel eine Pistole darstellten. Sofort bewegte er sich wieder voran und schwebte auf das Virustor zu, bis es schliesslich sein ganzes Gesichtsfeld ausfüllte, schillernd, vibrierend, undurchsichtig und geheimnisvoll wie eine dichte Nebelbank in einer Herbstnacht.

Sein Cyberkörper glühte auf, als er die Barriere zuerst berührte, dann mit ihr verschmolz und langsam wie eine Schlange im Schilf hindurchzuschlüpfen begann ...]

## 14

Über Andra Merricks kahl rasierten Schädel senkte sich ein eiförmiger Helm aus Kunststoff. Ihre Augen starrten weiterhin ohne jede Angst, Panik oder jegliche andere Emotion zur Decke; hätte sie nicht ab und zu geblinzelt, wäre sie nicht an unzählige piepsende und summende Biofeedbackmonitore angeschlossen gewesen, hätte man sie auch für tot halten können.

Erst als sich winzige Bohrer einen Weg durch ihre Schädeldecke bahnten und an bestimmten Punkten den Kontakt mit ihren Nervenbahnen herstellten, ging ein Zucken durch ihren Körper. Das geschah nicht, weil sie irgendwelche Schmerzen gehabt hätte - das Gehirn selbst besaß keinerlei Schmerzrezeptoren. Doch sie spürte selbst durch alle Konditionierung und Programmierung hindurch, dass etwas nicht stimmte und sie sich nicht erklären konnte, was mit ihr passierte.

Vandenberg rieb sich die Hände. »Barchiel, jetzt geben Sie Energie auf die Sonden.«

»Verstanden«, sagte der Assistent. Bunte Diagramme blitzten auf den Monitoren auf. »Sonden werden gespeist. Energiepegel bei *nullkommaneunacht* Prozent und ansteigend. Volle Leistung wird in dreihundertzweiundsechzig Sekunden erreicht sein. Alle Werte im grünen Nominal-Bereich. Download minus dreihundertfünfzig Sekunden!«

*Es wird,* dachte Cyrus Vandenberg fieberhaft.
*Es geschieht!*

## 15

[Zentimeterweise glitt Fred voran, sein Innerstes abgetastet von einem elektrischen Kribbeln, das irgendwo unter seiner Schädeldecke begann und durch Arme, Torso und Beine nach unten wallte, bis es schliesslich verstummte.

Tatsächlich hatte er das Virustor problemlos passiert!

Er schwebte nun inmitten eines Kugelförmigen Raumes, der in der physischen Welt vielleicht zehn, elf Meter Durchmesser gehabt hätte. Auch hier waren sämtliche Wände mit Bildschirmen versehen, doch im Gegensatz zu dem Korridor waren die meisten Monitore in diesem Raum dunkel und inaktiv; nur auf einer Handvoll davon wurde Datenverkehr angezeigt.

Unsicher hob Fred die rechte Hand und Klappte Daumen und Zeigefinger ein, worauf sich um ihn herum eine röhrenförmige Menüleiste zu manifestieren begann. Was er hier zu tun hatte, war lange nicht so schwierig wie das, was später vor ihm lag. Im Moment musste er nur die DatenKanäle bereitmachen, auf denen dann die Informationen aus Cyrus Vandenbergs gesicherten Datenspeichern später ins Internet gehen würden

Den Auswahlpunkt namens

## OutputKanäle öffnen --> Internet

fand er wie versprochen unter dem Überbegriff

## Kommunikationsmanagement

Die Komplizierten Netzwerkadressen und Systemkennungen, zu denen die Daten verschickt wurden, hatte er mehrmals vor seinem Aufbruch geübt. Rasch tippte er sie auf dem virtuellen Keyboard der Menüleiste ein. Er wusste, dass er Keine Zeit verlieren durfte. Das System protokollierte alle Datenausgänge. Zwar hatte Fred ein völlig legales Passwort. Dennoch bestand die Gefahr, dass Cyrus Vandenberg durch puren Zufall auf den Sabotageakt stiess.

Schliesslich brachte er die letzte Eingabe hinter sich, es war die systeminterne IP-Adresse von Joshua Vandenbergs Computer. Er zuckte fast etwas zurück, als sich direkt vor ihm ein Bildfenster aufbaute und darin das Gesicht seines Schutzengels erschien.

»Fred«, sagte Joshua Vandenberg. »Sie haben es geschafft! Der Rest des Weges ist nicht mehr weit, glauben Sie mir. Ich wünschte, ich könnte bei Ihnen sein und Ihnen Deckung geben, aber wie Sie wissen habe ich von hier aus keinen Zugriff auf das Virtuelle Netz. Ich versuche trotzdem, Ihnen zu helfen. Passen Sie auf: Ich habe ein paar Utilities programmiert, die ich zu Ihnen transferieren werde.«

Eine hellgrüne Schicht von vielleicht zwei oder drei Zentimeter Dicke breitete sich auf Freds Cyberkörper aus.

»Sollte man Sie entdecken, sind Sie jetzt mit einer Panzerung zumindest gegen die Viren versehen, Fred«, erklärte Vandenberg. »Sie kann Sie nicht gegen die Energiegitter schützen, aber es wird die Viren vielleicht eine halbe Minute lang beschäftigen, bis sie die Codes Ihres Schutzprogramms geknackt haben und zu Ihnen durchdringen können. Das gibt Ihnen zumindest ein Sicherheitspolster.«

Ähnlich wie das Bildfenster ein paar Momente zuvor baute sich direkt vor Fred ein kompaktes, pistolenähnliches Ding auf. Verblüfft betrachtete Fred die … oder das …? Was stellte es dar? Eine Waffe?

»Es ist ein virtueller Blender«, sagte Vandenberg. »Er arbeitet mit demselben System von hochenergetischen Impulsen wie die Waffen der Wachen oder die Sicherheitsschleusen. Je nach Intensität können Sie ihre Gegner damit ein paar Sekunden blenden oder komplett ausschalten. Aber die Wirkung wird jeweils nicht all zu lange anhalten, seien Sie also vorsichtig!«

Fred nahm die Waffe an sich. Er spürte ihren Griff in seiner Hand und sogar ihr Gewicht. Immer wieder musste er sich daran erinnern, dass nichts hier wirklich real war, aber die Eindrücke dieser Welt waren dennoch *zu* überzeugend.. Und davon abgesehen: eine virtuelle Welt, die ihn tatsächlich *umbringen* konnte, war real genug für ihn, um sie zu fürchten.

»Und jetzt beeilen Sie sich, Sie haben nicht mehr viel Zeit. Ich wünsche Ihnen viel Glück, Fred Sie können es schaffen«, sagte Vandenberg. Dann erlosch die Bildverbindung.]

# 16

Alles geschah so schnell, dass Harden nur einen Bruchteil wirklich bewusst erlebte; der Rest spielte sich in einer Geistesregion irgendwo *unterhalb* seines Bewusstseins ab, wo nur Instinkt und Kampferfahrung regierten: Er robbte aus seiner Deckung hervor, die Beretta im Anschlag, rutschte über den spiegelglatten Boden und feuerte dabei zweimal in die Wandnische, in die er den Ex-FBI-Mann hatte kriechen sehen. Doch beide Projektile prallten vom nackten Stahl ab, und Harden sah einen Schatten *hinter* sich. Er riss die Waffe hoch, und etwas traf ihn im Gesicht, es war ein Fuß. Irgendwie klammerte er sich daran fest und riss seinen Gegner mit sich zu Boden, wo ihm eine Handkante gegen den Schädel krachte und seinen Kopf zur Seite schleuderte.

Allen Schmerz ausklammernd hieb er mit der Faust irgendwo halb neben, halb vor sich und traf mit Hilfe seines in all den Jahren geschärften Instinktes seinerseits präzise die Schläfe seines Gegners. Stöhnend sanken die verschwommenen Umrisse des anderen Kämpfers in sich zusammen. Harden trat intuitiv in die Richtung, aus der die Schmerzenslaute kamen, erwischte einen muskulösen Brustkorb und war keinen Moment später wieder über seinem Gegner. Ihn am Boden festnagelnd, stieß er Carpenter mit dem Lauf der Beretta die Schutzmaske vom Gesicht und presste die Mündung dann direkt zwischen diese kalten, grauen Augen.

»Wo ist Di Maria?«, sagte Harden.

»Verdammt, wer bist du?!« Der Ex-FBI-Mann klang gleichermaßen verdutzt und wütend.

»Du hast nur noch eine Chance, Carpenter ... *Wo ist Giuseppe Di Maria?*«, sagte Harden und spannte den Hahn seiner Waffe.

»Seppi ist tot«, antwortete Carpenter.

*Tot?* Diese nicht unwillkommene, aber nichts desto trotz völlig überraschende Information war es, was Harden für einen Moment stutzen ließ. Er verfiel nur einen winzigen Augenblick in Unaufmerksamkeit, aber dies war genug für einen Profi wie Carpenter: seine Hand zuckte hoch, die Beretta wurde herumgewirbelt, und Harden spürte einen dumpfen, explodierenden Schmerz zwischen seinen Beinen, als Carpenters Knie ihm in die Weichteile krachte. Klackernd landete die schallgedämpfte Waffe auf dem Boden, lag nun vielleicht einen halben Meter neben den beiden Kämpfern, ironischerweise nicht unweit von Carpenters Heckler & Koch P7.

Wie auf ein stummes Kommando hin versuchten beide Kämpfer, ihre Waffen zu erreichen: sie streckten ihre freien Hände verzweifelt nach den Pistolen aus, und diesmal war Harden eine Millisekunde schneller. Mit aller Kraft stieß er sich ab und landete direkt auf der Waffe. Hastig tanzten seine Finger umher, versuchten zuerst, den Griff der Pistole zu erwischen, klammerten sich dann daran fest.

Im Augenwinkel sah er wiederum einen großen Schatten auf sich zufliegen, wirbelte herum, doch keine Zeit zum Abdrücken. Die beiden Kämpfer polterten rückwärts über den Boden, die Pistole irgendwo zwischen ihren Körpern. Harden packte mit seiner freien Hand ein Büschel von Carpenters Haaren, riss dessen Kopf zur Seite, Muskeln und Sehnen zum Zerfetzen gespannt, Gelenke knackten, und ein Finger bohrte sich in Hardens linkes Auge.

Augenblicklich ließ Carpenter auch den anderen Arm vorschnellen und verletzte Harden mit dem Ellenbogen an der Kehle. Langsam krümmte sich der Zeigefinger des Killers um den Auslöser der Waffe. Ihr schallgedämpfter Lauf zuckte hin und her, als könnte sie sich nicht entscheiden, auf wen sie schießen sollte. Hardens Finger drückte immer fester auf seinen Abzug. Carpenter ächzte, und Harden schrie, dann traf der Hammer den Schlagbolzen, dieser schnellte nach vorne und brachte die Treibladung der letzten Patrone zum zünden. Im Augenblick der Mündungsexplosion sanken beide Körper wie vom Blitz getroffen zu Boden. Stille legte sich über den Korridor wie ein Leichentuch.

## 17

[Seinen 'Blender' mit der rechten Hand fest umklammernd, verliess Fred wieder jenes Modul, das er gerade angesteuert hatte. Und mit vor Unglauben weit geöffnetem Mund sah er sich an seiner neuen Position um.

Er stand vor einer riesigen, hochplateauähnlichen Fläche, die sich hunderte von Kilometern weit in die Ferne zu ziehen schien. Direkt vor und vielleicht fünfzig Meter unter ihm lag ein Art wogendes Seebecken, das sich in einiger Entfernung in ein Netz aus Kanalartigen, in alle Richtungen verlaufenden Schächten auffächerte. Rot und blau pulsierende Schlieren jagten mit unglaublicher Geschwindigkeit durch diese Flussläufe, die sich in der Ferne wieder zu haarfeinen Rissen in der silbergrauen Platte verengten, bevor sie mit dem Himmel verschmolzen.

Doch was Fred am meisten beeindruckte, mehr noch als das Netz aus Kanälen vor sich, war der in seiner Grösse fassungslos machende, überwältigende Komplex, der sich kurz hinter dem Horizont unfassbare zehn, vielleicht sogar zwanzig Kilometer in die Höhe wuchtete. Mit bedrohlicher, majestätischer Langsamkeit drehte sich die umgestülpte Pyramide dort um sich selbst; Millionen bunter Lichter und leuchtender Kacheln hoben sich in kaum zu fassender Intensität von ihrer ansonsten tiefschwarzen und völlig fugen- und ausbuchtungslosen Oberfläche ab.

Dies war der innere Kern des Zentralsystems: Freds Ziel!

Mit geschlossenen Augen machte Fred einen Schritt nach vorne, in den Abgrund hinein. Zuerst zerrte noch das vertraute Gefühl eines Sturzes an seinem Körper. Nach ein paar Momenten jedoch spürte er, wie sein Fall zuerst gebremst wurde und er sich auf einmal nicht mehr nur nach unten, sondern auch nach vorne zu bewegen begann.

Unwillkürlich öffnete er blinzelnd zuerst wieder das linke, dann das rechte Auge. Jene Schlieren, die wie elektronische Fischschwärme durch die Kanäle sausten, hatten direkt unter ihm einen Korridor gebildet, der vielleicht alle hundert Meter von Barrieren aus roten Nebelschwaden unterbrochen wurde.

Fred glitt direkt in den grünfarbigen Korridor hinein. Kopf voran schwebte er knapp unter der Oberkante des Kanals mit immer größer werdender Geschwindigkeit auf die umgedrehte Pyramide zu.

Bevor er sich versah, jagte er so schnell durch den künstlichen Wasserlauf, dass die Umgebung um ihn herum zu verschwimmen begann. Der lichte Korridor und die roten Begrenzungen darin, welche Fred wie Seifenblasen zum platzen brachte, wenn er durch sie hindurchjagte, verschmolz zu einem flirrenden, bunten Gewirr aus Schlieren und Formen.

Nach einem letzten sonnenhellen Aufglühen von diffusen Farben, das Fred einhüllte wie eine Dusche aus Licht, fand er sich verwirrt und orientierungslos an einem neuen Ort wieder.]

## 18

»Noch zwanzig Sekunden bis zur Löschung«, sagte Barchiel. »Energielevel bei einundachtzigkommadrei Prozent. Alle Programme bereit. Cerebrale und spinale Vaporisationssonden in Position. Daten der Stufe zehn befinden sich jetzt im temporären Transferspeicher.«

»Gut so«, flüsterte Vandenberg. »Gut so, o Herr, Vater unser, gib mir die Macht ... *gib mir die Macht!*«

Ein Schwall neuer Daten erschien auf einem der Monitore vor den beiden Männern. Das Mädchen im Nebenzimmer starrte nach wie vor mit leerem Blick die Zimmerdecke an. Nur für ein paar Augenblicke war da viel-leicht ein sanftes Aufflackern von Angst und Verstehen, dann trübten sich die wunderschönen, klaren Augen wieder, wurden stumpf und dumm.

»Löschung des Originalbewusstseins beginnt in fünf-zehn Sekunden.« Endlich war da auch ein wenig Erre-gung in der Stimme des Assistenten: »Digital-Bewusstsein bereit zur Auslesung und Einspeisung in Neukörper. Alle Parameter im grünen Bereich, keine Ausfälle ... Jetzt noch elf Sekunden bis zum Beginn der Löschung ... Acht ... Sieben ... Sechs ...«

»Mutter«, rief Vandenberg. »*Mutter, komm zu mir ...*«


## 19

[Zuerst schien sich alles um Fred zu drehen ... aber er entdeckte recht schnell, dass es sich nicht um Schwindelgefühle im Kopf han-delte. Nein, es war die Welt ausserhalb der Wände, welche die Halb-transparenz von dunklem Rauchglanz besa€en, die sich kreisförmig um ihn herumbewegte.

*Allmächd!*, ächzte er, als ihm dämmerte, dass er sich nun im Mittel-punkt der riesigen Zentralpyramide befand. Auf den Wänden des Ehrfurcht gebietenden virtuellen Bauwerkes, das sich um wirklich hunderte von Kilometern in die Höhe wuchtete, schimmerten in perfekten Linien Äonen kugelförmiger Behälter. Drohend und ein-schüchternd schwebte unter der Decke der kathedralenähnlichen Konstruktion ein riesiges Kruzifix. Immer wieder musste sich Fred ins Gedächtnis rufen, dass nichts davon, was er sah, Wirklichkeit war ... aber die Illusion war so perfekt, dass ihm der Anblick nichtsdesto-trotz den Atem verschlug.

Er wechselte den Blender in die linke Hand und rief dann mit einer Bewegung des rechten Daumens und Zeigefingers die Bedie-nungshilfe auf. Wie schon in der Kommunikationszentrale materiali-sierte vor ihm ein halbkugelförmiges Bedienungspult.

Mit Hilfe eines Pulldown-Menüs wählte er die Funktion 'Datei suchen' auf, gab danach den Namen des Informationsblockes, in dem die Realität über Cyrus Vandenbergs Nightfall Rapids-Projekt lagerte in das System ein und wartete ab, was geschah.

Zuerst tat sich nichts … dann verfärbte sich das Bedienungsfeld mit einem Schlag blutrot, und große, warnende Buchstaben bauten sich vor Fred auf:

## ----› ACHTUNG ‹----
## DATEN AUS EINEM GESPERRTEN SPEICHERBEREICH
## WURDEN ANGEFORDERT. WENN DAS ZUTREFFENDE
## PASSWORT NICHT VORHANDEN IST, WIRD DER
## ANFRAGESTELLER UNVERZÜGLICH ELIMINIERT.
## ---› ES WIRD KEINE WARNUNG GEBEN ‹---

Fred zögerte einen Moment. Er zwang sich, daran zu denken, dass Joshua Vandenbergs Passwörter bislang jedes Mal funktioniert hatten … wieso sollte es hier anders sein? Dennoch zitterten seine Finger, als er schliesslich bestätigte.

Keinen Augenblick später baute sich ein grüner, steil in die Höhe führender Schacht um ihn herum auf, durch den Fred so abrupt Kilometerhoch in die Luft geschleudert wurde, dass ihm die Beschleunigung fast das Bewusstsein raubte …]

## 20

»Vier Sekunden … drei …«, sagte Barchiel. »Zwei …«

In diesem Augenblick explodierte krachend das Terminal. Jäh verstummte das vertraute Summen des Transfersystems; Metall- und Glassplitter des Hauptmonitors wurden durch die Gegend geschleudert, und eine schwarzgraue Rauchwolke stieg auf. Funken sprühten. Mit einem dumpfen Schlag wurde keine Sekunde später auch ein zweiter Bildschirm zerschmettert, und noch mehr Flammen züngelten aus dem Inneren des großen Terminals hervor. Der Assistent riss schützend die Arme vor das Gesicht. Ohne zu wissen, was eigentlich passiert war, warf sich Vandenberg zu Boden.

Nach einem Augenblick der grauenvollsten Stille, welche der Wissenschaftler je erlebt hatte, wurde das Zischen der internen Feuerlöscher hörbar, und auf dem letzten noch funktionierenden Bildschirm flackerte eine von einem roten Balken umrandete Schrift auf:

**HAUPTKONTROLLE DEAKTIVIERT!**
**TRANSFERPROZESS ABGEBROCHEN!**

»NEIN!«, schrie Vandenberg und stürzte auf die Konsole zu. »OH GOTT NEIN! DAS DARF NICHT SEIN!«

Hinter ihm ertönte das Klicken einer Waffe, die gespannt wurde.

## 21

[Freds Reise endete auf einer quadratischen Plattform, die vielleicht fünfhundert gefühlte Meter über dem Mittelpunkt der Pyramide schwebte. Um Gleichgewicht ringend stand er da, bis ihm klar wurde, dass sein Endziel direkt vor ihm lag

Ein paar Schritte vor ihm war eine jener schimmernden Riesenperlen, die die Wände der Pyramide über und über bedeckten, in den Boden der Unterlage eingelassen. Langsam ging er auf den Leuchtball zu. Je näher er ihm kam, desto genauer sah er, dass die Oberfläche der Kugel nicht aus einem festen Material, sondern aus Milliarden winziger, fluoreszierender Punkte bestand, die den Mittelpunkt der Kugel wie ein lebendiger Ozean umkreisten.

*Viren!* schoss es Fred durch den Kopf. Er zuckte zurück, als könne auch nur ein Computervirus aus seiner Formation ausbrechen und sich an ihm festsaugen. Dann versuchte er, sich zu erinnern, was er tun musste, sobald er an diesem Punkt angelangt war. Alles hatte so … so einfach geklungen, als Vandenberg ihm die Tätigkeiten geschildert hatte. Aber damals hatte Fred auch nicht ahnen können, in einer mehrere dutzend Kilometer hohen Pyramide vor einer von Computerviren geschützten Leuchtkugel zu stehen und dabei immerwährend von den Augen des riesigen, gekreuzigten Christus verfolgt zu werden, bis er sich vorkam, als würde er eine Straftat begehen.

Also: *Musste er erst die Kanäle öffnen und dann das File einlesen oder umgekehrt?* Eine der beiden Optionen war korrekt, der falsche Ablauf der Sequenz hingegen würde Alarm auslösen. Fred war sich ziemlich sicher, dass es die zweite Lösung war … aber eben nur ziemlich. Und dann sogar überhaupt nicht mehr.

*O Gott, bitte, versau' jetzt nicht alles, denk' an Andra …*

Kurz entschlossen machte er einen Schritt auf den Datenbehälter zu und streckte den rechten Arm aus. Sofort umschwärmten die Viren seine Hand, hüllten sie völlig ein, doch ausser eines intensiven, aber nicht unerträglichen Kribbelns konnte Fred nichts wahrnehmen. Darum vermutete er, dass alles seine Richtigkeit hatte. Nachdem er sich noch näher an den Behälter herangewagt hatte, bildeten die Viren einen flexiblen Schlauch, der sich an seiner Stirn festsaugte.

Nach ein paar Momenten wichen die Viren zurück, und es öffnete sich ein länglicher, ovaler Schlitz in der Hülle. Im Inneren der Membran konnte Fred eine schillernde, tennisballgro€e Kugel erkennen, die oben und unten von zwei nabelschnurähnlichen Virensträngen festgehalten wurde.

Nachdem er den **DATEI**-Menüpunkt 'Kopieren' angewählt hatte, leuchteten über seiner rechten Hand zwei Worte auf – **WELCHES OBJEKT?** – die erst dann verschwanden, als Fred die Perle im Inneren der Virushülle berührt hatte. Wenige Atemzüge später manifestierte sich eine zweite identische Kugel, die Zentimeter über Freds Handrücken schwebte und jeder seiner Bewegungen folgte.

Nervös rief er wieder das Bedienungsfeld auf und stierte ein paar Momente lang auf den Screen mit all seinen Gadgets und Pull-Down-Menüs. Schlie€lich wählte er in der Auswahlkartei **Kommuni-**

258

**kation** den Punkt **OUTPUT-KANAL/ KANÄLE AUFRUFEN.** Ziemlich weit unten auf der Liste der aktiven oder auf Bereitschaft geschalteten Ausgangsleitungen fand er die Abzweigungen ins Internet, die er vor Kurzer Zeit auf Bereitschaft geschaltet hatte. So weit, so gut!

Keinen Augenblick später geschahen jedoch zwei Dinge fast gleichzeitig: neben ihm blinkten drei Kreisrunde Kanaldeckelgrosse Öffnungen auf, die von der Seite betrachtet nur einen Zentimeter dick wirkten, aber von vorne wie die Eingänge in lange Autobahntunnels aussahen. Dann ertönte ein schriller Alarmton, und die Virenhülle des Datenbehälters verfärbte sich von einem wachsamen Giftgrün in ein wütendes, angriffslustiges Grellrot.

»Achtung! **Sie haben in einem gesicherten Datenspeicher eine Leitung in die äusseren Netzbereiche angefordert! Dies ist eine verbotene Handlung**!«, donnerte eine Stimme, die von überall her gleichzeitig zu Kommen schien.

Fred versuchte noch geistesgegenwärtig, seine rechte Hand hochzureissen und die Datenkugel zumindest in eine der Öffnungen zu schieben, dann explodierte schon die Virusmembran. Die winzigen, insektenhaften Leuchtpunkte bildeten zwei Schwärme, von denen sich der erste auf Fred stürzte. Der andere schlängelte sich um die oberste der drei Output-Öffnungen und begann, sie Pixel für Pixel aufzulösen!]


## 22

Die Pistole in Tony Carpenters rechter Hand qualmte noch. Sein Gesicht war blutverschmiert und wütend, *tödlich* wütend.

»Sie?« Cyrus Vandenberg ächzte. »Sie haben ... *Sie* ...?!«

Ungläubig starrte der Erzengel zuerst das zerstörte Terminal, dann wieder Carpenter und schließlich erneut das zerstörte Terminal an. Der Ex-FBI-Mann sagte nichts, hob nur die Waffe und richtete sie auf den Wissenschaftler, der immer noch verzweifelt und hilflos vor der qualmenden Konsole kniete. Vandenbergs Augen glänzen halb vor brennendem Hass und Zorn, halb vor Tränen.

»Beweg' dich«, sagte Carpenter ruhig, aber mit kältester und erbarmungslosester Konsequenz. Dann deutete er mit dem Kinn in die entgegengesetzte Raumecke.

Als sich Vandenberg nicht sofort erhob, feuerte er die P7 ein weiteres Mal ab, und der letzte intakte Monitor implodierte. Vandenberg zuckte zurück und kauerte sich zusammen, als ein paar Glassplitter seine Arme und seine Hüfte streiften. Sobald er wieder aufsah, war die Mündung der Waffe genau auf seinen Kopf gerichtet. Doch das kümmerte ihn nicht.

Etwas anderes war viel wichtiger: Er musste die Daten retten, oder Mutter würde sterben ... *Aber was sollte er tun?* Wie konnte er entkommen? Wie den Geheimgang im Nebenzimmer, der ihn direkt in seinen Arbeitsraum führen würde, erreichen?

Es gab nur eine Chance. Als letzten Versuch warf er seinem Assistenten Barchiel einen raschen, entschlossenen Blick zu und erwartete gar nichts anderes, als dass sich der junge Mann für das Überleben von Mutter opfern würde. Darauf war er konditioniert.

Schon sprang der junge Programmierer auf und riss geistesgegenwärtig einen Handfeuerlöscher aus seiner Halterung, richtete die Mündung der Düse genau auf Carpenter. Der ehemalige Bundesagent feuerte augenblicklich die P7 ab, doch ein dicker Schwall Löschschaum explodierte ihm dennoch mitten ins Gesicht, und das Projektil ging ins Leere. Blind, keuchend und nach Luft schnappend feuerte der Detektiv instinktiv in die Richtung, wo er seinen Gegner vermutete. Das erste Projektil traf Barchiel in den Brustkorb, ein weiteres streifte seine Hüfte, doch er war nicht zu stoppen. Mit einem unmenschlichen Schrei und rollenden Augen torkelte er auf seinen hustenden Kontrahenten zu und holte mit dem Löschkanister zum Schlag aus.

Geübt duckte sich Carpenter weg, hörte ein dumpfes Poltern irgendwo hinter und die Schreie seines Angreifers vor sich, dann war da jäh ein dumpfer Schmerz, als ihm der Programmierer den Feuerlöscher gegen die rechte Schulter rammte. Sich nur an den wenigen Schemen orientierend, die er noch entziffern konnte, feuerte er seine P7 noch zweimal auf die Silhouette seines Gegners ab. Dann war das Magazin leer. Ein Körper klatschte vor ihm zu Boden. Jetzt Schweigen. Er rappelte sich auf die Füße und klammerte sich mit der rechten Hand an ein Terminal, während er mit der linken Hand immer wieder über die Augen wischte, bis er wieder mehr als nur undeutliche Schatten erkennen konnte.

Was er erblickte, ließ ihn vor Wut aufächzen.

Andra und ihr Peiniger im weißen Kittel waren verschwunden.


## 23

[Die grüne Schutzschicht, die Vandenberg um Freds kybernetischen Körper gelegt hatte, glühte unter der Attacke der Viren auf und begann ähnlich dem Bild auf einem nicht eingestellten Fernseher zu flackern und flirren. Der Blender entglitt ihm, als er instinktiv (und völlig sinnlos) die Hände hochriss, um sein Gesicht zu schützen.

Der zweite Virenstamm hatte inzwischen den ersten der drei Ausgabekanäle vollständig gelöscht und den zweiten bereits zur Hälfte. Mit aller Kraft streckte Fred die rechte Hand nach der letzten Öffnung aus. Es war, als würde er in einem startenden Space-Shuttle sitzen, und die enorme Beschleunigung der Raketenmotoren drückte ihn immer heftiger, inzwischen mit dem zweieinhalbfachen seines Körpergewichtes zu Boden. Das Schimmern seines kybernetischen Körpers wurde immer schwächer.

Vor Anstrengung schreiend hob Fred den Arm und brachte ihn Zentimeter für Zentimeter dem Output-Kanal näher, die Viren den Schutzschirm auflösend, von der zweiten Öffnung nur noch ein paar Bildpunkte übrig, aber nur noch ein paar Zentimeter für Fred, zuerst vier, dann drei, und die Viren glitten zum letzten Tunneleingang.

Keinen Atemzug später verschmolz Freds Hand mit der Unterkante des Output-Kanals, und die Kugel wurde förmlich ins Innere des Tunnels gesaugt. Leise zischend verschwand sie aus dem Gesichtsfeld des Buchhalters und jagte durch ein Labyrinth von Korridoren und Gateways, bis sie schließlich ihren Verfolgerschwarm von Computerviren abgehängt hatte und das interne Netz verließ.

Fred sank zu Boden, konnte nicht mehr atmen, zu schwer war die virtuelle Last der Viren, die mehr und mehr der Schutzschicht absorbierten und ihr Opfer wie eine zweite Haut völlig einhüllten. Mit letzter Kraft brachte er Daumen und Zeigefinger der rechten Hand hoch und aktivierte das Bedienungsfeld, auf das sofort einige Virenstämme überwechselten und zu löschen begannen …

*Nicht mehr!*, stöhnte er. *Ich kann nicht mehr …*

Freds Zeigefinger verharrte zuerst auf dem Menüpunkt

## NETZ VERLASSEN

rutschte dann tiefer, schaffte es, den Befehl wieder anzuvisieren … und eine Lichteruption umschloss ihn, trug ihn mit sich, gefolgt von Finsternis.

Hatte er es geschafft, die Anweisung zu geben?

Er wusste es nicht, aber er hatte das Gefühl, zu steigen, zu steigen, von einer unsichtbaren Woge immer höher und höher getragen zu werden, zu taumeln und trudeln. Die Pixel blieben rasend schnell unter ihm zurück …]

## 24

... und Luft strömte in seine Lungen. Zuerst wusste er
nicht, wo er sich befand, da er sich immer noch auf dem
Boden liegend vorfand. Aber dann stöhnte er unter dem
Gewicht seines Körpers, erlebte den Verlust der herrli-
chen Schwerelosigkeit und Grenzenlosigkeit, die das
intensivste Gefühl im Netz gewesen waren, und er ahnte,
dass er wieder dort war, wo er begonnen hatte: zurück
auf der null-ten Ebene.

## 25

Cyrus Vandenberg schlug die Türe des Geheimganges,
der ihn vom Transferzentrum ins Mausoleum geführt
hatte, hinter sich zu. Er bettete Andra Merricks Körper
auf einen Teppich und hastete dann dem in die Wand
eingelassenen Terminal hinüber. Blitzend schaltete sich
der Bildschirm ein.

»O Gott«, flehte er. »O Herr, lass' es noch nicht zu spät
sein, bitte ...«

Er aktivierte die primäre EDEN-Kontrolle und sah mit
einem zutiefst erleichterten Seufzen, dass er es noch
rechtzeitig geschafft hatte. Es gab kaum Datenverlust.

Also musste er eine Entscheidung treffen. *Was sollte er
tun? Wie konnte er Mutter retten?* Eine Transferierung in
irgendwelche anderen angeschlossenen Rechensysteme
war unmöglich, denn außer dem EDEN gab es keinen
Computer, der die unvorstellbare Datenmenge des
menschlichen Bewusstseins auf einmal im Speicher behalten konnte ... Plötzlich fuhr er zusammen und beende-
te den Gedanken. Bei Jehova, es *gab* eine Möglichkeit:
Mutters Bewusstsein musste partitioniert und in unzähligen Paketen auf viele verschiedene Rechner verteilt

werden wie eine Systemdatei. Dies mutete im ersten Moment verrückt an ... aber es *war* machbar!

Denn im Moment war Mutters ganzes Bewusstsein - ihre Erinnerungen, ihre Persönlichkeit - nichts anderes als die anderen digitalen Computerdaten, mit denen jeder Rechner täglich umging. Und Daten konnten auch geteilt und später wieder zusammengesetzt werden, wenn man das Decodierungsprogramm hatte. Auf diese Weise bestand tatsächlich die Chance, dass sie es schaffte, so gering diese Chance auch war ... aber, bei Gott, es *war* eine Möglichkeit. Nicht umsonst lautete ein Wahlspruch derer von Vandenberg: *'Wo eine Möglichkeit ist, ist auch ein Weg, und der Zweck heiligt alle Mittel!'*

Fieberhaft machte sich Vandenberg an die Arbeit. Er musste alles beenden, so lange er noch konnte.

Er hatte ungefähr die Hälfte der Daten von Mutters Bewusstsein gesplittet und auf sämtliche vernetzten Vandenberg-Trinity-Großrechner verteilt, als er seine Arbeit kurz unterbrach, seine zitternden Hände massierte und dem zweiten Statusfenster einen kurzen Blick zuwarf. In diesem Moment weiteten sich seine Augen.

»Was? Was ist ...?!«

Fassungslos stierte er auf den Monitor, wo blinkende, grellrote Schriftzeichen zu sehen waren:

**ALLE AUSGABEKANÄLE INS INTERNET**
***GEÖFFNET!***
**---› DATEN WERDEN GESENDET! ‹---**

*O Grundgütiger, sämtliche Daten gingen nach draußen!* Alle Informationen über Mutter, das Projekt, die Basis und Nightfall Rapids. Und es kam noch schlimmer: Jener Teil, der von Vandenbergs eigenmächtigen Operationen berichtete, wurde an die Auftraggeber verschickt ... der Rest an die Web-Sites verschiedener großer Zeitungen,

Fernsehsender, sowie privater Verschwörungsgegnergruppen.

Cyrus Vandenberg krallte sich in das Holz des Schreibtisches; er spürte, wie ihm schwindelig und unsagbar übel wurde.

Cyrus wimmerte: »Nein, nicht auch *das* noch.«

»Doch«, sagte Joshua über das Netz. »Es ist wahr, Bruder. Du kannst es glauben. Und du kannst nichts dagegen tun. Du hast verloren. Schachmatt.«

»Es war der Traum unseres Vaters. *Du* hast alles zerstört ... Den Traum ... Die Bestimmung unserer Familie ... Wieso, Joshua, *wieso?*« Cyrus Vandenbergs letztes Wort klang wie ein völlig irrsinniges Heulen und Greinen.

»Diese ganze Familie ist wahnsinnig. Genau wie du.«

»Aber was ist mit Mutter«, fragte Cyrus. »Du kannst sie doch nicht sterben lassen ... Sie hat uns Leben gegeben, Joshua! Sie hat uns das Leben gegeben und all die Schmerzen auf sich genommen, um uns in diese Welt zu bringen ... Und jetzt sind wir dran, ihr denselben Gefallen zu tun! Wenn auch nur noch ein Tropfen Vandenberg-Blut in die ist, dann musst du mir helfen! Ich habe ihr Bewusstsein gesplittet und auf verschiedene Rechner verteilt, der Schlüssel zu ihrem Bewusstsein ist im Hauptspeicher des Rechners, Bruder ... Wenn ich es nicht schaffe, dann musst du sie ins Leben zurückholen. Wir haben die Chance, Joshua, und wir müssen es tun, das sind wir ihr schuldig ...«

»Ein anders Leben müsste ausgelöscht werden, damit sie wieder zurückkommen kann.«

»Was ist schon ein anderes Leben gegen Mutter? Bitte, Joshua, bitte ... Sie ist hilflos, und du hast den Schlüssel. Wenn ich es nicht schaffe, musst du das Programm nur abrufen und in deinem System speichern. Wie das Transfersystem funktioniert weiß du ja. Finde ein Mädchen, das richtig ist, und dann hole sie zurück ... so bald es nur geht. Du hast sie doch auch geliebt, wir alle liebten sie ... *Bitte, bitte, bitte, bitte ...*«

»Du kannst bitten, so viel du willst, Cyrus«, sagte sein Bruder. »Du hast verloren, und das weißt du.«

»Aber *wir* können gewinnen! Zusammen ist die Familie Vandenberg stark, das weißt du ... wir können noch gewinnen, Joshua, hörst du? Wir k-«

Doch die Verbindung erstarb.

Die Erkenntnis war gnadenlos: *Alles war verloren.* Joshua hatte gesiegt, nach all diesen Jahren des erfolglosen Kampfes. Mit Tränen in den Augen und nur mühsam unterdrückter Wut fuhr Cyrus in seinem Versuch fort, Mutters Bewusstsein zu retten, seine Hände zitternd, ja, sein ganzer Körper schlotternd vor Gram, vor Hass und Zorn auf Joshua und die anderen, die ihm dies angetan hatten. Er wusste, er würde auch den nächsten Schritt gehen!

Egal, was Joshua tat. Egal, was die anderen taten.

Egal, was *irgendwer* tat.


## 26

Das leere Magazin der P7 landete auf dem Boden. Rasch nahm Carpenter den letzten vollen Munitionsclip, schob ihn in die schlanke Waffe und lud durch. Mit der Pistole im Anschlag hastete er in den geräumigen Nebenraum des Transferlabors. In Sekundenbruchteilen erfasste der Ex-FBI-Mann mit geübtem Blick mögliche Deckungen für sich selbst oder einen möglichen Gegner. Über seine Waffe hinweg visierend glitt er tiefer in den Abstellraum hinein und duckte sich hinter eine Flanke des Stahlregals, das den Raum wie ein im Trockendock liegender Ozeandampfer dominierte. Er würdigte dessen Einrichtung (zahllose Fachetagen voller Computerpanelen, medizinischer Ausrüstung und anderer, mysteriöser Gegenstände) keines Blickes, stattdessen begann er, in geduckter Haltung die Wände abzuklopfen. Er wusste, dass es hier irgendwo einen Geheimgang geben musste, durch den Vandenberg und das Mädchen entschwunden waren, doch wo könnte der Zugang dieses Korridors sein?

Stechender Schmerz ließ ihn kurz innehalten. Lautlos fluchend rieb er sich über die immer noch vom Löschschaum brennenden und tränenden Augen. Fast hätte er deswegen den Stoffrest auf dem Boden übersehen. Doch dann wusste er, dass ihm der Zufall den entscheidenden Hinweis beschert hatte: Einen Fetzen aus dem Krankenhaushemd, das Andra getragen hatte. Der Schnipsel musste abgerissen sein, als Cyrus Vandenberg das bewusstlose Mädchen in den Geheimgang hievte. Und das bedeutete: *Der Eingang war zweifellos an dieser Stelle!*

Aber wie konnte er die fugenlose Türe öffnen?

Carpenter sah sich um. Es musste einen Sensor geben, um den Öffnungsmechanismus auszulösen, aber eine Fahndung danach würde der berüchtigten Suche nach der Nadel im Heuhafen gleichen. Er musste methodisch vorgehen, sonst war alles verloren.

## 27

Grimmig entschlossen berührte der Erzengel den großen, roten Sensor neben Josephs Ruhestätte und beobachtete zufrieden, wie sich der Boden unter dem mit Nährflüssigkeit gefüllten Mausoleum öffnete und der Schaukasten dann verschwand. Ein paar Sekunden und etwa fünfzehn Meter tiefer landete die Truhe neben den Cryokammern von Mutter, Vater und all den anderen Ahnen in der Ladefläche eines fahrbereiten Schneemobils.

Das Mausoleum war nun leer. Jetzt konnte getan werden, was getan werden musste!

Cyrus Vandenberg hetzte zurück in sein Arbeitszimmer. Er öffnete ein weiteres Geheimfach des Bücherregals (davon gab es Dutzende) und legte seinen Daumen auf die Scannerplatte im Inneren des Verstecks.

»Vandenberg, Cyrus, Jesaja eins-vierundzwanzig-sechzehn«, sagte er, bei jedem Wort schwang eine Oszilloskopenlinie auf einem kleinen Monitor mit. Danach tauchte eine zweite Schwingungskurve auf - die des im Computer gespeicherten Vergleichsmusters - und legte sich über die erste. Beide Kurven waren identisch. Also glitt ein Teil der Wand neben dem Schirm zur Seite und gab den Blick auf ein rotlackiertes Computerteminal frei.

Nie hätte er gedacht, dies tun zu müssen ... und nun war es soweit. Er schob jenen Metallschlüssel, den er an einer kleinen Stahlkette um den Hals trug, in das passende Schloss unterhalb des Datensichtgerätes. Er drehte ihn um und sah drei warnend rote Leuchtdioden aufblitzen. Dann legte er einen Kippschalter unter jeder der Dioden um, was die Farbe der Lämpchen von rot auf grün wechseln ließ. Abschließend scannte er erneut seinen Fingerabdruck und tippte einen zehnstelligen Code auf einem kleinen Schaltpult ein.

Augenblicke später bestätigte das System.

*Sie würden nicht gewinnen,* dachte er, während er Andra unter den Armen packte und ihren leblosen Körper in den engen Fluchttunnel schleifte. *Diese vermaledeiten gottlosen Eindringlinge würden nicht gewinnen!*


## 28

Immer noch unter dem Einfluss der virtuellen Realität stehend, die biologische Wirklichkeit auf einmal als voller Fesseln und unendlich *begrenzt* empfindend, eilte Fred zur selben Zeit in Richtung des Transferzentrums. Nur ab und zu blieb er stehen, um wieder etwas Luft zu holen, danach rannte er verbissen weiter.

Sein Bauch hüpfte bei jedem Schritt auf und ab und seine Oberschenkel gerieten so in Wallung, dass sie nichts jemals wieder stoppen zu können schien.

»Sie sind gleich da«, hörte er die Stimme von Joshua Vandenberg im Intercom. »Auf der rechten Seite ist das Transferlabor. Beeilen Sie sich, Fred, Cyrus hat ... verdammt, er hat die Selbstzerstörung des Institutes aktiviert.«

»Er hat ... *was?!*«, rief Fred.

»Kein Grund zur Panik - Sie haben noch mehr als zehn Minuten Zeit. Ich bin bei Ihnen. Betätigen Sie auf der kleinen Zehnertastatur neben dem Schott folgende Ziffern«, sagte sein Schutzengel. »Null sieben null sieben vier null. *Siebter Siebter Neunzehnhundertvierzig*, das ist Mutters Geburtstag. Und jetzt bewegen Sie sich!«

Fred tat, wie ihm befohlen wurde.

Im Inneren des Transferlabors fand er vor einer zerstörten Computerkonsole die Leiche eines jungen Mannes. Dahinter war ein Sessel aufgebaut, der Fred an eine Kreuzung aus Zahnarztsessel und Trockenhaube beim Frisör erinnerte.

Aber keine Andra. Nicht in dem Sessel. Nicht auf dem Boden.

»Andra ist weg, hören Sie?«

»Dachten Sie, Cyrus würde sie zurücklassen?«, fragte Joshua Vandenberg. »Gehen Sie nach links, in den Nebenraum. Da ist der Zugang zum Geheimgang ins Familienmausoleum. Dorthin wird Cyrus sie gebracht haben, weil ... er ... u- ... m ...«

Knackend erstarb die Intercomleitung. Fred hatte nur noch gehört, wie Vandenberg irgendwas von einem Störsignal sagte, dann war da abrupt nichts mehr. Gar nichts mehr.

Fred erstarrte, tippte gegen den Helm und rief etwas in sein Mikrophon: »Hallo? Melden Sie sich, bitte ...?! Vandenberg?! Hallo?!« Aber nichts tat sich. Keine Antwort.

Verdammt. *O verdammt.* Auf einmal fühlte sich Fred völlig hilflos, alleine, machtlos. Wie sollte er sich ohne seinen Schutzengel dieser verrückte Privatarmee aus selbsternannten Cherubim stellen? Er verdankte es doch nur Joshua Vandenberg am Kontrollpult, dass er so weit gekommen war. Panik schnürte ihm die Kehle zu – und diese Panik wurde sogar noch schlimmer, als er im Augenwinkel eine Bewegung erhaschte: Jemand erschien im Durchgang zu dem Nebenraum.

Mit einem seltsamen hohen, grimmigen Ächzen riss Fred die Steyer hoch. Entweder ließ seine immer noch anschwellende Panik den Zeigefinger in einer Art Angstlähmung zögern, den Abzug ganz durchzuziehen, vielleicht hatte sein Unterbewusstsein aber auch in der Art, wie sich die andere Person bewegte, etwas Bekanntes gesehen. In jedem Fall feuerte er nicht. Zum Glück. Denn dann erkannte er, dass es niemand anderes als Carpenter war, der mit einer Pistole im Anschlag ins Transferlabor kam.

»*Tony?!*«, rief er.

»Freddie.« Erleichtert senkte Carpenter die Waffe.

»Bin ich froh, Sie zu sehen, Tony«, sagte Fred. »Wir müssen uns beeilen! In ein paar Minuten fliegt hier alles in die Luft. Cyrus Vandenberg hat die Selbstzerstörung für das Institut eingeschaltet.«

»*Fuck!*«, rief Carpenter. Mit einem schmerzhaften Ruck wurde ihm klar, wie sehr er die Konsequenz und den Willen seines Gegners unterschätzt hatte. »In diesem Lager hier gibt es den Zugang zu einem Geheimgang, durch den Vandenberg mit Andra geflüchtet ist. Der

Eingang ist dort drüben. Wissen Sie, wo der Öffnungssensor ist?«

Fred schüttelte den Kopf und langte kurz entschlossen an seinen Gürtel. In der Anwesenheit von Carpenter fühlte er sich schlagartig wieder von Hoffnung und Mut erfüllt. Er zog eine faustgroße Metalldose aus ihrem Holster an seiner rechten Hüfte; es war eine der beiden Sprenggranaten, die Joshua Vandenberg ihm mitgegeben hatte, um die EDEN CPU zu zerstören. Nun würde sie einen anderen Zweck erfüllen.

»Vergessen Sie den verdammten Sensor«, sagte er. »Sollen wir es uns einfacher machen?«


## 29

Der Erzengel betrachtete den Körper des Mädchens, und sofort erblühte ein Lächeln auf seinem Gesicht. Er bewegte sich ohne Hast, als hätte er alle Zeit der Welt und nicht nur noch knappe vier, fünf Minuten, bis das ganze Institut in einer riesigen Explosion vergehen würde.

*Die Kathedrale würde vergehen.* Dieser Gedanke war immer noch so fremdartig, so seltsam, dass Vandenberg nach wie vor nur tief in seinem Innersten anerkannte, dass sein Lebenswerk in ein paar Momenten aufhören würde zu existieren. Natürlich war die *Kathedrale* ersetzbar, genau wie EDEN, aber dennoch hatte er hier einen großen Teil seines Lebens verbracht, und ganz ohne Wehmut ging kein Abschied, egal, wie klein oder groß er war. Er wusste, dass Wehmut eine jener Emotionen war, die sein Vater immer *Gefühlsmüll* genannt hatte, also unnützer Ballast, der keinen praktischen Nutzen hatte und nur das klare, objektive Denken behinderte. Auch Mitleid, Heimweh, oder Eigennützigkeit fielen darunter.

Aber selbst Cyrus Vandenberg konnte nicht verhindern, dass sich beim letzten Blick auf die bisherige Familiengruft ein seltsames Ziehen in seinem Magen ausbreitete...

Dann riss ihn die Druckwelle einer Detonation von den Füßen. Eine Qualmwolke eruptierte aus dem Geheimgang, der in die Familiengruft führte, und keinen Augenblick später sah er zwei Gestalten aus der Rauchwand brechen und ins Mausoleum einfallen. Obwohl er die Gesichter seiner Gegner nicht erkennen konnte, wusste er genau, wer ihn da verfolgte: *der Ex-FBI-Mann und Joshuas Helfer.*

Irgendwie kam er auf die Füße und hastete hinüber zu dem Aufzug, in dem das Gefäß - Mutter! - ruhte, während ihn Projektile aus den Waffen der Gegner jagten. Mit einem Hechtsprung brachte er sich in die Kabine in Sicherheit, hämmerte mit der Faust auf das Schaltpult ein und hörte schnelle Schritte, als die beiden Angreifer näher kamen.

*Die Türen, o Herr, schließ die elenden Lifttüren!*

Zuerst rührte sich nichts ... dann, als hätten sie sein Gebet erhört, schloss sich die Kabine allmählich.

Vandenberg stieß einen wilden Freudenschrei aus, als eine letzte Salve von Projektilen mit grellen Schlägen außen vom kugelsicheren Stahl abprallte und sich der Aufzug in Bewegung setzte.

*Nichts* würde ihn aufhalten können.

Vielleicht hatte Joshua für kurze Zeit ja geglaubt, das Spiel gewonnen zu haben, aber jetzt hatte sich das Blatt wieder gewendet. Zum Guten. Zum Besten.

*Zur Familie.*

Carpenter senkte die Pistole. Blaugrauer Qualm stieg vom Lauf der leer geschossenen Waffe auf. Auch Fred ließ die Mündung seiner MP sinken, obwohl ein Teil in ihm sinnloserweise auf die massiv gepanzerten Lifttüren ballern wollte, bis das Magazin leer war. Dieser Mistkerl durfte nicht mit Andra entkommen. Das *durfte* nicht sein.

Während Fred seine Furcht und irrationale Wut zurückdrängte, untersuchte Carpenter mit systematischer Ruhe diesen obskuren Raum, der ihn am ehesten noch an ein Mausoleum erinnerte. Am anderen Ende des Saals erspähte er fremdartige Umrisse, die sofort seine Aufmerksamkeit erregten. Es handelte sich um eine Handvoll leerer, von Kunststoffglas hermetisch umschlossener Kammern. Aus der Nähe sah Carpenter, dass diese vertikalen Schneewittchensärge keine Böden hatten, stattdessen schraubten sich dort stählerne Rutschbahnen in die Tiefe. Was sich auch immer in diesem Alkoven befunden hatte, kürzlich hatte es denselben Weg nach unten genommen wie ihr Gegner.

Carpenters Instinkte übernahmen die Kontrolle über sein Handeln.

»Fred, die Granate!«, rief er. Fred reichte sie ihm mit zitternden Händen. Carpenter entsicherte den Sprengsatz und schaltete dessen Timer ein. Keine zehn Sekunden später verging der vorderste Schneewittchensarg in einem Lichtblitz, gefolgt von einem scharfen, hellen Knall und einer Druckwelle, welche die Trümmer des halbrunden Sichtfensters wie Schrapnellsplitter vor sich hertrieb.

Noch bevor sich der Rauch verzogen hatte, ließ sich der Ermittler mit den Beinen voraus in eine der Nischen fallen; Fred war nur ein paar Schritte hinter ihm. Die beiden Männer purzelten etwa zwanzig Meter tief über die Frachtrutschbahn, fanden sich schließlich auf einer

Art von Laderampe am hinteren Teil des Gebäudes wieder. Irgendwo im Hintergrund sprang tuckernd der Dieselmotor eines Schneefahrzeuges an, aber Fred und Carpenter vernahmen das Geräusch nur einen Herzschlag lang, dann begannen sich die riesigen Rampentore vor ihnen mit einem knirschenden Rumpeln zu schließen.

Im selben Sekundenbruchteil waren die beiden wieder auf den Beinen. Das Tor kam näher, die Öffnung wurde schmaler und schmaler, und Fred stolperte, schaffte es aber irgendwie, nicht hinzufallen. Stattdessen senkte er den Kopf und hastete schreiend mit der Wut und Wucht eines Stiers voran. Kaum waren Carpenter und Fred im Schnee vor der Laderampe gelandet, trafen sich hinter ihnen mit einem hellen 'Kling!' die zwei Torhälften.

Fred hatte noch nicht die Orientierung zurückerlangt, da entriss man ihm die Steyer-AUG. Dann hörte er Schritte, die sich rasch von ihm entfernten. Es dauerte ein paar Augenblicke, bis Fred registrierte, dass es Carpenter gewesen war, der die Waffe genommen hatte.

Der Detektiv sprang von der Rampe und hechtete mit ausgestreckten Armen dem beschleunigenden Schneemobil hinterher. Zuerst fürchtete Fred, dass der Sprung zu kurz gewesen wäre, doch dann erwischte Carpenter mit der rechten Hand einen Teil der hinteren Stoßstange und klammerte sich fest. Immer rascher wurde Carpenter über den Schnee geschleift. Die Maschinenpistole baumelte wild an seinem Schulterriemen umher, prallte hart gegen seinen Rücken, bis er es endlich schaffte, mit dem Fuß auf dem Chassis des Raupenfahrzeuges Halt zu bekommen.

Mühsam zog er sich hoch und erklomm das Dach der Maschine. Von hier aus robbte er voran in Richtung Führerhaus. Seine steifen Finger krallten sich überall dort fest, wo er Halt fand, und sein Atem stockte unter dem schneidend kalten Fahrtwind.

## 31

Cyrus Vandenberg trat derweil mit aller Gewalt auf das Gaspedal des Schneemobils und hörte zufrieden, wie der Dieselmotor aufheulte. Er lenkte die Maschine um einen Baum herum und warf einen kurzen Blick in den Rückspiegel, in dessen Reflexion die Kathedrale und das Trinity-Institut stetig schrumpften. Jetzt war es nicht mehr lange, bis das Gebäude und seine Feinde darin in einen Nebel aus geschmolzenem Metall, Flammen und Zerstörung verwandelt worden sein würden. Dass er seine eigenen Mitarbeiter ebenfalls der reinigenden Kraft des Feuers preisgab, war für ihn eher ein Akt der Gnade.

Alles war entschieden. Er würde nach New Mexico zurückkehren, Mutters Bewusstsein rekonstruieren und dann über das Backup-System, das er mit seinem heutigen Wissen ohne Probleme zum laufen bringen konnte, in den passenden Körper transferieren, wie es geplant gewesen war. Er war sich ganz sicher, dass er einen Weg finden würde, selbst wenn er noch einmal ganz von vorne zu beginnen musste. Aber das war es, was einen großen Mann mit göttlicher Mission ausmachte.

Ungezielt, die Waffe nur mit der linken Hand kontrollierend, feuerte Carpenter seitlich am Rückspiegel des Fahrzeuges vorbei nach unten und in die Kabine hinein. Die ersten Kugeln brachten Fahrer-, Front- und Beifahrerscheibe zum Bersten, eine weitere schrammte in das Armaturenbrett. Die letzte bohrte sich in Vandenbergs Schenkel. Mit einem wütenden Aufächzen riss Cyrus Vandenberg das Fahrzeug in eine rasche Schlingerbewegung und zog dann den verchromten .44'er Colt-

Revolver vom Beifahrersitz, jene Waffe, mit der schon sein Urgroßvater geschossen hatte. Zwei, dreimal in schneller Folge feuerte er nach oben, perforierte das Dach der Fahrerkabine mit einem Dreieck fingerdicker, ausgezackter Löcher.

Instinktiv warf sich Carpenter zur Seite, nachdem das erste Projektil das Aluminium der Karosserie durchschlagen hatte; er versuchte, mit seinen klammen Fingern die Zusatzscheinwerfer auf dem Dach zu erwischen, doch dann würgte Vandenberg das Fahrzeug bereits in eine neue Kurve, und Carpenter rutschte vom Dach. Innerhalb weniger Sekundenbruchteile musste er die Entscheidung treffen, die Maschinenpistole loszulassen und Halt zu suchen oder unter den Raupenketten zerquetscht zu werden.

Ruckartig griff er nach dem Rückspiegel, der auf ihn zuraste, während die Waffe von der Schnee aufwirbelnden rechten Raupenkette der Maschine überrollt wurde.

Keinen Atemzug später sah er direkt in die aufgerissenen Augen seines Gegners. Vandenberg riss seinen Revolver herum, doch diesmal war Carpenter schneller und drückte den Lauf mit der freien Hand von sich weg, so dass der Schuss nur in den Schnee fuhr. Sich mit dem rechten Arm an das Gestänge des Rückspiegels klammernd, die Füße immer wieder über die Raupenkette schleifend, griff er nach der Waffe, wollte sie Vandenberg entringen, die Faust seines Gegners auf seine Hand einhämmernd, das Schneemobil abrupt zur Seite ziehend ...

Ein dumpfer Schlag, und alles wurde dunkel.


## 33

Mit vor Schrecken weit aufgerissenen Augen sah Fred, wie die Pistenraupe in einem wilden Slalomkurs hin-

und herzurasen begann, dann krachte wieder ein Schuss, und im nächsten Moment verschwand das Fahrzeug aus Freds Sichtfeld. Eine dichte, weiße Schneewolke explodierte in die Luft, begleitet von hässlichen, metallischen Knirschen und einer Stille, die für Fred fast schlimmer war als der Krach zuvor.

Ohne nachzudenken stapfte er los. Bei jedem Schritt versanken Freds feiste Beine bis zu den Knien im Schnee. Jeder Meter wurde für ihn zur Pein, jeder Zentimeter zu einem absurden Triumph. Das einzige, was seinen Geist erfüllte, war der Gedanke an Andra.

Als er den Abhang, über den das Raupenfahrzeug gestürzt war, erreichte, züngelten bereits grelle, gelbe Flämmchen aus dem Motorenraum über das Heck des Wagens. Keinen Atemzug später breiteten sich die Flammen mit einem hellen *Fump!* auch auf den restlichen Rumpf des Schneemobiles aus. Geschmolzener Schnee tropfte von dem Baum, gegen den das Wrack in der Talsohle gekracht war.

Ächzend ließ sich Fred den Abhang hinabpurzeln.

Die Flammen leckten jetzt bereits gierig am Führerhaus der Maschine. Aus den Resten des zerbrochenen Fahrerfensters hing der grotesk in sich verbogene Körper von Cyrus Vandenberg. Sein Gesicht mit der Hand vor den Flammen schützend humpelte Fred um das Wrack herum.

Zweimal glaubte er, in dunklen, großen Gegenständen auf dem Boden Carpenter erkannt zu haben, doch es waren beide Male nur Trümmerstücke. Aus Leibeskräften zog er an den Hecktüren. Durch den Absturz schien sich das Metall jedoch verzogen zu haben, denn nichts bewegte sich.

»Verdammter Mist! Verdammt ... geh' endlich auf, du verfluchte Tür! Nun mach schon ... MACH SCHON!«

Endlich spalteten sich die Türhälften heiser knirschend um vielleicht fünf Zentimeter - nicht viel, aber immerhin.

277

Fred fuhr mit den Fingern in die entstandene Lücke und stemmte sich gegen die Flanke des Fahrzeuges. Die Hitze rieb sich an seinem Gesicht wie Sandpapier.

»Ja, gut so!«, rief Fred. »BITTE, BITTE, BIT-«

Ruckartig sprang die Türe völlig auf, so abrupt, dass Fred rückwärts in den Schnee plumpste. Schon von hier aus konnte er Andra sehen; sie lag neben dem Ausgang und atmete und schien körperlich so gut wie unversehrt zu sein ... An alles andere wollte Fred nicht denken.

Also zog er ihren Körper zu sich - *totes Gewicht, verdammt, war sie schwer!* - da spürte er eine Hand, die sich unterstützend unter Andras rechte Schulter schob. Es war Carpenter. Der Detektiv hatte eine klaffende Schnittwunde im Gesicht und sein linker Unterarm baumelte in einem unnatürlichen Winkel am Körper herab. Dennoch war er hier und lebte ... das war alles, was zählte. Zu zweit schleiften sie die junge Frau von dem lodernden Wrack weg; dass der rechte Ärmel seines Overalls zu brennen begonnen hatte, bemerkte Fred nicht einmal.

Das Schneemobil zerriss mit einem hellen Schlag, wurde von der Wucht der Explosion vielleicht zwei Meter in die Luft katapultiert und krachte dann in Flammen gehüllt aufs Dach, begrub Cyrus Vandenbergs Überreste endgültig und für immer unter sich.

»Weiter, Fred!«, rief Carpenter. »Dort drüben, klettern Sie in die Felsspalte ... Das ist unsere einzige Chance!«

Fred quetschte sich mit letzter Kraft ins Innere der Kluft, seine Sicht von Schweiß verschwommen, das Blut in seinen Ohren rauschend wie ein Hochwasser führender Strom. Fest drückte er sich in die Felsspalte, die dem Institut abgewandt war, schützte die reglose Andra so gut er konnte mit seinem eigenen Körper ... er hörte noch drei dumpfe Schläge weit im Hintergrund, als die Wasserstoff-Aerosolbomben von Mörsern in die Höhe katapultiert wurden, gefolgt von einem Moment der völligen Stille ... Dann brach die Hölle auf.

Drei gleißende Kugeln aus Feuer, Schnee und Metall blähten sich zuerst wie in Zeitlupe, dann plötzlich rasend schnell auf, und vereinigten sich schließlich donnernd zu einer einzigen alles in sich hineinfressenden Supernova, die eine orkanartige Druckwelle vor sich herstieß.

Immer weiter trieb die zermalmende Druckwelle eine klaffende, kreisrunde Schneise in die Landschaft hinein, wirbelte Tonnen von verdampfendem Schnee, Geröll und Bäumen auf, schleuderte sie wie Spielzeuge weg, bis sich ihre Kraft schließlich erschöpft hatte und die schiefergraue Wand aus Rauch und Staub wie ein Meeresbrecher verebbte, fast zur selben Zeit, in der auch der Flammenpilz am Himmel verglühte. Danach nur noch Stille, endlich wieder Stille.

## 34

Knappe drei Kilometer entfernt öffnete Joshua Vandenberg zum ersten Mal seit seiner Verbannung und *digitalen Branntmarkung* die Türe des Bunkers und trat ins Freie. Hier breitete er die Hände aus und ließ ein halb freudiges, halb ungläubiges Ächzen vernehmen. Der Chip in seinem Rückenmark, der ihn sofort getötet hätte, wenn er der *Kathedrale* zu nahe gekommen wäre, war jetzt nicht mehr als ein wertloses Stück Altmetall. Und das bedeutete - obwohl dieser Gedanke im ersten Moment völlig fremd und ungewohnt schien - dass er frei war ... *Frei!*

Denn Cyrus und sein Institut des Horrors existierten nicht mehr!

Der Buchhalter hatte es also unglaublicherweise wirklich geschafft, seine Mission zu erfüllen. *Kaum zu fassen*, dachte Vandenberg. Obwohl er den Kontakt zu Fred verloren hatte und nicht sicher sein konnte, dass sein Verbündeter noch lebte, war der Kampf dennoch erfolgreich gewesen.

Unwillkürlich berührte er den Gegenstand in seiner rechten Hosentasche und strich vorsichtig mit den Fingerspitzen darüber. Auf jenem winzigen Speicherstick befanden sich die Schlüssel zu Mutter: jenes Decodierungsprogramm, mit dem die gesplitteten Datenpakete wieder zusammengefügt werden konnten, sowie eine Anleitung, wie das Vorläufermodell des Transfersystems, das in den Labors in New Mexico stand, funktionstüchtig zu machen war.

Joshua Vandenberg wusste immer noch nicht genau, wieso er diese Daten tatsächlich überspielt hatte. Aber in einem Punkt hatte Cyrus recht gehabt: Sie *war* ihre Mutter. Sie hatte ihnen das Leben gegeben und so das größte Geschenk gemacht, das es gab. Er *war* ein Teil von ihr, wie auch Cyrus, und auch er *hatte* eine Verpflichtung jener Frau gegenüber, die immer gut zu ihm gewesen war, eine Verkörperung von Liebe in einer Umgebung des Wahnsinns. Er wusste noch nicht, ob er das Decodierungsprogramm wirklich benutzen würde ... und wenn ja, was er danach tun würde. Aber er hatte noch Zeit, um nachzudenken, bis er diese Entscheidung treffen musste.

Zunächst einmal kam es nämlich darauf an, dass er Fred, Tony Carpenter und das Mädchen überhaupt rechtzeitig fand. Erfroren oder auch in den Händen der falschen Mächte, zum Beispiel Cyrus' betrogenen Auftraggebern, würden sie ihm in keinem Fall etwas nützen, egal, wie er sich später entschied.

Also nahm er ein Infrarot-Ortungsgerät für Körperwärme aus der Ausrüstungskammer und schlüpfte dann in eine dicke Daunenjacke, deren Kapuze er hochklappte, bevor er seine Finger noch in flauschige Handschuhe bettete (*so wie Mutter ihm früher immer Handschuhe angezo-*

*gen hatte, wenn sie zum beten und büßen in den Winter hinausgegangen waren, erinnerte er sich plötzlich.)*

Mit dieser schönen Erinnerung und einer immer intensiver glimmenden Erkenntnis der *Richtigkeit* in seinem Gewissen ließ er zum ersten Mal seit einer gefühlten Ewigkeit den kargen Bunker hinter sich, Schritt für Schritt für Schritt durch den eisigen, schlafenden Winterwald.

## 35

Dort, wo sich kurze Zeit zuvor noch Cyrus Vandenbergs Kathedrale und das Trinity-Institut mit mehr als fünfzehnhundert Menschen darin befunden hatten, war jetzt nur noch ein glimmender Krater, welcher das Zentrum einer fast achthundert Meter durchmessenden Mondlandschaft aus nacktem Fels, verbrannten Feldern und abgeknickten oder entwurzelten Bäumen bildete. Der Schnee, den die Explosion nicht sofort verdampft hatte, sondern der von der Druckwelle danach aufgewirbelt worden war, rieselte nun von Staub und Rauch dunkelgrau durchsetzt zurück zu Boden.

Ansonsten kein Geräusch. Kein Leben.

Überall? Nein, denn irgendwo auf diesem Areal, am Grund eines kleinen Abhanges, regte sich etwas:

Zuerst war es nur ein Rascheln und Knirschen, dann brach eine Faust durch den Schutt- und Geröllhügel vor dem Eingang einer schmalen Felsspalte. Wenig später kam ein dicker Mann in einem zerfetzten, weißen Schneeoverall zum Vorschein.

Tief nach Luft schnappend vergrößerte er so lange mit beiden Händen den Eingang zu der engen Höhle, wobei er fast wie ein Hund aussah, der einen Knochen ein- oder ausbuddelte. Er stoppte erst, als seine beiden Begleiter (ein dunkelhaariger Mann, der seinen gebrochenen linken Arm festhielt, sowie eine Frau mit kahl geschorenem Schädel) die Felsspalte verlassen konnten.

In Frederick Wendts Kopf war nichts als Leere, und er war dankbar über diese Leere. Er dachte nicht an die Zukunft. An Verschwörungen. Deren Hintermänner. Für ihn zählten nur die nächsten zwanzig Schritte, und nicht die nächsten zweitausend Meter des Weges.

Der erste Gedanke, der diese Leere durchstieß, als der glimmende Krater während des Fußmarsches nach Nightfall Rapids immer weiter hinter ihnen zurückblieb, galt konsequenterweise seiner Kuckucksuhr, die immer noch im Hotel lag und dort auf ihn wartete.

Mit einem verträumten Lächeln stellte er sich vor, wie sich das kleine Türchen nach dem Aufziehen zum ersten Mal öffnete und der Holzvogel seinen Schnabel nach draußen steckte ... nur diesmal hatte der Vogel das Gesicht von Cyrus Vandenberg.

Sofort erstarb das Lächeln auf seinen Lippen wieder.

»Warum?«, fragte Fred. »Warum gibt es Menschen, die solche Sachen tun? Warum müssen die Menschen Gott spielen? Andere verletzen? Beherrschen?«

Carpenter seufzte. »Ich weiß es nicht«, sagte der Ex-FBI-Agent mit zusammengebissenen Zähnen. »Ich habe mich fast mein ganzes Leben lang mit dieser Frage beschäftigt und keine Antwort darauf gefunden. Und ich glaube, dass es keine wirkliche Antwort darauf *gibt*.«

Er wandte sich zu Fred um und lächelte nun ebenfalls; es war ein erschöpftes und trauriges, aber zugleich auch ehrliches Lachen.

»Aber ich weiß auch, dass man die Hoffnung für diese Welt noch nicht begraben sollte, so lange es noch Menschen wie Sie gibt, Fred«, fuhr er fort. »Wissen Sie was? *Sie sind ein verdammter Held!* Sie haben übermenschliches geleistet, dort im Institut. Sie haben Andra gerettet ... und Sie haben diesen Verrückten aufgehalten.«

Zuerst wollte Fred protestieren, und es dauerte ein paar Momente, bis ein seltsamer Gedanke in Freds Kopf auftauchte: *Carpenter hatte recht*. Verdammt, ja, er *war* der Held dieser Geschichte, und es gab ein Happy End, das gab es wirklich. Er hatte alles getan, was man von ihm verlangt hatte, und sich nicht gedrückt. Nein, so aussichtslos seine Aufgabe auch angemutet hatte, und so gering seine Chancen gewesen waren, hatte er dennoch nicht versagt und *war* durchgekommen - ein feister, schüchterner, spießiger Versicherungsfinanzbearbeiter aus Zirndorf, der sich bislang nach Einbruch der Dunkelheit aus Angst nicht einmal mehr vor die Türe seiner Wohnung getraut hatte ... und der nun der Held einer dunklen, bizarren Geschichte geworden war; einer Story, die dank ihm zu einem guten Ende gefunden hatte.

Wenn das kein Ende wie in einem Roman war, was dann?

Wenn das keine Hoffnung machte, dass jeder Mensch über sich hinauswachsen konnte, wenn er nur etwas hatte, für das es sich zu kämpfen lohnte, was dann?

In diesem Moment begann Andra, sich wieder zu regen. Und, bei Gott, wenn *das* nicht das *Allerbeste* war, was passieren konnte, was dann? Wenn nämlich Andra wieder in Ordnung kam, würde auch Fred es schaffen, über all dies hinwegzukommen und wieder in ein normales Leben einzusteigen. Er musste es nur noch irgendwo und irgendwann finden.

Damit begann er wieder zu lachen, denn sein Leben *würde* weitergehen. Alleine vielleicht, und ohne bunte Träume und Phantasien des Selbstbetrugs ... aber daran hatte er sich seit Ewigkeiten gewöhnt, wo war also der Unterschied? Darum lachte er.

Und mit dem Lachen kehrte auch die wunderbare Leere in seinem Kopf zurück.

## 36

Artikel aus dem 'Washington Sentinel', zwei Tage danach:

## DORF IN MONTANA NACH METEORITENEINSCHLAG EVAKUIERT

(AP) Unglaubliches Glück im Unglück hatten vor zwei Tagen die Bewohner des 2000-Seelen-Städtchens Nightfall Rapids in Montana, als in der Endphase des Jahrhundertschneesturmes ein etwa kühlschrankgroßes Fragment eines Asteroiden nur wenige Meilen vom Dorf entfernt in ein Waldgebiet einschlug. Dabei wurde eine unbemannte staatliche Teststation für Satellitenkommunikation zerstört.

Wenig später eingetroffene Kräfte der FEMA (Federal Emegency Management Agency) stießen bei ihrer Untersuchung des Vorfalles am Einschlagskrater auf stark erhöhte radioaktive Werte, weshalb die Bewohner von Nightfall Rapids aus Sicherheitsgründen evakuiert werden mussten.

Pete Bracken, Sprecher der FEMA schätzt, dass die einer Katastrophe gerade noch einmal entkommenen Bewohner in etwa drei bis vier Monaten wieder in ihre Häuser zurückdürfen. Bis dahin wird das verseuchte Erdreich abgetragen und umweltfreundlich entsorgt sein.

## 37

Artikel aus dem 'New York International Herald', drei Tage danach.

## ANGEBLICHE VERSCHWÖRUNG
## ENTPUPPT SICH ALS HACKERSCHERZ

(U-Press) Nur kurz konnten sich Verschwörungsfanatiker auf der ganzen Welt über jene im Internet verbreiteten Meldungen freuen, nach denen angeblich eine friedliche Kleinstadt auf dem Land von der Regierung und einem privaten Technik- und Rüstungskonzern für Versuche zur Bewusstseinskontrolle missbraucht wurde. Gestern bekannte sich per E-Mail eine bekannter Hackergruppe, die nur als *'Psychonymous'* bekannt ist, dazu, die Meldung frei erfunden zu haben.

*'Psychonymous'* machte im letzten Herbst Schlagzeilen, als sie den Pentagon-Rechner knackten und die offizielle Web-Site der US-Regierung mit verunglimpfenden Sprüchen versahen. Laut eigenen Angaben wollte die Hacker 'nur einmal sehen, wie viele Leute diesen Verschwörungsmist eigentlich wirklich glauben, und wie viele einer nicht einmal besonders geschickt gemachten Täuschung auf den Leim gehen, weil sie ihr auf den Leim gehen wollen.'

Ein Sprecher der NSA - jener Regierungsbehörde, die in dem Manifest der Vorbereitung einer großen Manipulierungs- und Bewusstseinskontrollaktion beschuldigt wird -, hofft 'dass dieses Bekennerschreiben diesen absurden Auswüchsen ein Ende setzt und die von Medien und TV-Serien aufgestachelte Öffentlichkeit der Wahrheit endlich ins Auge sieht: Es *gibt* keine groß angelegten Regierungsverschwörungen gegen das Volk.'

Ulm, Illerzell, Nürnberg
11.09.1991
bis 15.02.2003

## ÜBER DEN AUTOR

Der Legende nach begann Sascha André Michael noch im Mutterleib beim Klang einer Schreibmaschine aufgeregt zu zappeln und seine Mutter mit Tritten zu erfreuen. Ob er es zu diesem Zeitpunkt schon ahnte oder nicht, so würde ihn dieses Geräusch sein ganzes Leben lang verfolgen und definieren.

Denn – das müssen Sie unbedingt wissen – Sascha Andre Michael hat sich das Schreiben nicht ausgesucht. Es hat *ihn* ausgesucht und ließ ihm nie eine andere Wahl, als zu *schreiben, schreiben, schreiben*. Schon als kleiner Junge hackte er zahllose Kurzgeschichten in die riesige Triumph-Schreibmaschine seines Großvaters, während andere Kinder draußen waren und ... nun ja, irgendwelche Dinge taten, die man als Kind ebenso tut. Und derweil andere Jugendliche Dinge taten, die man eben als Jugendlicher so tut, erforschte Sascha André Michael die Abgründe der menschlichen Seele und recherchierte über Serienmörder und Profiler.

Letztlich gesehen hat sich daran bis heute nichts geändert. Selbst die Triumph-Schreibmaschine existiert noch und wird benutzt.

Und das ist wahrscheinlich gut so. Seit seinen ersten Veröffentlichungen in den 1990er Jahren haben seine Artikel, Romane, Novellen, Kurzgeschichten, Reportagen und Werbetexte genug Leser gegruselt, unterhalten und mental gekitzelt, dass er sich zu einem Geheimtipp der Thrillerszene entwickelt hat. Heute lebt der Sprachenlehrer und ausgebildete Securityfachmann mit seiner Lebensgefährtin in Bukarest, Rumänien, bleibt aber seiner Ulmer und Nürnberger Heimat weiterhin innig verbunden. Er ist überzeugter Veganer und hat »einen seltsamen Humor« (Zitat eines Bekannten.)